엄마들이 있다

좋은 엄마가 되는 수만 가지의 길을 보여주는

엄마들이 있다

펴낸날 1판 1쇄 2023년 5월 15일

지은이 김지은
펴낸이 윤미경

펴낸곳 (주)헤이북스
출판등록 제2014-000031호
주소 경기도 성남시 분당구 황새울로 234, 607호
전화 031-603-6166
팩스 031-624-4284
이메일 heybooksblog@naver.com
블로그 blog.naver.com/heybooks2013

책임편집 김영회
디자인 류지혜
찍은곳 한영문화사

ISBN 979-11-88366-78-1 03810

책값은 뒤표지에 적혀 있습니다. 잘못된 책은 구입하신 곳에서 바꾸어 드립니다.

김지은 인터뷰집

좋은 엄마가 되는 수만 가지의 길을 보여주는

엄마들이 있다

헤이북스

There is no way to be a perfect mother
and a million ways to be a good one.
완벽한 엄마가 되는 길은 없지만,
좋은 엄마가 되는 수만 개의 길은 있다.

Jill Churchill (미국 작가)

서문

"잘했어! 애썼어! 장해, 우리 딸!"
'누가 들으면 금메달이라도 딴 줄 알겠네.'
속으로 피식 웃음이 났다. 그래도 엄마의 그 칭찬이 싫지 않았다. 아니, 좋았다. 엄마에게 가장 중요한 건 나의 건강이라는 게 어떤 여과 장치도 거치지 않고 바로 나의 마음에 꽂혔으니까. 학교 다닐 때 성적 가지고도 이렇다 저렇다 하지 않던 엄마다.
지난해 회사를 1년 쉬고 치료를 받았다. 두 달에 한 번씩 검사를 한 뒤 그 결과를 들고서 의사를 만났다. 수치에 따라 의사는 약물을 조절한다. 그 심정이 마치 정기 고사를 치르는 느낌이었다.
의사를 만나고 나올 때마다 매번 엄마에게 전화를 했다. 엄마는 수치가 저번보다 안 좋아졌거나 제자리걸음일 땐 "분명히 좋아질 거야. 길게 보고 가자. 엄마가 매일 기도해.", 조금이라도 좋아졌을 땐 마치 내가 어디서 1등이라도 한 듯 폭포수처럼 칭찬을 부어주었다. 나는 1년 동안 엄마의 그 말을 보약처럼 받아먹고 그 시간을 견뎠다.
엄마란 뭘까. 엄마라는 단어만큼 품이 넓고, 물이 깊으며, 따뜻한 존재가 있을까. 그러면서도 한없이 냉정해지며, 강해지고, 불같아질 수 있는 존재가 있을까. 우리는 모두 엄마에게서 나와, 엄마를 갈망하며 산다. 이 책은 엄마의 정의를 다시 써보려는 노력이다. 가없이 깊고 넓은 그 바다로 떠난 유영의 결과다.

아들의 '무쇠팔'이 누구보다 안쓰럽고 아린 엄마 김정자 씨는 먼저 하늘로 간 아들을 본뜬 동상만 봐도 아들인 것만 같다. 쇠붙이 엉덩이를 만지는데도 '엄마 손은 약손'을 되뇌면 아들의 체온이 전해지는 듯 몸이 저릿하다.
사는 동안 마이크를 잡아본 곳이라곤 노래방밖에 없던 엄마 김미숙 씨는 이제 못 갈 곳도, 못할 일도 없는 투사다. 아들이 업무 수칙을 충실히 지켜서 목숨을 잃을 수밖에 없었다는 처참한 현실의 모순을 알고 나서 '내가 세상을 너무 몰랐다'며 후회로 가슴을 쳤다. 이 엄마는 이제 아들로 산다. 그래야 살 수 있다.

정은애 씨도 세상과 싸우고 있는 엄마다. 딸인 줄 알고 낳은 자식의 정체성이 트랜스젠더 남성이자 바이젠더, 팬로맨틱, 에이섹슈얼이라는 걸 알았을 때 그리고 그렇게 살 수 있도록 아들의 손을 잡아주겠다고 결심한 순간부터다. 엄마는 유쾌하게 세상을 바꾸고 있다. 아예 영화에 출연했고, 영화제에서 상도 받았다.
아이돌 멤버를 딸로 둔 엄마 임천숙 씨는 엄마 없는 청소년들에게 엄마가 돼줬다. '이런 삶도 있구나' 싶을 정도로 곤궁한 어린 시절을 보낸 그다. 어릴 때 '지금 내게 손 내밀어주는 어른이 있다면' 하고 바랐던 절실함을 잊지 않았다. 자신이 그런 어른이 되어주고 있는 이유다.
'베이비박스'라고 불리는 위기영아긴급보호센터에도 엄마들이 있다. 아기들이 머무는 동안 돌보는 '자원봉사 엄마'들, 생살 찢고 낳은 아기를 살리려 베이비박스를 찾을 수밖에 없는 생모들의 마음을 보듬어주는 '상담 엄마'들이다. 실현되지 못한 모성은, '생모'들이 남긴 편지에 눈물 자국과 함께 남았다.
부모들에게서 학대받은 아이들에게 엄마가 되어주는 '전문 가정위탁 엄마'도 있다. 낳은 자녀 셋뿐 아니라 위탁모로 키운 아이들 다섯 명까지, 모두 여덟 명이 그의 자식이다. '어떻게 해도 나는 이 아이들에게 진짜 엄마는 될 수 없구나' 깨닫게 돼도 그는 감사하다. 아이들에게 한시적이나

마 피난처로 쓰일 수 있어서. 그게 이 엄마의 마음이다.

조산사로 41년째 아기를 받는 김옥진 씨는 엄마 몸을 빠져나온 아기에게 가장 처음 축복의 말을 건네는 '산파 엄마'다. 황홀 이상의 경험인 출산을 '제대로' 할 수 있도록 돕는 이 일이 그에게는 '여성운동'이다.

홍현진 씨는 '엄마 됨'을 다시 돌아본 '요즘 엄마'다. 모성이란 게 정말 본능인지, 마치 희생과 헌신이 모성의 표상인 것처럼 옥죄는 사회의 압박은 아닌지 의문을 던진다.

자식이 부성을 따르는 게 왜 '기본'인지 반기를 든 엄마들도 있다. 남편과 협의해 자녀에게 자신의 성을 물려준 엄마 이수연 씨, 법원에 자녀의 성·본 변경 심판 청구를 내어 딸에게 자신의 성을 물려줄 수 있는 권리를 확인받은 김지예 씨, 자신의 성을 물려주는 덴 실패했으나 세상의 인식을 바꾸는 운동을 하고 있는 윤다미 씨다. '유난 떤다'는 편견에 이들은 말한다. 유난을 떨 만큼 충분히 가치가 있는, 비상식을 바로잡는 일이라고.

평생 밥만 하다 자신의 꿈을 이뤄가고 있는 엄마 이향란 씨를 만났을 때 그의 눈동자는 소녀였다. 인터뷰 이후 그는 단편영화 10여 편에 출연했다. 이제 '배우 문소리의 엄마'가 아니라 '신인 배우 이향란'이다. 무대에선 카리스마 넘치는 가수 인순이 씨는 '뒤돌아 펑펑 울지언정' 딸 앞에선 늘 활기찬 엄마다. 그 덕분에 딸 세인 씨에게 엄마는 '천하무적 히

어로'다. 서먹한 사이였던 모녀 이명희·조헌주 씨는 인생 계획에 없던 77일간의 남미 여행을 하면서 '절친'이 됐다.
〈막돼먹은 영애씨〉로 친숙한 배우 김현숙 씨는 엄마로 다시 태어나 다른 삶을 사는 중이다. 최선은 아닐지 몰라도 불행하게 살 수는 없어 이혼을 결심했다.
"나는 엄마가 행복한 게 좋아. 엄마가 행복한 게 내가 행복한 거야."
아들의 이 말은 그에게 빛이 돼줬다. 현숙 씨의 눈이 이렇게 깊었던가, 인터뷰를 하면서 느꼈다.
시각장애 소녀 이소정 학생에게선 평생 '딸의 눈'으로 살아온 엄마 김하진 씨를 엿봤다. 소정은 2018 평창동계패럴림픽 개막식 무대에서 노래를 불러 얼굴을 널리 알린 그 소녀다. 선천적 희귀 질환으로 빛의 유무 정도만 구분할 수 있는 소정은 태어나서부터 엄마를 통해 세상을 배웠다. '뭔가를 시도할 때 항상 희망을 가지려고 노력한다. 그리고 앞으로도 사랑을 지키면서 살고 싶다.'는 소정의 말에서, 엄마 김하진 씨가 소정을 어떻게 키웠는지 짐작할 수 있다. 그렇기에 소정이가 제일 보고 싶고, 닮고 싶은 얼굴이 엄마인 건 당연하다.

엄마들과 인터뷰하는 모든 순간이 좋았다. 사소한 몸짓, 무심코 내뱉는 추임새 하나 놓치기 싫었다. 그렇게 사랑스러웠다. 엄마들의 볼은 연애를 하는 소녀처럼 발그레해지기도, 눈동자엔 순식간에 노을이 지기도 했다. 엄마라는 존재가 바꿔놓는 공간의 온도를 체험했다. "대체 그게 왜 당연하다는 거죠?"라는 엄마들과는 인터뷰가 아니라 마치 통쾌한 수다를 떠는 기분이었다.

나와 얼굴을 맞대준 모든 엄마들에게 감사하다. 엄마들은 '엄마로서' 하는 이 인터뷰를 요청했을 때, 모두 흔쾌하게 응했다. 그러면서 다들 약속이나 한 듯 이런 걱정을 쑥스럽게 덧붙였다.

"아이구, 그렇게 글로 쓸 만큼 할 얘기가 있을까요?"

그랬던 엄마들은 나와 마주하자 아직도 어젯밤 꾼 듯 생생한 태몽부터, 자식이나 남편에겐 차마 털어놓지 못했던 속마음, 기도로나 투정부리듯 내뱉었던 하소연까지 털어놔 주었다.

'이렇게 살 떨리게 사랑스럽고, 소름 돋을 정도로 경외롭게 느껴지는 순간을 나만 보고 들을 순 없어.'

엄마들의 이야기를 쓰는 동안 나는 그랬다. 이 인터뷰집은 그래서 엄마들의 마음을 기록한 사서史書이자 세상 모든 엄마들에게 보내는 연서戀書다.

2023년 4월

김지은

차례

4 엄마의 마음으로

1

엄마로 사는 이유

야구 레전드
고 최동원 선수의 엄마,
김정자

"하늘서도 '엄마 손은 약손' 들리나?"

고 최동원 선수(2011년 53세로 작고)의 모친을 처음 본 건 유튜브에서였다. 롯데자이언츠 경기 전 시구를 하는 모습이었다. 마운드에 선 어머니는 생전 아들이 공을 던지기 전 했던 루틴을 그대로 했다. 마치 아들이 된 것처럼. 이 어머니의 마음을 들어보고 싶다고 생각한 계기다.

김정자 씨는 45년간 교단에 선 교사였다. 1999년 교감으로 정년퇴임했다. 딸 넷에 아들 셋의 7남매 중 둘째로 태어나 사범학교까지 마쳤다. 그 시절 흔치 않은 여성이다. 1930~40년대에 여성은 아예 학교에 보내지 않는 일이 흔했다. '살다 어려움을 겪더라도 가계를 일으키려면 여자도 배워서 전문적인 일을 해야 한다'는 부친의 신념 덕분이다. 배구선수로 뛴 적도 있다. 전국교직원배구대회에 부산 대표로 선발돼 출전하기도 했다.

남편인 최윤식 씨(2003년 위암으로 작고)와 데이트는 딱 한 번. 예비 시어머니가 아들과 함께 그가 근무하던 학교로 몰래 찾아가 '선'을 본 뒤 추진된 결혼이었다.

그렇게 만나 결혼한 남편은 한국전쟁 때 얻은 특발성 탈저(버거씨병: 말초 동맥과 정맥에 염증을 일으키는 난치 질환)가 심해져 결국 한쪽 다리를 절단할 수밖에 없었다. '이렇게 살 바엔 죽겠다'는 남편을 붙잡고 김정자 씨는 '내가 팔다리가 돼주겠다'고 울며 매달려 남편을 살렸다. 그 모습에 남편 최 씨도 의족을 끼우고 걷는 연습을 지독하리만큼 열심히 했다.

그는 '메모광'이기도 하다. 깨알 일기를 써둔 가계부가 장에 그득하다. 최동원 선수와 관련된 일화를 틈틈이 적은 공책도 여러 권이다. 그중엔 아들에게 건네는 대화도 많다. 인터뷰를 그의 사투리까지 되살려 아들에게 보내는 편지 형식으로 쓴 이유다.

동원아, 내 아들 잘 있나? 이제 아프지도 않고 행복하제? 거기도 니 좋아하던 클래식 노래가 있나? 거는 고통도, 걱정도 없는 참 좋은 세상이제? 엄마는 오늘 서울서 부산일보의 기자들이 이 먼 데까지 내리와가 얘기를 나누고 있다. 하고마, 우짜노. 내가 와 한국일보를 부산일보라 해뿌릿나….

괜찮다. 여든 여섯, 그 연세 엄마들의 흔하고 귀여운 실수다.
배시시 웃는 이 분, 야구의 전설이라 불리는 '무쇠팔' 투수 고 최동원 선수의 모친 김정자 씨다.

동원아, 니 기억나나? 토성중학교(지금의 경남중) 때인가, 경남고 때인가 엄마가 (교사로) 근무하던 학교에서 행사가 있어서 다른 학교 선생님들이 온 기라. 양과자점에서 간식을 대접하는데 선생님들이 그러는 기다.
"이 봐라, 이 봐라. 듣자니까, 마 이 학교에 최동원 선수 어머이가 있다 카던데. 사실이가?"
"그렇단다."
"정말이가, 정말이가?"
내가 싱긋 웃음서 말했지.
"내가 최동원이 어머입니더."
"참말입니꺼, 참말입니꺼?"
다들 깜짝 놀래가 되묻는 기라.

그날 마음이 너무 좋길래, 저녁에 집에서 니한테 물었제.
"동원아, 동원아. 니는 '어머이가 초등학교 선생인가?' 하고 누가 물으면 좀 챙피하제?"
"어무이! 무슨 말을 합니꺼? 나는 어무이가 학교 선생님이라 얼마나 자랑스럽고 좋은데예. 우리나라의 새싹들을 가르치는 귀한 일을 하시는 거 아입니꺼."
"아이고! 내 아들아, 엄마 그럼 앞으로 어깨 쭉 피고 다닐꾸마."
니 그 말이 얼마나 좋았던가, 꽉 안아줬제.

엄마의 눈앞엔 열일곱 아들이 있는 듯하다. 눈까지 질끈 감고 저릿하게 안는 시늉을 하며 그날을 떠올린다. 아들 삼형제 중 맏아들인 최동원 선수를 엄마는 스물셋에 낳았다. 63년 전이지만, 태몽을 잊을 리가.

낮잠을 이래 자고 있는데, 뱀이 내 발끝에서부터 슬슬 기서 배까지 올라오는 기라. 너무 징그러버서 몬 올라오게 두 손으로 팍 쥐앗다가 그 바람에 놀래서 깼제. 일어나 보니 아무것도 없고 등어리서 땀이 줄줄 흐르는 기라. 그때는 그기 태몽인지 몰랐제.
(부산) 범일동에 있는 산부인과서 낳았는데, 아가 너무 커가지고 엄마가 좀 고생을 했다. 근데 힘들게 낳아서 동원이 니를 봤는데, 요 인중에서 턱까지보다 이마 길이가 더

긴 기라. 아가 안 나와가 너무 쉬고, 쉬고 해서 그랬는가, 마 '우짤끼고' 싶어서 틈나는 대로 얼굴을 위아래로 눌라줬제. 석원이랑 수원이 때는 그래 몬 했는데, 동원이 니는 세 살까지 엄마 젖을 뭇다. 그 덕분인가 국민학교 때도 다른 친구들보다 힘도 세고 등치도 컸구마.

죽을 뻔한 아들을 두 번이나 살렸는데

자식 키우며 가슴 철렁한 일이 왜 없었을까.

지금 생각해도 마 식겁한 일이다. 니 어릴 때 두 번이나 죽을 뻔한 거를 살렸다 아이가. 한 번은 아였을 때 구덕(공설)운동장에서 시민의 날이라꼬 탈렌트도 오고, 가수도 오고 행사를 해서 동원이 니를 업고 구경을 갔제. 근데 마 빗방울이 한두 방울씩 떨어지는 기라. 집이 가까우니까는 바로 우산 가지러 가는데 비가 막 쏟아지는 기다. 길가 처마 밑으로 가 쉬는데 사람들이 마 (운동장에서) 쏟아져 나오다가 엉기고 깔려서 큰 사고가 났다 아이가. 죽은 사람이 그렇게 많아. 나중에 그기 신문에도 났어. 내가 그때 얼마나 놀랬는지 마 '아이고, 감사합니다, 감사합니다!' 했다. 내가 그때 우산 가질러 간다꼬 안 나왔더라면 우쨌으까 싶은 기제. 그런 기 지금도 엄마는 생생해.

니 국민학교 다닐 때는 이런 일도 있었다. 하루는 야구 연습하고 와서 너무 피로한 거 같다고 하기에 니 아부지가 오늘은 아들 옆에 가서 자는 기 어떻겠냐고 해서 니랑 동생들 사이에 마 낑기가 잔 일이 있지 않나. 너그는 엄마가 함께 잔다고 마 좋다꼬 했제. 근데 잠이 이래 들라 카면 뭣이 탁 하는 소리가 나. 불을 켜니까 동원이 니가 공중으로 팔다리를 마 올리고는 덜덜덜 떨고 난리가 났어. 내가 막 고함을 질러서 할무이, 할아부지, 아부지 온 가족이 다 깨서 달려왔제. 통금 시간이어도 골목으로 의사를 막 불러기 델꼬 와서 보니, 니 가슴부터 열고 보더꾸마. 그러더니 심장께에 주사를 주더니마는 옆으로 누파 놓고 등어리를 이래 몇 번 쓰다듬고는 몇 번 탁탁탁 치니까 뭣이 입에서 튀어나와. 껌인 기라. 껌을 씹다가 잠이 들어가 그기 목구멍에 눌어붙어서 맥히니까 숨이 안 쉬어진 기제.
"인자 됐습니다."
의사 선생님이 말씀하는데, '어쩔 뻔했노' 싶어서 가슴을 쓸어내렸다 아이가. 지금 생각해도 눈앞이 캄캄하고 아찔하다.

엄마의 입에서 자신도 모르게 안도의 한숨이 새어 나온다.

동원이 니는 참 의지가 강했다. 국민학교 2학년 때 니가 하고 싶다 하기도 했고, 체격이 커서 살이나 뺄까 싶어서 재미로 들어간 야구부의 감독님이 제대로 해보면 어떻겠나 묻기에 가족회의를 안 했나. 할아부지랑 아부지는 "본인이 할라카기만 하면 좋다!"이라고, 할무이는 "아이고, 장손인데 운동하다 다치면 우짜노?" 걱정을 하셔서 마지막에 할아부지가 "니는 우찌 생각하노?" 물으셨제. 엄마가 보기에는 동원이 니는 성적이 5등 아래로는 안 내려갔어도 머리가 좋아서라기보다 노력형이었거든. 본인만 꾸준히 한다 하면 운동을 시켜도 뼈대도 굵고 힘도 세니까 잘하지 않겠나 싶었제. 그래 마 마지막으로 아부지가 니한테 물은 거 생각나나.

"운동이란 거는 도중에 힘들다꼬 몬하겠다 그럴라 하면 아예 시작 안 한 것만도 몬하다. 니가 단디 생각을 해 가지고 결정을 내리라."

그랬더니 니가 이랬제.

"아부지, 나는 야구만 시켜주며는 어떤 어려움이 있더라도 참고 뚫고 나가겠십니더."

그 이야기를 하니까 할아부지가 "마 됐다." 하셨제.

그때부터 온 가족이 달려들어서 니 뒷바라지를 했제. 집 근처 밭이 너르니까 마운드도 만들고 그물도 사 와서 연습장을 차린 기라. 아부지는 (그때만 하더라도 한국보다 선진적이라고 평가됐던) 일본 야구 중계도 보고 공부도 해가 지도를 했제. 학교에서도 연습을 하고 집에 와서도 그만큼을 했으니 다른 선수의 두 배는 했을 끼라. 나중에 동원이 니 공은 아무나 몬 따라 한다꼬 아무나 칠 수 없는 '마구'다 이런 이야기가 나온 기, 다 그 연습 덕분 아니겠나. 구질 하나당 200개씩은 매일 연습을 했으니. 자전거 타이어를 몸에 두르고 오르막길에서 차를 끌고, 맨손으로 감나무 꼭대기까지 오르고… 그런 고된 연습을 할 때마다 엄마는 차마 볼 수가 없어서 고개를 돌린 적도 많다.

마 그때부터 커서까지 야구하면서 질 때나, 팬들로부터 안 좋은 소리를 듣거나 해도 한 번도 '너무 힘들어서 몬하겠다' 소리를 한 적이 없제. 나중에 보니 그기 얼마나 스트레스가 마이 쌓였겠노 싶어서 가슴이 아프다.

아들 응원하고 나면 체중도 줄어

사람들이 가장 많이 기억하는 1984년도 엄마에겐 기쁘기만 한 기억은 아니다. 롯데자이언츠의 간판이었던 최동원 선수는 삼성라이온즈와 붙은 한국시리즈에서 팀에 최초 우승을 안겼다. 선발 4회에, 구원 1회까지 모두 합쳐 5회 등판을 한 괴물 같은 투수였다. 얼마나 힘들었으면 우승 직후 소감을 묻는 기자의 질문에 최 선수가 "아이고, 자고 싶어요."라고 했을까.

몸을 안 애끼는 기는 니 아부지를 닮은 기가? 니 경기를 볼 때마다 내는 손깍지를 끼고 우찌나 용을 썼던지 나중에는 손가락이 푹푹 드가 있어. 하느님, 부처님 다 찾아가면서 저 마운드에 서 있는 최동원이가 위기를 모면하게 해달라고 용을 쓰는 기제. 눈을 감고 있는데도 내 영감에 '승' 자가 보일 때가 있다. 그러면 노아웃 만루가 돼 있어도 그걸 다 잡아내고 점수를 하나도 안 주면서 해결을 해내는 기야. 그럴 때는 마 천국과 지옥을 왔다 갔다 한다. 그렇게 2시간을 용을 쓰고 나면 마 (몸무게가) 2키로가 줄어 있다.
(1984년) 한국시리스 때도 7차전 할 때 6 대 4로 8회전(8이닝)이 돼서 우짜든지 막아야 하는데 보니까 (너무 체력 소모가 심해서) 아 입이 비뚤어져 있드라. 너무 가슴이 아파가지고… 내 참 그 심정 어떻게 말로 하겠노. 그날 축하 파티에 가 앉는 것도 TV에 나왔드만, 코피가 났는가 코에 화장지를 꽂아가 있는 걸 보고 몇 번을 외쳤다.
"아이고. 동원이 고생했다, 내 아들 고생했다!"

몸을 혹사시키며 팀을 승리로 이끌었지만, 최동원 선수는 1988년 악의적인 트레이드를 당하게 된다. 1984년 한국시리즈에서 맞붙었던 삼성 라이온즈로 말이다. 선수협의회를 만들려다가 구단의 앙심을 산 거다. 당시 최동원 선수는 '연봉이 낮은 동료들, 특히 연습생들의 복지가 사각지대에 놓여 있다'며 선수협 결성을 주도했다. 당시 최고의 연봉을 받던 스타였기에, 이 같은 노력은 자신보다는 동료 선수들 그리고 야구의 미래를 먼저 생각해서였다.

몸 바쳐서 뛴 아들이 그런 대접을 받을 때 엄마의 심정은 어땠을까.

하아, 그때 생각하며는…. 동원아, 내는 (긴 한숨) 정말로 가슴이 답답하다, 정말로. 니가 내한테 그랬제. 세계야구선수권대회 같은 데 가서 외국 선수들을 만나 보면 프로야구 선수가 은퇴를 하고 나면 연금이 나오는 나라도 있다꼬. 그런 기 우리는 없으니까. (현실을) 고쳐볼라고 선수협도 만들라꼬 한 거 아이가. 당시 8개 구단이 있어도 친목 도모도 안 되니까 선수협을 만들어서 야구인들이 뭉쳐서 (처우 개선) 소통이라도 할라꼬 그런 긴데.
내가 그때를 생각하면 안타깝고 마음이 아프다. 필요할 때는 그래 썼다가, 필요가 없어지니 내치나 싶어서. 그래도 구단에 안(무슨) 사정이 있지 않았겠나 생각은 한다.
'언젠가는, 언제라도 부산(롯데 자이언츠)으로 간다. 코칭스태프를 하든, 감독을 하든 뭘 하더라도 되돌아온다.'
(그 뒤로도) 동원이 니는 이 생각을 항상 가지고 있었제. 끝까지 돌아오지는 못했지마는.

보복성 이적을 당한 최동원 선수는 결국 고향 구단에 돌아가지 못하고 2년 만에 은퇴를 한다. 그로부터 21년 뒤 대장암이 재발해 숨을 거두었다.

지금도 가슴 치며 후회하는 일

동원아, 지금 생각해도 엄마가 참 미안한 기 있다….

엄마는 목이 메인다. 최동원 선수가 유명을 달리하기 얼마 전 일이다.

제사 때문에 서울 너거 집에 갔을 때다. 니가 소파에 앉아 가지고 내 손을 잡아가 니 엉디 있는 데다 갖다 대믄서 말했제….
"어무이, 여기가 아파요. 여기가 마이 아파요."
내가 그 생각만 하면 지금도…. 여태까지 아무리 안 좋아도 그런 말은 엄마 걱정한다꼬 안 하던 아가 그러이까…. 내가 그때 좀 더 따뜻하게 진심으로 할 낀데, 예사로 생각하고…. 부엌에 있는 메느리들이 안 듣구로 했는데….
"엄마 손이 약손이다, 엄마 손이 약손이다. 빨리 아픈 거 없어지라."
지금 생각하니까 그기 지 속에 있는 말을 통 안 하는 아이가 얼마나 아팠으면 그 말을 내한테 했는가 싶어서 너무 가슴이 아파.

엄마는 가슴을 치며 눈물을 흘린다. 병이 도진 걸 몰랐던 거다. 그만큼 주위에 걱정을 끼치는 걸 극도로 싫어하던 아들이었다. 2011년 7월, 바

"어무이, 여기가 아파요. 여기가 마이 아파요."
내가 그 생각만 하면 지금도…. 여태까지
아무리 안 좋아도 그런 말은 엄마 걱정한다꼬
안 하던 아가 그러이까…. 내가 그때 좀 더
따뜻하게 진심으로 할 낀데, 예사로 생각하고
….
"엄마 손이 약손이다, 엄마 손이 약손이다.
빨리 아픈 거 없어지라."
지금 생각하니까 그기 지 쪽에 있는 말을
통 안 하는 아이가 얼마나 아팠으면 그 말을
내한테 했는가 싶어서 너무 가슴이 아파.

싹 야윈 모습으로 경남고와 군산상고 레전드 리매치전에 참석했을 때도 지인들과 언론에 '일부러 살을 뺐다'며 투병 사실을 숨겼다. 그로부터 불과 두 달 뒤 그는 눈을 감았다.

사직구장(광장)에 있는 동원이 니 동상에 가 사람들이 없으면 궁디부터 만지는 기 그래서 그런 기라. '동원아, 엄마 손이 약손이다. 엄마 손이 약손이다. 이제는 안 아프제?' 하는 기다. 동상이니까 마 찹기는 찹아도 니 궁디를 쓰다듬고, 손을 잡고, 다리를 잡고 하면 뭣이 내 손으로 찌리하게 오는 거 같애.
얼마나 힘들었노? 내 아들 동원아, 니 여기 엄마 가슴팍에 있제? 니는 내 심장이다. 내 심장이 뛰는 한은 아무리 생각을 안 할라꼬 해도 항상 (내 속에) 있어. 나하고 한 몸이 돼서 어데로 움직여도 함께 가거든. 길바닥에 적힌 11자(최동원 선수 등번호)만 봐도 쓰다듬는다 아이가.

엄마가 사는 방이 한 칸 딸린 17평(56㎡) 아파트는 흡사 '최동원 박물관' 같다. 방 한편 벽면을 채운 책장에는 아들이 받은 트로피며 메달, 입었던 유니폼, 사인 볼, 기사를 스크랩한 파일, 팬들이 남기고 간 편지로 가득하다. 침대에서 바로 보이는 자리다. 엄마는 눕거나 일어날 때조차 아들과 마주한다.

얼마나 힘들었노? 내 아들 동원아,
니 여기 엄마 가슴팍에 있제?
니는 내 심장이다.
내 심장이 뛰는 한은
아무리 생각을 안 할라꼬 해도
항상 (내 속에) 있어.
나하고 한 몸이 돼서
어데로 움직여도 함께 가거든.

저기 사진으로 걸려 있는 시아부지, 시어머이도 가시고, 남편도 먼저 갔지마는, 그분들 생각하면 이런 말을 내뱉기도 송구한 일이지만, 솔직하이 부모님이나 남편은 세월이 가면 조금씩 (슬픔이) 얕아져.
그런데 자식은 세월이 가도 그 가슴속에 묻어 있는 기 절대 변하지 않을 거 같다. 왜? 내 속에서, 내 몸을 뚫고 나왔잖아. 문득문득 생각이 날 때마다 목이 메서 마 흐느껴진다. 동원아, 밤에 갑자기 엄마가 니(사직구장 광장의 기념 동상)를 찾아가는 기는 그래서 그런 기다. 엄마 발이 절로 간다. 잘라고 누웠다가도, 복지관에서 봉사하고 집에 돌아가다가도 나도 모르게 사직동으로 가는 기다. 그렇게 한 30분 니를 보면 거짓말처럼 발걸음이 가벼워진다.

엄마가 니 마음 몰라줘서 미안해

엄마는 2015년 사직구장에 선 적이 있다. 롯데자이언츠의 시구 요청을 몇 번 거절했다가 받아들여 선 마운드다. 사방을 돌며 관중에 정성스럽게 허리를 굽혀 인사한 엄마는 오른발로 탁탁 마운드를 골랐다. 오른손으로 로진백(송진 주머니)을 만진 다음 안경테를 고쳐 쓰고 모자의 챙도 바로잡은 뒤 공을 던지는 모습은 딱 최동원 선수였다.

동원아, 니도 엄마 시구 봤나? 첨에는 극구 거절을 했다. 이 나이에 무슨 시구인가 싶어가. 근데 그 뒤에도 계속 연락이 오대. 밤에 누워 생각을 해보이 내 아들이 오랫동안 그 자리서 공을 떤짓는데 그때 심정이 어땠을까, 나도 한번 거서 그 마음을 느끼봐야 되겠다 싶드라.

엄마는 최동원 선수의 투구 루틴도 연습을 했을까.

그거는 니가 어릴 때부터 수도 없이 봐가 내 가슴에 팍 박혀 있제. 대신 던지는 연습은 엄마가 쪼깨 했다. 요 옆 동 앞에 정구장이 있거든. 밝을 때는 (사람들이 다닐까 봐) 몬하고 어듬사리질 때(어두워질 때) 집에 있는 헌 공을 두 개 들고 가서는 거리를 좀 두고 던지고 가서 줏어 오고 그래 연습을 했제. 던질 때마다 여남 번(10여 회)씩 한 2, 3일 했을 끼다.
시구 날 마운드에 서가 열다섯 걸음 정도 앞으로 갔더니마 주심이 더 나오라카는 거를 엄마가 됐다 캤다. 연습을 할 때 그 정도 거리에서 했으니 마 내 있는 힘을 다해 떤짓지. 그때 느낀 거는 사방에 관중이 내 혼자만을 보고 있는데 그기 또 타자하고의 경쟁이다 아이가. 그 공 하나하나를 떤질 때마다 얼마나 신경을 많이 썼을꼬, 얼마나 힘이 들었겠노 싶드라고. 엄마는 그동안 남들이 '동원이 정말 잘했다' 카면 마음이 좋기만 했구로. 니가 섰던 자리에 서보니까 정말로 책임감이 무겁고 힘든 자리드라. 동원아, 엄마가 그런 거를 몰라줘서 미안하다.

엄마는 아직도 '미안한 것'투성이다.

한 달 칩거한 엄마를 찾아온 아들

엄마는 아들을 먼저 보내고 한 달을 집 밖에 내딛지 않은 때도 있었다.

동원아, 그때 내한테 온 기 니 맞제? 니 가고 사람들이 위로한다꼬 말하는 것도 듣기 싫고, 세상 보기도 싫고, 항상 엎드리가 자고 눈 뜨고 했제. 그날도 엎드리가 있다가 눈을 감고 있었나, 살푸시 떴는가. 내 머리 우에서 니가 내를 딱 내려다보드라꼬. 근데 엄마를 보는 니 표정이 너무 걱정스러운 기야.
일어나서 다시 보니까 아무것도 안 보였지마는 분명히 니가 높은 데서 나를 내려다봤거든. 커서도 내한테 전화 걸어가 말하던 기 생각나드라.
"어무이, 어덥니꺼? 와 집에 계십니꺼? 친구도 만나고, 바람도 쐬세요."
위에서 니가 가마이 보니까 엄마가 이래 집에 들어박혀 있는 기 걱정스러워서 왔는갑다 싶었제. 그날로 '동원아, 엄마 기운 털고 나갈게' 해서 (부산) 서구종합사회복지관으로,

반송종합사회복지관으로 봉사를 다녔다. 오늘도 오전에 7시 반에 나가가 (노인 대상 한글 교육) 수업하고 왔다.
동원아, 틈날 때마다 엄마가 시도 쓰고, 편지도 쓰는 것처럼 엄마가 사랑하는 거 알제? 엄마는 항상 니를 생각하고 있다. 엄마 건강하게 잘 살고 있으니까 절대 걱정하지 마라. 동원아, 내가 언젠가 눈을 감는다면 니하고 만나지 않겠나? 그때 다시 말할 끼구만, 내 아들로 태어나줘서 고맙고, 니 엄마로 살면서 참말로 행복했다꼬.

참사 피해자
고 김용균의 엄마,
김미숙

"용균아, 나는 너다…. 나로 살아라!"

자식을 하늘로 보낸 엄마를 보는 것만큼 힘든 일이 또 있을까. 그것도 그렇게 허망하게, 비참하게, 억울하게 죽음을 맞았다면. 그런데도 그 억울한 죽음에 제대로 책임지는 사람조차 없다면. 엄마는 제정신일 수가 없을 거다. 그런데 이 엄마는, 그 어느 때보다 제정신으로 세상과 싸우고 있다.

김미숙 씨는 2018년 12월 한국서부발전 태안화력발전소의 하청 회사인 한국발전기술 소속 운전원이었던 고 김용균 씨의 엄마다. 용균 씨는 석탄 운송용 컨베이어벨트 안을 점검하려 점검구 안으로 몸을 넣었다가 컨베이어벨트에 끼어 숨졌다. 참사 뒤 이뤄진 진상 조사에 따르면, 작업 지시에 따라 일하다 당한 일이었다. 사망 당시 그는 24세였다. 한국서부발전에 입사한 지 불과 석 달 만이었다.

'그동안 마이크를 잡아본 곳이라고는 노래방밖에 없던' 엄마 김미숙 씨는 아들의 죽음 뒤 투사가 됐다. 못 갈 곳도 없었다. 장례도 채 치르지도 못하고 국회로 달려가 국회의원들을 붙잡고 호소했다. 거리에서 목청도 높인다. 단식투쟁도 했다.

'김용균 사건' 4년 2개월 만인 올해 2월, 2심 판결이 나왔다. 1심에 이어 항소심에서도 실형을 선고받은 관리자는 없었다. 재판부는 원청업체인 한국서부발전 김○○ 대표이사에게 무죄를 선고했다. 하청업체 한국발전기술 백○○ 전 사장은 1심 선고인 징역 1년 6개월, 집행유예 2년에서 금고 1년, 집행유예 2년으로 감형됐다.

김미숙 씨는 2심 판결 뒤 다시 한 번 울부짖어야 했다.

"너무나 어처구니없는 결과다. 기가 막히고 억울하다. 이런 재판이 우리 노동자들을 모두 죽이고 있다."

김미숙 씨는 2019년 10월 26일 '김용균재단'을 만들어 비정규직 노동자들을 죽음으로 내모는 '위험의 외주화' 해결에 앞장서고 있다. 인터뷰는 김용균재단 출범을 앞두고 한 것이다.

4년제 대학을 가고 싶다는데, 취업 생각하면 전문대가 낫다고 권해서 그랬나. 역사를 좋아했는데, 그러지 말고 이과 가는 게 취직엔 더 좋을 거라고 조언을 해서 그런 건가. 것도 아니면, 회사 일이 힘들다고 얼핏 말할 때 당장 그만두게 할 것을, 참아보겠다니 그냥 둬서 그랬을까. 왜 나는 하나밖에 없는 내 자식, 용균이 죽음을 막지 못했을까. 그저 건강하게만 자라기를 바라, '공부하라' 소리 한 번 하지 않았는데. 대학까지 가르치면 이제 다 키웠거니 생각했는데. 회사라면 직원 안전 정도는 기본으로 지켜줄 거라 믿었는데. 배신한 건 어미인 나인가, 이 사회인가.

이름 따윈 버리고, 오롯이 '용균이 엄마'로만 살기를 작정한 김미숙 씨의 머릿속은 지금도 자책으로 가득하다. '비정규직은 목숨 값이 부품 값보다 못하다'는 이 사회의 무자비함에 치를 떨고 분노하지만, 왜 그걸 자식 먼저 보내고 나서야 알게 됐는지 '내가 너무 무지했다'며 고개를 떨군다.

2018년 12월 11일 새벽 6시30분, 경찰의 전화를 받고서 남편과 함께 경북 구미의 집에서 충남 태안으로 달려갈 때도 아들의 상태가 그 지경인 줄은 몰랐다. '상태가 위중한가 보다' 불길한 마음으로 태안의료원 응급실을 뒤졌지만, 아들은 없었다. '분명히 여기에 있다고 했는데, 왜 없나?' 그렇다면 마지막 한 곳, 영안실. 관 같은 서랍 안에 아들이 있었다. 생전 아들은 여드름으로 고생해 누가 손바닥으로 얼굴 만지는 걸 싫어했다. 엄마는 살아 있을 때 아들에게 그랬듯 손등으로 볼을 쓰다듬었다. 아들이 맞았다. 다른 건 싸늘한 냉기.

시신 훼손이 심하다고 몸은 보지도 못하게 말리더라고요. 바닥을 뒹굴며 울었는데, 왜 나는 기절도 안 하는지….

김용균 씨(사망 당시 24세)는 원청 업체인 한국서부발전의 태안화력발전소에서 비정규직 노동자로 일하다가 참변을 당했다. 불과 입사 석 달 만이다. 한밤 석탄을 나르는 컨베이어벨트를 점검하던 중 벨트와 롤러 사이에 몸이 끼어버렸다. 아들이 목숨을 내놓고 일하는 줄을 엄마는 몰랐다.
알고 보니 이 사회에서 그런 위험천만한 일은 하청 업체의 비정규직 노동자들이 떠안고 있었다. 그러면 안전은 누가 책임지나. '우리 소속 노동자가 아니니까'라는 원청 업체와 '내 시설이 아니니까'라는 하청 업체 사이에서 책임은 실종됐다. 그래서 '위험의 외주화'다.
'고 김용균 사망 사고 진상 규명과 재발 방지를 위한 석탄화력발전소 특별노동안전조사위원회(특조위)'는 지난 2019년 8월 '조사 결과 김용균 씨는 작업 지시를 너무나 충실히 지켰기 때문에 변을 당한 것'이라고 밝혔으니, 얼마나 애달픈 죽음인가.

그런데도 책임지는 사람이 하나 없잖아요!

엄마의 목소리는 피울음 같다. 가슴을 치며 엄마는 오늘도 말한다.

용균아, 나는 너다. 너는 나고. 엄마를 통해서 네 분노를 모두 다 쏟아내라. 꿈에서라도 나와서 말을 해줘. 그럼 엄마가 다 할 테니.

투사가 된 엄마 김미숙 씨를 만났다.

병치레 잦아 건강하게만 자라길 바랐던 아들

» 김용균 씨 생일이 12월 6일이죠.

네, 구미에 있는 병원에서 낳았어요. 용균이 할머니는 마당에 호랑이가 들어오는 꿈을 꿨대요. 저는 하도 이거 저거 꿔서 어떤 게 태몽인지 모르겠는데, 기억나는 건 밤나무 밑에서 밤을 주운 꿈이에요.

» 어릴 때는 어떤 아들이었나요?

초등학교 저학년까지 병치레를 정말 많이 했어요. 갓난아기 때는 열이 펄펄 끓어서 병원에 가기도 많이 갔죠. 감기도 달고 살았어요. 그래서 공부는 안 해도 되니 아프지 말고 우리 곁에 건강하게 있는 게 효도라면서 키웠어요. 세상을 많이 느끼고 자유롭게 또 여유롭게 살길 바랐죠.

» 이름은 누가 지어준 건가요?

용균이 친할아버지요. 처음에는 항렬을 따라서 다른 이름을 갖고 오셨는데 마음에 안 든다고 하니 또 주신 이름들 중에 고른 게 용균이에요. 시아버지한테 이 이름으로 하면 뭐가 좋으냐고 물으니, 사람들을 화목하게 만든다는 뜻이라고 하시더군요. 녹일 용镕에, 고를 균均이거든요. 그래서 저는 가족을 화목하게 하는 역할을 하라는 뜻으로 받아들였어요. 그런데 이렇게 쓰여서 명이 짧아질 줄 알았다면 절대로 용균이란 이름을 선택하지 않았을 거예요.

용균 씨의 죽음으로 비정규직 노동자 문제가 다시 전면에 떠올랐으니 말이다. 엄마는 허망하고, 참담하고, 뭐라 할 수 없는 마음이지만, 아들의 죽음이 헛되지 않길 바라는 거다.

» 어릴 때 용균 씨는 뭐가 되고 싶어 했나요?

딱히 없었어요. 우리도 이거 해라, 저거 해라 해본 적 없고요. 어느 정도 크고 나니까 관심 있어 하는 게 역사였어요. 그건 저와 닮은 것 같아요. 고등학교 때도 용균이는 문과를 가서 4년제 대학을 가고 싶어 했어요. 그런데 제가 취업을 생각하니 걱정이 되더라고요. 요즘은 정규직 되기가 하늘의 별 따기처럼 어려우니까요. 그래서 2년제는 취업문이 더 넓다고 하니 전문대를 가는 게 어떠냐고 해서 전문대에 들어갔죠.

여기까지 말하다가 엄마는 다시 불행으로 돌아갔다.

회사가 안전하지 않을 수 있다고는 생각을 못해봤어요. 금형(금속 거푸집)을 다루는 일만 위험할 수 있으니 하면 안 된다고 했을 뿐이에요. 정말 제가 모르고 산 세월이죠. 세상을 너무 몰랐어요. 부모가 어떻게 그렇게 무지하게 애를 세상에 내보냈는지. 정말 제 잘못인 거 같아요. 기업에서는 노동자를 사람이 아니라, 마치 없어지면 채워 넣을 수 있는 일회용 부품처럼 여겼다는 게 저한테는 너무나…. 그걸 못 막았다는 죄책감 때문에 스스로가 원망스러워요.

엄마는 눈을 감고 한숨을 내뱉었다. 엄마에게 건넬 위로가 없었다. 짧은 생각 끝에 그건 국가와 사회의 책임이라고, 자신을 책망하지 않았으면 좋겠다고 말했지만 그게 위로가 되겠나.

저는 정치는 정치하는 사람들만의 것인 줄 알았어요. 내가 목소리 내고, 내가 막지 않으면 나한테 돌아오는 걸 몰랐어요. 정치가 나와 직결돼 있다는 생각을 못했어요. 내가 관심을 두지 않았던 것들이 다 나한테 온 거예요.

사고 한 달 반 전 예비군 훈련 때 본 게 마지막

» 용균 씨가 대학 졸업하고 군대 다녀온 뒤에 2018년 9월에 (서부발전의 하청 업체인 한국발전기술에) 입사했죠.

처음엔 한국전력에 들어가고 싶어 했어요. 그래서 토익 시험도 보고, 컴퓨터 자격증도 따고 그랬죠. 일단 기업에서 원하는 자격을 갖춰야 하니까요. 그런데 한 번에 한전에 들어가기는 쉽지 않으니 경력을 쌓아서 입사를 하자 싶었던 거죠. 그래서 7개월 동안 전국을 돌면서 수십 군데 시험을 봤어요. 그러다가 김천에 있는 회사에 최종 합격을 했죠. 그런데 출근하라는 연락이 안 오는 거예요. 알아보니 회사를 증설하려던 계획이 실행되지 않아서 채용이 무산됐더라고요. 그 회사에서 미안하니 추천해준 곳이 (서부발전 협력사인) 한국발전기술이었어요.

» 그랬군요.

그런데 직장이 태안이니까, 구미와 엄청 멀어요. 용균이한테 말해줬죠.

"맨날 엄마, 아빠하고 붙어 있다가 떨어져 살 수 있겠어? 그래도 한번쯤 그렇게 살아봐도 돼. 그런데 힘들면 당장 와!"

부모 떨어져 사는 걸 걱정했지, 어디서 다치고 떨어지고 치이고 이렇게 되는 건 생각도 안 했어요.

» 입사하고는 어땠나요?

용균이가 회사에 들어가서 처음에 이틀간 교육을 받더니 괜찮은 것 같다고 하더라고요. 그런데 그때 애하고 저하고 일과가 겹치질 않아서 통화를 자주 못했어요. 저는 공장에서 야간에 컴퓨터 부품 불량 체크하는 일을 했거든요. 그나마 통화했을 때 용균이가 점검하러 다니는 거리가 멀어서 힘들다는 정도만 말을 했죠. 저도 비정규직이었지만, 차별당하는 일을 그리 겪지 못해서 비정규직이 왜 나쁜지 몰랐어요. 그렇게 위험한 일에 내몰리는 줄도 몰랐고요.

» 용균 씨가 힘들다는 티는 많이 내지 않았나 봐요.

입사하고 한 달 반쯤 됐을 때 예비군 훈련 때문에 구미에 왔었어요. 몸이 많이 말랐더라고요. 사흘간 있었는데 그때 힘들지 않느냐고 물어보니 힘들대요. 그래서 그러면 그만두라고 했죠. 그랬더니 조금만 더 노력해보겠다고 하더군요.

» 그게 마지막이었나요?

그렇죠. 살아서 본 건 그게 마지막이죠….

엄마는 다시 눈을 감았다.

» 용균 씨가 생전에 비정규직 문제를 알리는 운동에 동참을 했

다는 게 나중에 알려졌죠. '노동 악법 없애고, 불법 파견 책임자 혼내고, 정규직 전환은 직접 고용으로'라고 적힌 피켓을 들고 있는 사진도 있었고요. 그런 얘기를 들어본 적 있나요?

몰랐죠. 사고 나기 열흘 전에 찍었다는데. 용균이 죽고 나서 동료가 피켓 사진을 보여주더라고요. 자기가 처한 환경을 바꾸고자 용균이가 원청에 스물여덟 번이나 요구를 했는데도 아무것도 바뀌지 않으니 피켓을 든 거였어요. 그런 열악한 환경에서 내가 빼내지 못한 것도, 그렇게 처참한 죽음을 막아내지 못한 것도 너무 아파요. 그거 생각하면 내가 밥을 먹어도 미안하고, 살아 있는 것도 미안하고….

엄마의 얼굴에서 눈물이 흘렀다.

» 처음 사고 소식을 들은 게 새벽 6시 반쯤이라고요.

애 아빠가 잘 때 예민해서 귀에 이어폰을 꽂고 자요. 새벽 6시쯤 문자가 두세 번 왔는데 못들은 거죠. 그러다가 전화벨 소리를 듣고 깬 거예요. 애 아빠가 전화를 받고 저한테 쫓아왔어요. 저는 야간에 일을 하니까 애 아빠하고 따로 자거든요. 경찰서에서 연락이 왔는데, 용균이한테 무슨 큰일이 벌어진 것 같다고 하더라고요.

태안에 거의 도착할 때쯤 경찰에서 다시 태안의료원으로 가보라고 연락이 왔어요. 그런데 응급실을 아무리 찾아도 없어요. 영안실에 있었던 거예요. 서랍장 같은 데서 아이를 꺼내는데, 머리부터 나오더라고요. 머리 모양을 보니 아들이었어요. 몸은 비닐로도 싸여 있고, 흰 천으로도 싸여 있고요. 우리는 아이 만질 때 늘 손등으로 만졌거든요. 쓰다듬어보니 아들 피부랑 똑같아요. 그런데 차가워졌더라고요. 아이를 더 살피고 만지려고 하니 못하게 하더라고요. 여기 오기 전에 무슨 소리 듣지 못했느냐면서. 훼손 상태가 너무 심하다고 하더군요.

기사 몇 줄로 전해지는 것과, 엄마의 마음은 천지 차이일 거다.

저희도 겁이 나서 보지를 못했어요. 복도로 끌려 나오다시피 해서 나왔어요. 그러고는 나중에 다시 가서 봤지요. 경찰서에서 애 아빠가 용균이가 맞는지 잘 모르겠다고, 아이가 까매져서 맞는지 모르겠다고 해서요. 부인하고 싶은 거죠. 그래서 다시 갔는데 두 번 봐도 맞아요. 그래서 다시 경찰서에 가서 인정을 하고…. 아, 다른 사람들은 그렇게 된 애를 보면 까무러치기도 하던데 왜 우리는 그게 안 되는지, 바닥을 뒹굴면서 울어도 기절은 안 하더군요.
힘이 빠져가지고 있는데 하청 업체 사장인지, 이사인지 회사 사람 둘이 왔더라고요. 정말 죄송하다면서 하는 말이 '용균이가 성실한 애였는데 고집이 좀 셌다'고. 그래서 '가지 말란 곳에 가서 하지 말란 일을 했다'고요. 회사에서 들어놓은 보험으로 해결을 해주겠다면서. 애가 그렇게 됐다는 게 받아들여지지도 않는 부모한테 한다는 말이 저거밖에 없나. 무슨 보험은 보험인가. 황당했어요. 나중에 몰래 아들 동료들에게 확인해보니 사측 말과 달리 무조건 가서 일하게 돼 있다고 하더군요. 사측이 거짓말로 아들에게 누명을 씌우려 한다는 것을 알게 됐어요.

업무 수칙을 잘 지켜서 당한 죽음

» 특조위에서 진상 조사 결과가 나왔죠.

업무 수칙을 다 지키다가 그렇게 된 거라고 발표했죠. 용균이 잘못이 아니라는 증거가 확실하게 나왔으니 안도감이 들면서 다른 한편으로는 정말 말도 안 되는, 어처구니없는 죽음이었다는 생각에….

엄마는 다시 마음이 무너졌다.

» 용균 씨가 일하던 공장에도 가보셨죠.

시민대책위 사람들, 용균이 동료들하고요. 제가 용균이가 업무를 하러 다니던 동선 그대로 재현해달라고 했어요. 처음엔 샤워실, 탈의실, 용균이가 쓰던 정말 작은 사물함을 봤어요. 컵라면, 고장 난 손전등, 건전지, 슬리퍼 이런 게 있더라고요. 현장을 보지 않은 상태였으니 그게 의미하는 게 뭔지 그때는 몰랐어요.
그러곤 현장에 갔는데, 아무 데도 안전하지 않았어요. 탄가루가 눈처럼 쌓여서 분진이 날리고요. 용균이가 일했던 컨베이어벨트 쪽은 좁고 어두웠어요. 점검할 때 최대한 가까이 가서 사진을 찍어 보고를 올려야 했대요. 회전체(석탄 운반용 컨베이어벨트를 받치고 있는 설비)가 돌아가는데 몸이 끼일 위험에 노출이 돼서 일을 한 거예요. 안전장치로 풀코드(비상 정지 장치)라는 게 있는데, 평소에는 줄이 늘어져 있어서 쓸 수도 없고 그것마저도 원청 허락이 있어야 당길 수 있다니 말이 돼요? (게다가 2인 1조가 아닌 혼자 점검을 해 구제해줄 이도 없었다.) 정말 미친 것들 아닌가요.
용균이 죽고 나서 현장에서 일하는 사람들 보고 탄자루에 시신을 수습하라고 그랬대요. 그 얘기를 듣고 동료들에게 탄자루는 깨끗하긴 했냐고 하니 새것을 썼다고 하더라고요. 사람이 죽었는데, 어떻게 탄자루를 쓰라고 할 수 있을까. 4시간 방치한 것도 모자라서 수습도 그 모양으로 하다니….

» 이후에도 비슷한 사고가 이어졌어요.

이런 사회구조에서는 약자들이 억울하게 죽을 수밖에 없어요. 자연재해로 죽는 건 어쩔 수 없지만, 인재는 막아야 하는 것 아니에요? 저는 그런 현실을 몰랐어요. 정말 공부를 많이 해야겠다는 생각을 해요. 그래서 우리나라가 어떻게 지금까지 이어졌고, 왜 이렇게 나라가 험악하게 됐는지 현대사 책도 보고 있어요.

김미숙 씨는 <중대재해처벌법> 제정을 요구하며 2020년 국회 앞에서 29일간이나 단식 농성을 벌였다. 2021년 1월 드디어 국회 본회의를 통과해 2022년 1월부터 시행되고 있지만 한계도 있다.
그에 앞서 국회를 통과한 이른바 '김용균법'(개정 <산업안전보건법>)도 미흡한 부분이 많다. '김용균법'으로 부르고 있지만 그 법으로는 용균 씨의 죽음을 막을 수 없기 때문이다. 이 법에 따르면, 용균 씨의 연료·환경 설비 운전 업무나 2016년 2호선 구의역 스크린도어 수리 작업 중 사망한 김모 군의 업무는 도급 금지 대상에 해당되지 않는다. 정규직은 안전이 위협받을 경우 문제를 제기하고 바로잡을 수 있는 권한이 있지만, 비정규직은 그렇지 않다. 그러니 여전히 시키면 그대로 할 수밖에 없는 처지다.

그래서 '김용균법에 김용균이 없다'는 얘기가 나오는 거예요. 저는 지금 한 산, 한 산 어렵게 넘고 있어요.

» 그렇게 힘든 일인데도, 산을 넘는 이유가 뭔가요?

저는 사는 이유가 이것밖에 없어요. 자식이 있어야 미래도 있고 희망도 있죠. 이제 내 삶에 바라는 게 아무것도 없어 저는 사는 이유가 이것밖에 없어요.
자식이 있어야 미래도 있고 희망도 있죠.
이제 내 삶에 바라는 게 아무것도 없어요.
다른 사람들이 나 같은 아픔을 겪지 않으면
좋겠다는 마음이에요. 일도 그만뒀어요.
회사에서는 휴직 처리를 해줄 테니
언제든 돌아오라고 했지만, 이제는 제가
못하겠더라고요. 이전으로 돌아갈 수가 없어요.

요. 다른 사람들이 나 같은 아픔을 겪지 않으면 좋겠다는 마음이에요. 일도 그만뒀어요. 회사에서는 휴직 처리를 해 줄 테니 언제든 돌아오라고 했지만, 이제는 제가 못하겠더라고요. 이전으로 돌아갈 수가 없어요.

세월호 엄마들, 그 세월 어떻게 견뎠는지

» 용균 씨가 꿈에 나타난 적 있나요?

애기 때 모습으로 나오더라고요. 어릴 때 정말 제 판박이였거든요. 그러다 최근에 제 아빠 꿈에 나타났대요. 그런데 용균이가 회사 작업복을 입고 있더래요. 그래서 애 아빠가 '너 요즘 어디에 있니?' 하니까, '좋은 회사에 취직해서 있다' 그러더라고 해요. 애 얼굴이 어때 보였냐고 하니 편안해 보였대요. 애 아빠는 꿈에서 잘 있는가 보다 하고 깼다고 해요. 용균이가 어릴 때부터 부모를 많이 생각했거든요. 어떻게 하면 효도하고 기쁨을 줄지 생각하는 아이였어요. 그래서 죽어서도 부모 걱정하지 말라고 좋은 모습을 보여줬나 봐요.

» 세월호 엄마들도 만났지요.

네, 그 세월을 어떻게 견디고 살았을까 싶어요. '그분들 모습이 내 모습이구나, 나보다 먼저 아픈 세월을 겪은 사람들이구나' 하는 생각이 들죠. 만나면 어떻게 살았는지 그걸 제일 물어보고 싶었거든요. 물으니 그냥 산다고 하더군요. 한 엄마는 자기도 애가 하나밖에 없었는데 그렇게 돼 너무 힘들었다고 해요. 하지만 아직 이렇게 살고 있다면서 용균이 엄마도 살 수 있다고요. 그렇게 웃으면서 말하는데 눈에서는 눈물이 흐르고 있더군요.

» '김용균재단'을 만들었죠.

이 사회가 정말 마음에 들지 않아요. 용균이 죽기 전에 믿었던 나라가 아니란 걸 알았어요. 밝은 면만 봤다가 지금은 완전히 어두운 면만 보고 있지요. 조롱당하고 짓밟힌 느낌이에요. 그래서 용균이를 기리기는 것뿐 아니라 안전하지 않은 우리나라를 안전하게 만드는 투쟁을 하려고 만드는 재단이에요. 산재 피해 가족이나 앞으로 일어날 사고의 피해자 가족과 연대해서 일을 할 거예요. 저는 전태일처럼 우리 용균이가, 짧은 생을 왔다 갔지만 길게 남겨지길 바라요.

» 출간한 투쟁 백서 제목은 '김용균이라는 빛'이죠.

세월호 참사나 구의역 사고 피해자들이 저는 다 빛이라고 생각해요. 어둠을 밝히는 빛. 용균이도 그렇죠. 우리의 투쟁이 얼마나 절실한가에 따라 그 빛은 흐려지기도, 더 세지기도 할 거예요. 용균이뿐만 아니라 살아 있는 사람들도 빛을 만들어야 한다고 생각해요.

아무도 이런 아픔 겪게 하지 않으려

» 자그마한 체구에 말도 조곤조곤 해서 조용한 성격인 듯해요. 그런데 사고 이후 기자회견이나 국회 공청회에도 참석해서 마이크를 잡고, 비정규직 노동자 가족도 만나러 가실 정도로 활동 폭이 넓어요.

저는 그동안 마이크를 잡아본 곳이라곤 노래방밖에 없어요. 마이크만 보면 떨었죠. 하지만 자식이 이렇게 엉망으로 죽었는데 내가 어디 있어요. '용균이 엄마'밖에 없는 거지. 저는 이제 못할 게 없어요.

» 그동안 살면서 지키려고 했던 것도 용균 씨 죽음 이후로 바뀌었겠지요?

이전에는 자식에게 먹을 것 하나라도 더 주려고 아등바등 돈 모으며 살았어요. 그런데 이제는 맛있는 걸 입에 넣어줄 애가 없어요. 그러니 내가 잘 살고 싶은 이유도 없죠. 이제 그런 건 나한테 중요하지 않아요. 애가 하려던 숙제, 바라던 나라를 만들기 위해 살아야겠다고 바뀌었어요. 무슨 보상금 이런 얘기를 하는 사람들도 있지만, 돈이 무슨 소용인가요. 자식 핏값으로 받은 돈, 부모가 어떻게 건드려요. 쓸 수 없는 돈을 준 거예요. 정말 누구도 이런 아픔은 겪지 않았으면 좋겠어요. 아무도….

저는 그동안 마이크를
잡아본 곳이라곤 노래방밖에
없어요. 마이크만 보면
떨었죠. 하지만 자식이
이렇게 엉망으로 죽었는데
내가 어디 있어요. '용균이
엄마'밖에 없는 거지. 저는
이제 못할 게 없어요.

그 마음으로 사는 거다. 내 자식 처참하게 잃은 고통을 아니까, 다시는 이런 일이 없길 바라는 마음. 간절하다는 건 이런 뜻일 거다. 용균이 엄마 김미숙 씨의 눈에는 미소 지을 때도, 말을 할 때도, 생각에 잠길 때도 늘 물기가 어렸다. 눈동자는 이미 슬펐다.
김미숙 씨 휴대폰에는 고리가 세 개 달려 있었다. 노란 리본, 주황 리본, 보랏빛 리본. 각각 세월호 참사 희생자, 스텔라데이지호 침몰 희생자 그리고 용균 씨를 기리는 것이었다. 그건 아들을 잃고 세상의 엄마로 살겠다는 결심 같아 보였다.

저하고 있으면 별별 얘기 다 하는 다정한 아이였어요. 애교도 많고요. 사춘기 때 빼고는 커서도 저한테 뽀뽀를 해주는 아들 같은 딸, 딸 같은 아들이었죠. 버릴 게 없는, 정말 아까운 아이예요. 엄마가 놓쳐버린 것 같아요. 저는 큰 게 행복이라고 여기지 않았어요. 많은 욕심 부리지도 않았죠. 그저 평범하게 가족과 소소한 행복 누리는 걸 큰 행복으로 여겼어요. 그런데 이것마저도 저한테 허락이 안 된다니….

엄마에게 이런 죄책감을 느끼게 하는 사회는 공정하지도, 정의롭지도 않다. 아니, 정상이 아니다. 용균 엄마의 목소리에 세상이 귀를 기울여야 하는 이유다.

영화가 된
성소수자의 엄마,
정은애

"어떤 순간에라도 네 곁에 있을게."

자식의 ‘커밍아웃’을 받은 부모들의 이야기를 담은 다큐멘터리 영화가 있다. 변규리 감독의 〈너에게 가는 길〉(2021)이다. 트랜스젠더 아들을 둔 엄마 ‘나비’, 게이 아들을 둔 엄마 ‘비비안’이 주인공이다. 자식의 커밍아웃 이후 이런 활동명을 지었다. 성소수자부모모임을 하면서다. 각각 정은애, 강선화였던 엄마들은 나비와 비비안으로 다시 태어났다.

두 엄마 중 나비 정은애 씨를 만났다. 정 씨는 자식인 한결 씨의 부탁으로 2017년 4월, 처음 부모모임에 참석했다가 자식의 성정체성을 제대로 알게 된다. 그로부터 한결 씨의 몸과 법적 성별을 여성에서 남성으로 바꾸는 여정에 함께한다. 그 길 위에서 엄마 은애 씨는 자신 역시 돌아보게 된다.

‘성소수자는 병에 걸린 것이니 치료받으면 된다. 성정체성도 의지로 바꿀 수 있다.’

성소수자를 억압하는 대표적 주장이다. 은애 씨는 반박한다.

“모르니까 그렇게 말하겠죠. 그런데 꼭 바꿔야 하나요? 내가 어떤 사람인지 정체화하는 건 자기 자신이죠. 무슨 권리로 다른 사람이 바꾸라고 강요하나요? 무례해요.”

그렇잖아도 대한민국공무원노동조합총연맹 소방공무원노조 위원장 출신으로 ‘투쟁’에는 일가견이 있는 엄마다. 거기다 이젠 아들이 숨 쉬며 살 수 있는 세상을 만들기 위해 제대로 투사가 됐다.

은애 씨가 부모모임에 처음 온 엄마나 아빠들에게 하는 말이 있다.

“내 아이가 성소수자여도 세상이 무너지지 않습니다. 내 아이에게도 문제가 없습니다. 내 아이를 혐오하는 세상이 문제인 겁니다. 물론 그 세상이 바뀌어야 하는데, 그건 우리가 함께 노력하면 됩니다. 그렇잖아도 힘든 아이한테 짐을 얹어주지 맙시다. 자식이 어느 날 갑자기 폭탄을 던진 게 아닙니다. 오랜 시간 고민하다 도와달라고 요청하는 겁니다. 그만큼 당신을 믿고 있는 겁니다."

자신 역시 '세상에 한결이와 나 둘뿐이구나' 생각했을 때 이 모임의 부모들에게서 큰 위로와 힘을 받았다.

아들 덕분에 '성소수자 자식을 둔 엄마'라는 새로운 정체성이 더해진 삶을 살고 있는 그를 만났다. 인터뷰는 정 씨의 시점에서 1인칭으로 재구성해 썼다.

영화 〈너에게 가는 길〉은 전주국제영화제에서 다큐멘터리상을 받은 것을 비롯해 서울여성독립영화제 개막작 선정·관객상 수상, 서울국제여성영화제 공식 초청, 서울국제프라이드영화제 공식 초청 등 괄목할 성과를 거뒀다.

나도 몰랐다. 내가 나의 소개를 그렇게 하게 될 줄은.
그간 인지해온 내 정체성은 이런 것. 58년째 대한민국에서 살고 있는 여성 정은애. 여상(여자상업고등학교)을 졸업하자마자 일하기 시작해 지금까지 가장으로 생계를 꾸리는 워킹 맘이자 싱글 맘, 사람에 관심이 많아 상담심리대학원도 다닌 고뇌하는 인간 그리고 40년차 소방공무원.
이런 내 이름 석 자 앞에 또 하나의 의미가 생겼다. 한국 사회에서 여성으로 살면서 당한 성차별과 성폭력이야 말해 무엇하겠냐마는, 그래도 소방공무원으로서는 어디 가서 욕먹지 않았는데. 이 새로운 정체성만으로 무조건 비난하는 이들이 세상에 너무나 많다. 7년 전부터 나는 나를 종종 이렇게 설명한다.
"제 아이는 트랜스젠더 남성이에요. 바이젠더Bigender, 팬로맨틱Panromantic, 에이섹슈얼Asexual이라는 정체성을 갖고 있습니다."
처음엔 나도 무슨 뜻인지도 모르고 외워서 소개를 했다. 그래도 그렇게 소리 내어 내 자식의 정체성을 말하는 건 중요한 의미였다.
한번은 BBC 뉴스 코리아와 인터뷰를 하는데, 팬로맨틱을 '폴로맨틱'이라고 잘못 말하기도 했다. 옆에 있던 아들 한결이가 다행히 고쳐주었다. 인터뷰가 끝나고 한결이는 안 되겠다는 듯 나를 붙잡고 '과외 수업'을 해줬다.

"제 아이는 트랜스젠더 남성이에요.
바이젠더Bigender, 팬로맨틱Panromantic,
에이섹슈얼Asexual이라는 정체성을
갖고 있습니다."

"엄마, 이리 와봐. 무슨 뜻인지 설명해줄게. 잘 들어."
그러니까, 이런 거다. 바이젠더는 자신을 두 개 이상의 젠더로 인식하는 것이고, 팬로맨틱은 상대의 성별에 상관없이 로맨틱 끌림을 느끼는 것, 에이섹슈얼은 어떤 상대에게도 육체적인 끌림을 느끼지 않는 걸 말한다. 거기에 더해 한결이는 폴리아모리Polyamory라는 지향성도 있다. 폴리아모리는 상대방이나 자신이 둘 이외의 사람과도 연애, 섹스, 스킨십을 할 수 있도록 관계를 열어두는 사랑의 형태다.
다시 말해, 내 아들은 FTMFemale to Male 성소수자이고, 나는 성소수자 자식을 둔 엄마다. 내 자식의 성별 정체성이나 성적 지향을 외워서 말할 때는 그저 '난 너를 부당하게 괴롭히지는 않는 거야' 정도의 마음이었는데, 온전히 이해하고 소리 내어 말하니 '난 너를 마땅히 이해하고 존중하고 있어'라는 의미가 실리는 걸 느낀다. 이해나 존중에도 단계가 있다는 걸 깨달았다.
성소수자 부모로서 사람들 앞에 설 때가 아니더라도, 나는 꼭 동료들한테 먼저 말을 꺼내곤 한다.
"제 아이는 트랜스젠더인데요. 알고 보니, 제가 퀴어 인권에 대해 몰랐던 게 정말 많더라고요"
커밍아웃은 성소수자뿐 아니라 그의 가족에게도 해당되는 문제다.
굳이 그렇게 얘기하는 이유가 있다. 가시화하고 싶어서다.

우리 주위에 성소수자들이 엄연히 존재한다는 것을 알아차리게 하고 싶어서다. 그래야 성소수자를 향한 혐오의 시선을 조금이라도 줄일 수 있지 않을까 생각해서다. 남자들끼리는 흔히 음담패설로 요약되는 성희롱 발언을 주고받다가도 그 무리에 여자가 한 명이라도 끼면 조심하게 되듯이. 내 주변, 내가 아는 사람 자식도 게이나 레즈비언, 트랜스젠더라는 걸 알면 그렇게 쉽게 비난할 수 있을까.
무엇보다 후회가 돼서 그렇다. 나도 만약에 주위에서 트랜스젠더를 봤거나, 누가 트랜스젠더라는 얘기를 들은 적이 있었더라면 '우리 아이가 혹시?'라는 생각을 한번은 했을 테니까. 20년이 넘도록 내 자식의 성별 정체성과 성적 지향을 알아차리지 못했으니 말이다. 게다가 아이가 어렵게 말을 꺼냈을 때 나는 혐오 발언까지 했다.

치마가 그렇게 예쁘면 엄마나 입어

어릴 때부터 한결이의 젠더가 남다르다는 건 느끼고 있었다. 여자아이인데도 장난감 총이나 칼을 갖고 놀았고 인형은 거들떠보지도 않았다. 지금도 또렷하게 기억하는 사건. 아이가 생후 24개월쯤 됐을 때다. 아이 큰엄마가 선물해준 드레스를 입히려고만 하면 '나중에'라면서 밀어내는 거다. 말이 늦어 싫다는 표현을 아이는 그렇게 했다.

그래도 마냥 옷을 묵혔다간 걸쳐보지도 못하고 커버릴 것 같아서 어느 날 작심하고 아이를 설득했다.

"이거, 큰엄마가 사준 옷이잖아. 예쁘지? 큰엄마 곧 만날 거니까, 입어보자."

그랬더니 아이가 갑자기 이렇게 쏘아붙였다.

"그렇게 예쁘면 엄마가 입어!"

두 가지에 놀랐다. '어라, 얘가 이렇게 말을 길게 할 수가 있었나. 그리고 이 옷이 그렇게 싫은가.' 그러기 시작해 한결이는 중·고교 때도 치마 교복을 단 한 번도 입지 않았다. 자전거를 타고 통학해야 하니 치마는 입을 수 없다는 이유 같은 걸 학교에 대면서 혼자 바지를 입고 다녔다. 그걸 보면서도 난 아이가 그냥 선머슴 같구나 하고 말았다. 나도 그랬으니까. 알고 보니 자기 벗은 몸을 보는 게 싫어 교복을 갈아입지도 않고 며칠씩 그대로 자고 먹고 한 건 줄은, 몰랐다. 정말이지, 난 내 자식을 몰랐다.

다만 '혹시 얘가 레즈비언인가' 짐작만 했다. 유치원 때 여자애한테 연애편지 같은 걸 주더니 중·고교 다닐 때까지도 그랬으니까. 한결이가 초등학교 때, 내가 슬쩍 물어본 적도 있다.

"한결아, 너한테 레즈비언 성향이 있는 거 같아."

"응, 그런 거 같아."

아이가 말하는 거다. 속으로 '아, 레즈비언이 무슨 말인지 아는구나. 진짜 그럴 수 있겠구나.' 했다.
내가 학교 다닐 때도 레즈비언 친구가 있었다. 그 친구를 두고 수군거리는 애들에게 오히려 화가 났다. '그게 뭐 어때서'라고 생각했으니까. 그러니 내 아이의 다소 특별한 성향이나 행동을 보면서 내 머릿속에 떠오른 게 레즈비언이었던 거다.
그런데, 오판이었다.

공개적으로 '커밍아웃' 받던 날

성소수자 부모들이 쓰는 표현이 있다.
'커밍아웃을 받다.'
자식이 부모에게 커밍아웃을 하는 걸 그렇게 말한다.
성소수자가 부모에게 커밍아웃을 하는 비율이 얼마나 될까. 불과 20~30%다. 자신을 낳아준 부모한테조차 말하기가 그토록 어렵고 두려운 일이 커밍아웃이다. 그러니 자식에게 부모란 얼마나 가깝고도 먼 존재인가. 달리 말하면, 자식이 커밍아웃을 한다는 건 그만큼 자기 부모를 믿고 있다는 뜻이다.
나는 한결이의 커밍아웃을 2017년 4월 부모모임에 갔을 때 받았다. 그전부터 한결이는 심심찮게 말하곤 했다.
"엄마, 성소수자부모모임이라는 단체가 있는데 한번 가보는 게 어때?"
"엄마가 소방관 인권운동을 하는 것처럼, 그 단체 활동도 하면 좋을 텐데."
그때마다 거절했다.
"아이쿠, 그거 하려고 (전북에서) 서울까지 가? 좀 한가해지면 가볼게. 지금은 바빠서 못 가."
그래도 한결이는 틈만 나면 그 모임 얘기를 꺼냈다.
"엄마가 가봤으면 좋겠는데."
'얘가 내게 뭘 그렇게 부탁해본 적이 있었나.'
그러던 중 이번엔 대전에서 모임을 한다며 한결이가 함께 가보자고 또 청했다. 마침 시간이 좀 났을 때라 가보기로 했다.
부모모임에 갔더니 자연스럽게 돌아가며 자기소개로 말문을 열었다. 나는 이런 말로 내 소개를 시작했다.
"제 아이는 레즈비언이에요."
그리고 한결이 차례. 그런데 아이의 입에선 이런 말이 나왔다.
"저희 엄마는 저를 레즈비언이라고 하지만, 그게 아니라 저는 트랜스젠더입니다."
'뭐라고? 트랜스젠더?'
모임이 끝나고 한결이에게 물었다.
"왜 트랜스젠더야? 너는 성전환 수술(트랜지션)도 안 했잖아."

"수술 안 한 트랜스젠더도 있어."

"그래?"

여느 부모들이 보면 나더러 무심하다고 할지 모르겠지만, 본인이 그렇다니까 별로 깊이 생각하지는 않았다. 수술 안 한 트랜스젠더도 있다니까 막연히 '뭐, 특별히 어려울 건 없겠구나' 하고 말았다. 아무리 자식이지만 '인생은 너는 너, 나는 나' 아닌가. 게다가 인생이란 게 미리 고민하거나 복잡하게 생각해서 해결되는 건 없다는 게 세월이 준 교훈이다.

그로부터 3개월 뒤, 역시 부모모임에 갔다가 돌아오는 지하철 안이었다. 갑자기 한결이가 말했다.

"엄마, 나 (성전환) 수술하고 싶어."

놀라지 않았냐고 하겠지만, 그때도 난 별로 고민하지 않았다.

"그래, 그럼 해야지. 그럼 수술은 우리나라에서 할 수 있는 거야? 비용은 얼마나 들어?"

그 말을 듣던 한결이가 눈물을 주르륵 흘렸다. FTM은 성기 재건 수술을 하지 않는다면 우리나라에서도 가능하며, 비용은 1000만 원 정도라면서. 아이한테 말했다.

"그게 그렇게 어려운 얘기였니?"

하기는, 한결이의 정체성을 몰랐을 때 내가 어땠던가. 사춘기 때 "엄마, 나는 가슴이 없었으면 좋겠어."라는 아이에게 훈계나 했다.

"아마조네스(신화 속 여전사 부족)들도 활을 잘 쏘려고 가슴을 절제했다고는 하던데, 아무리 힘든 세상이지만 가슴을 없애고 싶다고 하는 건 비겁한 일이야. 아무리 성차별이 심한 사회라고 하지만, 남자가 되고 싶다고 하는 건 문제를 회피하는 거야."

그게 혐오고, 아이에게 상처를 주는 말인 줄도 모르고 말이다. 그러니 그간 스스로 얼마나 혼란스럽고 힘들었을까. 나이 스물세 살에야 엄마에게 커밍아웃을 하고, 수술 얘기를 꺼냈으니.

진짜 성별을 찾는 여정

수술을 결정한 그때부터, 우리는 함께 한 걸음씩 나아갔다. 그건 법적 성별을 바꾸는 일까지를 포함했다. 그러니 한결이의 외가와 친가 가족에게 말을 하지 않을 수는 없었다. 더구나 가족의 인정은 성소수자 본인에게 중요한 의미다. 물론 말하는 건 쉽지 않은 일. 한결이는 불안해했다.

"걱정하지 마. 외가 식구든, 친가 식구든 누구라도 너한테 혐오 발언을 하면 엄마가 상을 확 뒤집어엎고 나올 테니까."

가족들을 만나 나는 말했다.

"애가 트랜스젠더야. 원래 성정체성이 남자인데 몸이 여자라 그동안 많이 힘들어했어. 그래서 (몸도, 법적 성별도) 바꾸

"걱정하지 마. 외가 식구든, 친가 식구든
누구라도 너한테 혐오 발언을 하면
엄마가 상을 확 뒤집어엎고 나올 테니까."

고 싶어 해."
예상 외로, 양쪽 가족은 한결이의 뜻을 수월하게 받아들였다. 가장 걱정된 사람이 개신교 신자인 언니였다. 그런데 언니도 처음에 깜짝 놀라긴 했지만, 이내 말했다.
"그래. 한결아, 어릴 때부터 넌 남자애 같았어."
우는 엄마, 그러니까 한결이 외할머니를 언니가 '괜찮다'며 옆에서 다독이기까지 했다.
전남편과 오래전 이혼했지만, 한결이의 친가에도 말을 하지 않을 수는 없었다. 우리 얘기를 들은 한결이 고모와 큰아버지도 '먼저 말하기 전에 아는 척할 수가 없어 가만히 있었다'고 말해줬다. 커밍아웃을 대하는 훌륭한 자세를 목도했다.
나를 예뻐하셨고, 나 또한 잘 따랐던 시아버지도 처음엔 아무 말씀 안 하시더니, 우리가 돌아갈 때쯤 물으셨다.
"한결이라는 이름은 바꾸지 않아도 되느냐?"
아흔 살을 바라보는 시아버지도 이해하신 거다. 그 자리에 있던 한결이 아빠, 그러니까 전남편만 충격을 받은 표정이었다.
그렇게 양쪽 집에 커밍아웃을 하고 한 달 뒤인 10월 가슴 절제 수술을, 그 이듬해인 2018년 자궁 절제 수술까지 마쳤다.
"엄마, 고마워."
수술을 마치고 누워 있는 한결이에게 '좋으냐?'라고 물으니 아이는 주르륵 눈물을 흘렸다.
'진짜 원했구나. 좋아하니 다행이야.'
이제는 법원이다. 법적 성별도 남성으로 바꿔야 했다. 성별 정정 신청 결과는 판사마다 판단이 다르고, 호락호락하지 않은 일. 그래도 수술을 했으니 법적 성별도 당연히 고쳐야 한다. 한결이는 걱정했지만, 나는 어떻게든 결국 받아들여질 거라고 생각했다. 다만, 단번에 되느냐, 여러 번 시도를 해야 하느냐의 문제일 뿐. 이미 성별 정정을 허가한 사례가 있지 않나. 그게 자식보다 더 오래 산 세월에서 나오는 지혜일까.
첫 신청 때 기각 결정이 나오고 나는 '시간이 더 필요하겠구나. 다른 지역 법원에 다시 신청을 해야겠다.'고 생각했지만, 아이에겐 하루하루가 고통이었다. 서울가정법원에서 기각된 지 6개월 만에 내 연고지인 전북 전주지방법원 군산지원에 다시 성별 정정 신청을 했다. 그 결과, 허가 결정. 심문 때 판사는 말했다.
"우리 사회가 성소수자에게 관대하지 못하지만, 그에 너무 상처받지 말고 당당하게 사세요."
그 말에 얼마나 감동했는지. 그런 판사들 덕분에 많은 성소수자가 위로를 받고 힘을 내고 사는 거다. 성소수자들에게 그런 한 줄기 희망조차 없을 때, 그들의 삶은 나락으로 떨어진다.

부모들이 투사가 되는 이유

"엄마, 나는 길 가다가 돌에 맞아 죽어도 이상하지 않은 사회에 살고 있어."

나만 해도 한결이가 울부짖을 때, 제대로 이해하지 못했다. 아무리 자식이 그렇게 말해도, 내가 겪어보지 못했으니까.

그런 폭력을 퀴어문화축제에 가서야 처음 당했다. 반대자들은 '동성애는 죄악', '동성애 유전자는 없다', '사랑하니까 반대한다' 같은 폭력적인 문구를 들고 시위를 하고 축제를 방해했다. 성소수자 부모들은 대명천지에 그들에게 옷이 뜯기고, 안경은 밟혔으며, 맞아서 온몸에 멍이 들었다.

그때 처음 공포감이 들었다.

'우리 애들이 사는 세상이 이렇구나. 이게 우리 자식들에게는 실제의 삶이구나. 성소수자라는 이유만으로 무자비한 폭력에 노출되어 있구나.'

한번은 그들이 차이코프스키의 음악을 시끄럽게 틀어두고 시위를 하던데, 차이코프스키도 동성애자였다는 걸 알기는 아나.

그러니까, 퀴어문화축제에 한 번 가본 부모들은 투사가 된다. 다음 퀴어축제에도 대부분 다 참가하는 이유다.

그런 현장에서 부모들이 옆에 있다는 것만으로 성소수자들은 큰 위로를 느낀다. 그 강력한 상징 같은 행사가 부모모임이 하는 '프리 허그'다. 해보기 전엔 막연히 '자기 부모한테 지지받지 못하는 성소수자에게는 위로가 되겠구나' 생각했다. 안아주는 게 어려운 일도 아니고.

그런데 실제 해보니, 이건 그 이상의 의미가 있는 행위였다. 프리 허그를 해주는 부모들 앞에 선 그들의 눈빛은 말로 다 표현을 할 수 없다. 마치 '나 여기 있어요'라고 말하는 듯하다. 나는 그들의 언어를 받아 '당신이 어떤 사람인지 내가 알아. 속속들이 다 알지는 못해도 있는 그대로 당신을 이해해. 이 공간 안에서 당신을 온전히 존중해.'라는 마음으로 안아준다.

그건, 한 세상과 다른 한 세상이 만나는 의미다. 그저 그들의 부모 대신 안아주는 게 아닌 거다. 그러니 퀴어축제 때 성소수자들이 프리 허그 부스 앞에서 그토록 설레며 기다리는 거였다.

사람이 밥만 먹고 사는 건 아니다. 밥보다 중요한 게 응원과 지지, 사랑 아닌가. 퀴어축제에서 성소수자들은 그걸 흠뻑 느끼는 거다. 퀴어퍼레이드 때 느끼는 해방감, 그 시간만큼은 존재 자체로 인정받는 기분이 든다. 왜 이 사회에서 내 자식이 정체성을 숨기고 살아야 하는지 억울함도 가슴 밑바닥에서 올라온다. 부모들도 그런데 본인들은 오죽할까.

삶과 죽음의 경계에 선 자식

'위태롭다.'

한결이를 보면 늘 그런 생각이 든다. 정도의 차이일 뿐. 몇 년 전 그게 최고조에 달했다. 고 변희수 하사 강제 전역, 트랜스젠더 합격생을 둘러싼 숙명여대 재학생들의 반발 같은 사건을 잇따라 겪으며 아들은 마치 제 일인 듯 힘겨워했다. 우울감이 심해져 정신과 약으로 버티다시피 했다. 그렇잖아도 중·고교 때 수없이 자해를 했던 아들이다.

부모모임에도 멀쩡히 엄마 손잡고 왔다가도 다음 달엔 이 세상에 존재하지 않게 되는 아이들을 봤다. 내게는 남의 일 같지가 않다. 항상 내 자식은 삶과 죽음의 경계에 있다는 생각이 들어 솔직히 너무나 불안하다.

그렇다고 마냥 '어떻게든 살아남아야 해!'라고 강요하는 건 내 욕심. 이렇게 성소수자에게 혐오가 강한 사회, 16년째 〈차별금지법〉 하나 제정 못해 정의가 지연되는 사회에서 버티기란 너무나 힘든 일이다. 나라도 죽고 싶은 생각이 들 것 같다.

'한결아, 그럴 때 떠올려주겠니? 그 어떤 순간에도 네가 외롭지 않게 엄마가 옆에 있을 거라고. 이렇게 전적으로, 무조건 너를 존중하고 지지하는 사람이 이 세상에 한 명이라도 있다는 걸 기억해달라고.'

'한결아, 그럴 때 떠올려주겠니?
그 어떤 순간에도 네가 외롭지 않게
엄마가 옆에 있을 거라고. 이렇게
전적으로, 무조건 너를 존중하고
지지하는 사람이 이 세상에
한 명이라도 있다는 걸 기억해달라고.'

그래서 어미의 이기심으로 또 한 번 바라보는 거다. 상처받기 쉬운 세상에서 조금만 더 버티고 살아달라고. 너와 내가 이렇게 손 붙들고 살다 보면 좋은 날도 오지 않겠느냐고. 당장 바뀌지 않는다고 너무 마음 아파하거나 슬퍼하지는 말자고. 천천히, 끈질기게, 차근차근, 올곧게 가다 보면 우리가 움직인 만큼 세상은 바뀌어 있을 거라고. 태몽에서 반짝이는 물속을 헤엄치는 비단잉어로 내 곁에 왔듯, 빛이 들고 자유로이 숨 쉴 수 있는 때가 오지 않겠느냐고.

무엇보다 네가 내 자식이라 감사하고 감사하다는 걸 알아달라고. 너의 커밍아웃이 '엄마, 도와줘'라는 외침이라는 걸 깨닫고 나이 쉰이 넘어 부모로서, 어른으로서 역할을 다시 배울 수 있게 됐다고. 트랜스젠더가 정규직으로 취업하기 어려운 사회라 경제적으로 독립하지 못해 스트레스 받는 거 알지만, 오늘도 '엄카(엄마카드)'를 써서 울리는 '띵동' 문자메시지 소리가 이 엄마에게는 네가 살아 있다는 신호 같다고. 너의 커밍아웃을 받은 뒤 내가 몰랐던 너에게 그리고 너를 이해하려 노력하는 나에게 가는 이 여정이 내게는 무척 소중하다고.

이것이 너와 함께 출연한 영화 〈너에게 가는 길〉에 담은 엄마의 마음이라고.

‘싱글 맘’으로 돌아온 ‘막영애’, 김현숙

“불행한 엄마는 되지 않겠다!”

배우 김현숙 씨가 엄마가 됐다. 외모지상주의를 풍자한 KBS 〈개그콘서트〉의 '출산드라'(2005), 성차별 사회에 소심하지만 정의로운 일침을 날리는 tvN 드라마 〈막돼먹은 영애씨〉(2007~2019)로 잘 알려진 그 현숙 씨다.

개그맨으로 아는 사람도 있지만 그는 배우다. 대학 시절 이미 단편영화 〈오래된 청혼〉으로 대학영화제에서 여우주연상을 탔고 이후로도 드라마와 뮤지컬, 영화를 놓지 않은 천생 배우.

엄마가 될 것을 예상하지 못한 그는, 이혼으로 '싱글 맘'이 될 것 또한 알지 못했다. 그는 JTBC 예능 프로그램 〈내가 키운다〉에서 아들 하민과 함께 사는 일상을 공개해 주목 받았다. "가장이기에 돈을 벌어야 했고, 다행히 하민이도 촬영을 좋아했고 즐긴다."는 게 출연을 결심한 가장 큰 이유다. "다른 '싱글 맘'과 '싱글 파파'에게 '우리 함께 힘내보자'고 용기를 주고 싶다."는 생각 또한 했다.

그는 십대부터 가족에게 큰 나무와도 같았다. 대학 등록금을 스스로 해결하고 생활비까지 벌어 보탰다. 배우로 성공하고 나서도 그랬다. 그런 그에게 결혼 후 감당하기 어려운 일이 잇따랐다. 최선이 아닐지언정 다시 행복해지기 위해 이혼을 결심한 까닭이다.

아이를 홀로 키우며, 딸인 자신도 돌아보게 된다는 현숙 씨를 만났다. 인터뷰는 그의 대표작이자 다큐드라마인 '막영애'의 형식을 빌렸다. '막영애'처럼 〈인간극장〉을 연상시키는 내레이션을 삽입해 재구성했다.

눈떠 있는 게 고통이던 그때

삶은 늘 현숙에게 고군분투였다. <막돼먹은 영애씨>(막영애) 시절에도, '맘mom돼버린 현숙 씨'가 된 지금도. 2015년 1월 아들 하민이를 낳고 '싱글 맘'으로 우리 앞에 다시 서기까지, 그에게 무슨 일이 있었던 걸까.

그때는 정말 '사람들이 이래서 스스로 목숨을 끊는구나' 싶었어요. 눈떠 있는 게 고통이었으니까요. 곡기를 삼키지 못하고, 잠도 안 왔어요. 첫 번째 사기로 피해를 입고 나서 이제 좀 한숨 돌릴 만하니 또 사기를 당한 거예요. 처음보다 액수는 적었지만, 충격은 너무나 컸죠. 숨 쉴 틈이 없더라고요.

열아홉 살부터 주유소, 칼국숫집, 갈빗집, 분식집, 호프집, 생선구이집, 사무 보조에 대학 축제 사회까지 해보지 않은 아르바이트가 없는 현숙이다. 대학 등록금에 자기 용돈까지 해결하는 건 물론이고 집안 생활비까지 보탰던 그는 그야말로 '소녀 가장'이었다.

연예계에 들어와서 한창 바쁠 때도 주위에서 '힘들지 않냐'고 하는데, 저는 너무 익숙했어요. 재수할 때부터 아르바이트를 하기 시작해서 대학(연극영화과)에 들어가서도 돈을 벌면서 다녔거든요. 장학금을 받아야 하니 그러면서도 수업엔 다 들어가고, 연극 연습도 소홀히 하고 싶지 않아서 열심히 하고요. 그러니 잠을 거의 자지 못하고 살았어요. 밤샘 공연 연습하고 새벽에 리포트를 쓴 뒤에 수업 들어가고 끝나면 아르바이트 하러 갔죠. 배우가 된 뒤에는 좋아하는 일로 돈까지 벌 수 있으니 얼마나 좋아요. 더 열심히 살았죠.

20대부터 치열했던 인생이다. 결혼한 뒤에도 생계는 현숙의 몫이었다. 그러니 사기를 당하고도 믿을 건 오로지 자기 자신뿐.

저는 '흙수저'인데다 제로(0)도 아닌 마이너스(-)에서 시작했어요. 게다가 제 옆에는 제가 책임져야 할 가족도 있고요. 저는 벌이가 일정하지 않은 '비정규직'이잖아요. 그런 게 늘 콤플렉스였죠. 그래서 안정적인 수입처를 좀 마련해볼까 하는 욕심을 부리다 걸려든 거죠. 처음 사기를 당했을 때 10억 원 정도 날렸어요. 그런데 얼마 되지 않아서 또 사기로 2억 원 피해를 입은 거죠. 돈도 돈이지만, 정신적인 충격이 너무 컸어요.

그때 현숙 옆에 있었던 아들. 만 세 살이 된 하민이가 현숙의 생을 붙들었다.

내게 남아 있던 실오라기 같은 이성으로 견뎠어요. 하민이 덕분이었죠. 또 이 어려움을 해결해 나가려면 돈을 벌어야 하니 마냥 누워 있을 수만도 없고요. 다행히 좋은 정신건강의학과 선생님을 만나 오래 상담을 받으면서 이겨냈어요.

'엄마 되기'에 환상이 없던 이유

한창 활동이 왕성하던 시기, 예상치 않게 찾아왔던 아들이다.

2014년 한창 '막영애' 시즌 13을 찍을 때였어요. 월경이 규칙적인 편인데, 이틀 정도 하지 않는 거예요. (결혼 전이라) 남자친구한테 임신 테스트기를 사 오라고 했죠. 설명서를 읽어보니 아침 첫 소변으로 해야 정확하다는 거예요. 밤새 잠이 안 오더라고요. 뜬눈으로 지새우고 새벽에 검사를 했죠. 5분쯤 기다리면 결과가 나온다던데, 웬걸, 바로 두 줄이 뜨는 거예요. 사람이 참 신기하죠. 그렇게 임신 사실을 알고 보니까 '내가 엄마가 되는 건가' 싶어 신기하면서 바로 몸을 조심하게 되더라고요. 평소 걷던 횡단보도에서조차도 말이에요.

하민이 태몽이 호랑이였어요. 생각해보니까 '그게 태몽이었구나' 싶더라고요. 꿈에 어떤 동물이 나왔는데 갑자기 큰 호랑이로 변신해서 기억하고 있었죠. 그래서 태명을 '랑이'

라고 지었죠.
어떡하겠어요? 아이가 생겼는데. 하하. 그래서 결혼도 한 거죠.

엄마가 될 생각은 30대 중반까지도 해본 적이 없던 현숙. 자신의 천성을 잘 알았기에 엄마가 된다는 건 두려움이기도 했다.

어릴 때부터 홀로 3남매를 키우는 엄마가 너무 안쓰럽게 느껴졌어요. 경제적으로 특히 도움이 되고 싶었어요. 누가 강요하지도 않았는데 짊어진 거죠. 그런 성격을 아니까 자식을 낳으면 내가 어떻게 변할지 눈에 보이는 거예요. 그래서 엄마가 되고 싶다는 생각도, 환상도 없었죠. 아마 그때 하민이가 생기지 않았다면, 평생 아이를 낳지 않고 살았을지도 몰라요.

'막영애' 시즌 3에 이런 내레이션이 나온다.
"때로는 눈물을 흘리기도 하고, 나만의 비밀을 간직한 채 살아가기도 하지만, 확실한 건 인생은 피해 갔으면 하는 일보다 경험해봤으면 하는 일들이 훨씬 많다."
하민이를 가진 게 그에겐 그런 사건 아니었을까. 현숙에겐 그랬지만, 영애에겐 미안하기도 했던 일.

어릴 때부터 홀로 3남매를
키우는 엄마가 너무
안쓰럽게 느껴졌어요.
경제적으로 특히 도움이
되고 싶었어요. 누가
강요하지도 않았는데 짊어진
거죠. 그런 성격을 아니까
자식을 낳으면 내가 어떻게
변할지 눈에 보이는 거예요.
그래서 엄마가 되고 싶다는
생각도, 환상도 없었죠.
아마 그때 하민이가 생기지
않았다면, 평생 아이를 낳지
않고 살았을지도 몰라요.

한참 '막영애'를 찍던 때라 처음엔 제작진에게 임신 얘기를 쉽게 꺼내지도 못했어요. 영애가 노처녀의 아이콘 같은 인물이잖아요. 그러니 저의 임신과 결혼 때문에 드라마 내용에 영향을 미칠까 봐 걱정이 되더라고요. 제 사적인 사정 때문에 공적인 일에 피해를 주면 안 되니까. 드라마 연출을 했던 한상재 PD한테 아주 조심스럽게 '차 한잔 마시자'고 해 얘기를 꺼냈죠. 한 PD는 '아니, 왜 진작 얘기하지 않았느냐'면서 놀라더라고요. 자기는 혹시 제가 그만둔다 하려고 보자는 줄 알고 겁을 먹고 나온 거였더라고요. 하하.

'막영애'는 현숙이 만으로 스물아홉 살이던 2007년 시작해 마흔한 살인 2019년 시즌 17로 끝낸 드라마다. 한국 드라마 중 가장 긴 시즌을 유지한 기록을 가진 작품이 '막영애'다. 비정규직 문제·성희롱 등 직장 내 성차별을 건드린 풍자 드라마였고, 6mm 카메라 촬영과 내레이션 기법을 도입한 다큐드라마이기도 했다. 현숙이 맡았던 영애는, 자신을 '뚱뚱한 노처녀' 취급하는 '꼰대 마초 사회'에 투박하지만 자기만의 방식으로 맞서는 주인공. 또래의 많은 여성이 영애와 함께 울고 웃으며 30대를 보냈다. 현숙에겐 청춘을 바친 애증의 캐릭터가 바로 영애다.

('막영애'를 할 때는) 거의 사생활을 포기하면서 살았죠. 동시대를 사는 평범한 직장인을 대변하는 역할이자 정의로운 캐릭터이기도 해서 많은 시청자들이 자신을 투영해서 보

셨죠. 그래서 이 드라마를 하면서 사명감이 점점 더 커졌어요. 싸이월드 시절에 '자살 직전까지 갔는데 영애를 보면서 힘을 얻었다'는 댓글을 보고 '아, 내가 정말 더 잘해야겠구나' 생각을 하기도 했죠. 그러니 임신이나 결혼이 드라마에 나쁜 영향을 줄까 봐 엄청 조심스러웠던 거예요. 그래서 임신 초기 놀이공원에 가서 바이킹을 타는 신이 있었는데, 찍고 나서 속이 울렁거려서 다 토하면서도 임신했다고 말을 못했죠.

엄마가 되고 나니 곱씹게 된 유년

그렇게 엄마가 된 현숙. 엄마가 되고 보니, 자신의 엄마 그리고 유년 시절이 떠오르는 건 어쩌면 당연한 일이다.

그전에 '엄마가 돼야겠다' 이런 생각을 안 했어요. 내가 엄마가 된다는 것에 트라우마가 있었죠. 초등학교 5학년쯤부터 엄마 혼자 오빠와 저, 남동생을 키우셨거든요. 엄마로서는 최선을 다했지만, 저는 그렇게 행복하다는 느낌은 받지 못하고 자랐어요. 그러니 결혼에 환상이 없었죠.

현숙의 기억 속 친아버지는 어떤 사람일까.

음주 가무에 주색잡기까지 다 하셨죠. 좋은 기억도 있긴 하지만, 그렇지 않은 게 더 많아요. 폭력을 쓰거나 부모님이 싸우는 일도 비일비재했고요. 그래도 엄마가 경제력이 없으니 견디고 살다가 결정적인 사건이 있었어요. 어버이날 제가 아빠한테 쓴 편지 때문이었죠. 제가 당돌하게 썼거든요.

'아빠, 이제는 외박도 하지 마시고 엄마랑 싸우지도 않았으면 해요. 우리 집도 행복해지면 좋겠어요.'

아빠가 보고는 '나갔다 와서 보자' 하시더라고요. 그 몇 시간 동안 정말 무서웠죠. 돌아오신 아버지에게 아주 많이 혼났어요. 그때 엄마가 이혼을 결심한 거예요. 그런 사람한테 애를 맡길 수는 없다면서 저희 셋을 다 키우고요. 엄마, 아빠가 이혼하고 나서 경제적으로는 좀 힘들었지만 마음은 더 편했어요.

위로는 의사가 된 오빠, 아래로는 목사가 된 남동생. 그사이에서 현숙은 '별난 딸'이었다.

여섯 살 때 '오빠는 서서 오줌을 누는데 나는 왜 앉아서 눠야 하냐'면서 늘 옷이 다 젖어 있는가 하면, 나도 혼자 칼로 연필을 깎아 보겠다면서 방문 잠그고 해보다가 손을 크게 베어서 꿰매기도 했죠. 아직도 왼손에 흉터가 있어요. 미술을 좋아하고 잘했는데, 엄마가 아끼는 명주를 꺼내 오려서 뭘 만들기도 하고요. 그러니 엄마는 저보다 오빠나 남동생이 더 온순하고 다루기 쉽다고 느낀 것 같아요. 반대로 저는 늘 인정받지 못한다는 생각이었죠. 게다가 저는 어릴 때부터 감성적이고 예민한 편이었거든요.

무엇이 아직도 현숙의 마음에 맺혀 있는 걸까.

내가 아이를 낳고 보니, 그런 생각이 들더라고요.
'나도 자식인데 엄마는 나한테 왜 그랬을까. 내가 애를 낳아보니 자식한테 그렇게 모질게 못했을 것 같은데.'
엄마가 되니까 내 엄마를 더 많이 이해하게 되면서도 한편으로는 엄마가 더 이해가 안 되기도 하더라고요. 엄마가 하민이한테 각별하게 하거든요. 그걸 보면서 제가 '농반진반'으로 말해요.
"엄마가 나 키울 때 손주한테 하는 10분의 1만 해줬어도 좋았을 텐데…."

엄마가 된 뒤 엄마의 마음을 헤아려보는 현숙.

엄마에게는 어딜 가나 자신 있게 내세울 수 있는 존재가 오빠였을 거예요. 그런데 엄마가 저희 키우느라 진 수억 원의 빚까지 다 갚은 건 저거든요. 편하게 사시라고 집을 해드린 것도 저고요. 아르바이트로 돈을 벌기 시작한 열아홉 살부터 지금까지 가장이니까요. 임신으로 열 달 쉰 걸 빼고 일을 놓아본 적이 없어요.

엄마가 저희를 다 키워놓고 나서 예순 살이 넘어 재혼을 했지만, 지금도 제가 돈을 벌지 않으면 안 되죠. 새 아빠도 작은 시골 교회 목사니까요. 참 좋은 분이지만, 생계에 도움되는 일은 아니잖아요. 처음 아빠를 보러 가니 다 쓰러져가는 농가주택이 교회라고 하더라고요. 화장실도 집 밖에 있는 재래식이었죠. 지금 사는 (경남) 밀양 집과 교회는 새로 지은 거예요.

내 엄마에게 듣고 싶은 말

그런 서운함에서 머물러 있다면 현숙이 아니다. 엄마도 엄마가 처음이었다는 것, 그래서 두렵기도 하고 실수도 했을 거라는 걸 엄마가 되고 보니 새삼 깨닫게 된다.

엄마를 객관적으로 보려고 많이 노력해요. 엄마도 내 엄마이기 전에 누군가의 딸이었고, 엄마도 내 엄마 노릇을 한 게 처음이었을 테니. 엄마가 아니라 같은 여자로 봤을 때 엄마의 인생이 너무 힘들었다는 걸 아니까 연민도 들고요. 엄마도 완벽할 수 없잖아요. 엄마도 살면서 제가 알지 못하

엄마를 객관적으로 보려고 많이
노력해요. 엄마도 내 엄마이기 전에
누군가의 딸이었고, 엄마도 내 엄마
노릇을 한 게 처음이었을 테니.
엄마가 아니라 같은 여자로 봤을 때
엄마의 인생이 너무 힘들었다는 걸
아니까 연민도 들고요. 엄마도
완벽할 수 없잖아요. 엄마도 살면서
제가 알지 못하는 희로애락과
트라우마가 얼마나 많았겠어요.

는 희로애락과 트라우마가 얼마나 많았겠어요.

그런 현숙도 엄마에게 꼭 듣고 싶은 말이 있다. 아무리 어른이 됐어도, 현숙의 내면엔 상처받고 울었던 어린 자아가 숨어 있으니.

엄마가 '아, 네가 그랬구나!'라고 해주면 좋겠어요. 엄마 때문에 마음 아프고 섭섭했다는 걸 들어주고 알아주면 좋겠어요. '상처 줘서 정말 미안해' 같은 따뜻한 사과를 듣고 싶어요. 그런 얘기를 엄마한테 해본 적도 있는데 그러면 꼭 싸우게 되더라고요.

그러나 지금 가장 든든한 버팀목이 엄마인 것도 사실. 결혼생활 중 닥친 난관을 주위 누구에게도 티 내지 않았던 현숙이지만, 엄마만큼은 예외였다.

전남편과 이혼하게 된 속사정을 다 아는 유일한 사람이 엄마니까요. 오히려 엄마는 결혼 초부터 헤어지길 바랐죠. '하민이 때문에 억지로 참으면서 살지는 말아라' 하셨어요. 이혼하고 나서 먼저 '밀양으로 와서 함께 살자'고 해주셨으니까. 부모님 아니면 제가 어떻게 서울로 일을 하러 다니겠어요. 부모님만 한 울타리가 없죠.

이혼을 결심할 때 제일 고민이었던 건, 역시 아들 하민이다. 자신 역시 이혼 가정에서 자랐기에 더 망설였던 현숙.

이 말만은 할 수 있어요.
'웬만했으면 이혼했을까?'
결혼 후 당한 두 번의 사기가 이유는 아니에요. 처음부터 돈을 보고 결혼한 게 아니니까. 이혼 결심을 하고 아이가 가장 마음에 걸렸어요. 엄마, 아빠와 함께 살지 못하게 되는 게 미안했죠.

불행한 엄마는 되지 않겠다

그렇다고 현실의 괴로움을 방치할 수는 없다. 하민에게도 '불행한 엄마'는 되기 싫었던 현숙.

제 삶도 중요하니까요. 제가 힘들고 불행한데 아이한테 행복한 척을 할 수는 없잖아요. 그 영향이 아이한테 가지 않을 수도 없고요. '일단은 내가 살아야겠구나. 내가 행복해야겠구나' 싶었어요. 인생에서 항상 100% 만족스러운 결정을 할 수는 없죠. 차선이나 차악을 택하더라도 덜 불행할 수 있다면, 선택해야 한다고 생각했어요.

부부의 연은 끊어냈지만, 아들에게 '나쁜 아빠'를 만들어주고 싶지는 않은 게 엄마 현숙의 마음이다.

아이한테는 처음부터 잘 설명해주려고 노력했어요.
"엄마, 아빠가 정말 사랑해서 결혼하고 하민이를 낳았지만, 정말 함께 살기에 힘든 일들이 있었어. 엄마와 아빠는 헤어지게 됐지만, 아빠는 여전히 하민이를 많이 사랑해. 그러니까 언제든 하민이가 아빠 보고 싶을 때 얘기하면 볼 수 있어."
아이도 어쩔 수 없는 상황이라는 걸 아는 것 같아요.

'싱글 맘'의 비애는 때로 엉뚱한 곳에서 튀어나와 현숙을 흔들기도 한다. 하민이가 좋아하는 바다낚시를 갔을 때 울음을 터뜨려버렸던 현숙. 미끼로 지렁이를 낚싯바늘에 끼우다가 여러 생각에 사로잡혔다.

지렁이가 너무 징그러워서 잘 잡지 못해요. 그런데 아이가 낚시를 하려면 내가 끼워야 하니까. 앞으로 비단 이 일뿐 아니라 아이를 위해서 헤쳐 나가야 할 일이 한두 개가 아닐 텐데, 그때마다 혼자서 해결할 생각을 하니 갑자기 서러운 거예요. 미우나 고우나 남편이 옆에 있다면 지지고 볶고 싸우더라도 맡길 수도, 기댈 수도, 상의할 수도 있을 테니까.

그래도 그런 현숙에게 가장 큰 기쁨이고 희망인 건 아들, 하민이다. 열 살도 안 된 아이가 속 깊은 말을 툭툭 던질 때마다 가슴이 뜨끈해지는 현숙.

"엄마, 나는 엄마 같은 엄마의 아들이어서 정말 행복해!"
얼마 전에는 제게 그러는 거예요. 그 말에 울컥했죠. 한번은 또 제가 '엄마가 이럴 땐 어떻게 하는 게 좋을까?'라고 했더니, 이렇게 답하는 거예요.
"나는 엄마가 행복한 게 좋아. 엄마가 행복한 게 내가 행복한 거야!"
어릴 때부터 참 효자였어요. 아이들이 엄마랑 떨어지면 울기도 하는데 하민이는 그런 게 없었죠. 아이는 어른의 짐작보다 훨씬 많은 걸 보고 느끼더라고요.

엄마 현숙은 아이와 함께 성장한다.

아들에게 꼭 물려주고 싶은 것

저는 하민이한테 모든 걸 책임져주는 엄마가 되고 싶지 않아요. 아이에게 너무 '올인'하면 보상 심리도 자연스럽게 생길 테니까. 그저 인생을 먼저 살아본 선배로서 길라잡이가 되어주고 싶어요. 하민이가 힘들고 괴로운 일을 겪지 않게 해주는 부모가 아니라 그런 난관도 잘 이겨낼 수 있는 단단한 마음가짐을 갖게 돕고 싶어요.

자식이 부모한테 제일 듣기 싫은 말이 '내가 너 때문에 다 포기하고 희생하면서 살았어'라고 하지 않던가. 현숙도 자식의 마음에 죄책감을 싹트게 하고 싶지는 않다.

저도 살아 보니 인생이란 힘들 수밖에 없는 거더라고요. 태어나면서부터 고뇌의 시작이잖아요. 내가 태어나고 싶어 태어난 것도, 부모를 선택할 수 있었던 것도 아니고요. 자식이 고난을 맞닥뜨렸을 때 아무리 부모라도 대신해줄 수 없잖아요. 그래서도 안 되고요. 그 과정을 견디고 해결하는 건 본인의 몫이니까. 엄마는 그럴 힘을 기르도록 돕는 존재죠.

연극과 뮤지컬, 개그, 드라마, 영화를 넘나들며 뿌리를 튼튼히 다진 배우이자, 책임감 강한 딸에서 엄마로 다른 인생의 막을 연 현숙. 현숙은 지금 자신을 한없이 토닥여주고 싶다.

지금까지 잘해왔어, 현숙아. 참 수고했어. 이제는 너 자신과 하민이의 행복을 최우선으로 생각해도 돼. 그럴 만해. 그러니까 충분히 누려라.

저도 살아 보니 인생이란 힘들 수밖에
없는 거더라고요. 태어나면서부터 고뇌의
시작이잖아요. 내가 태어나고 싶어 태어난
것도, 부모를 선택할 수 있었던 것도
아니고요. 자식이 고난을 맞닥뜨렸을 때
아무리 부모라도 대신해줄 수 없잖아요.
그래서도 안 되고요. 그 과정을 견디고
해결하는 건 본인의 몫이니까. 엄마는 그럴
힘을 기르도록 돕는 존재죠.

다시 '막영애'의 내레이션을 변주해본다.

'엄마가 된 현숙은 안다. 싫든, 좋든 자신 앞에 놓인 인생을 살아가야 한다는 것을. 인생은 어쩌면 고통의 연속이지만 그사이 찾아오는 예상치 못한 행복의 힘이 더 길고 강하다는 것을. 그러기에 어둠 속에 머무르기보다 묵묵히 한 걸음, 한 걸음 나아가다 보면 어느새 내가 바랐던 삶에 가까워지리라는 것을. 때로는 삶의 이유가 실낱처럼 희미해져도, 그 무게는 자신을 지탱할 정도로 엄중할 수 있다는 것을.'

2

엄마와 딸의 시간

국민가수
인순이의 딸,
박세인

"실패들이 일군 엄마의 성공, 나의 모토!"

엄마와 딸의 시간은 어떻게 교차하고 어떻게 포개어질까. 그것이 궁금해 모녀를 인터뷰했다. 그것도 각각. 가수 인순이(본명 김인순) 씨와 딸 박세인 씨다. 인순이 씨는 설명이 필요 없는 국민가수, 세인 씨는 미국 스탠퍼드대 출신으로 마이크로소프트에 입사한 사실이 알려지면서 많은 이들의 부러움을 산 '엄친딸'이다. 웃는 모습이 특히 닮아서 누가 봐도 모녀다. 두 사람은 단편영화 〈끈〉(2020)의 OST인 〈엄마와 딸〉을 함께 불러 화제가 되기도 했다.

'라이브의 디바'에게 세인 씨는 평생 짝사랑의 대상, 세인 씨에게 엄마는 '천하무적 해결사' 같은 존재다. 여느 집이나 그렇겠지만, 이들 모녀에게도 '사랑의 시간'만 있었던 건 아니다. 특히 남들이 보기엔 '엘리트 코스'를 밟으며 승승장구했을 것 같은 딸 세인 씨에게도 좌절과 우울의 시기가 있었다. 그때 엄마의 역할은, 믿고 지켜봐준 거였다. 그때 세인 씨 말에 콱 박힌 건 "네 건강이 제일 중요해.". 딸은 그 한마디에서 다시 생명력을 얻었다.

세인 씨는 MS를 거쳐 한국에서 스타트업을 창업해 경험을 쌓은 뒤, 싱가포르에 본사를 둔 디지털 미디어 엔터테인먼트 그룹 거쉬클라우드 인터내셔널에 입사했다. 이어 2022년 거쉬클라우드가 기획한 웰니스 브랜드 'HANJAN'의 창립 멤버로 참여해 활동 중이다.

올해로 데뷔 45주년을 맞은 인순이 씨는 여전히 무대에선 나이가 무색한 디바다. 2013년 다문화 가정 자녀들을 위해 강원도 홍천군 남면에 만든 대안학교인 해밀학교도 올해로 개교 10년이 됐다. 그는 해밀학교의 이사장이다. 학생 6명, 교직원 9명으로 시작해 2018년 교육부 정규 학교 인가를 받은 데 이어 현재 학생 56명과 교직원 19명 규모로 성장했다.

가깝기도 멀기도 한 모녀는 함께 지나온 시간을 어떻게 기억할까. 씨줄과 날줄로 엮이는 모녀의 역사를 1인칭 시점으로 재구성했다.

'엄마' 하면 떠오르는 첫 기억이요? 음, TV 속의 엄마! 맞아요, 화려한 무대에서 노래를 부르는 모습이죠. 언제부터인지는 몰라도 엄마는 TV 속에 있는 게 너무나 당연했어요. 제가 1994년 9월생이거든요. 엄마가 그 무렵 활동이 왕성했잖아요. 늘 TV 음악 방송 무대에 서거나 행사를 다녔죠. 엄마는 대개 제가 잠든 이후에 집에 들어오고 엄마가 잘 때 저는 일찍 일어나서 유치원이나 학교에 갔으니까. 예전부터 그래서 아빠와 저는 우스갯말로 말하곤 했죠. 하하.
"우리는 국민과 엄마를 공유해!"

'나를 더 닮으면 어쩌나' 걱정한 엄마

몇 년 전 이사하면서 재미있는 걸 발견했어요! 엄마와 아빠가 쓴 육아 일기예요. 세상에! 엄마는 제가 태어난 지 100일도 안 돼서 미국 공연을 했더라고요. 생후 5개월 땐 저도 TV에 출연한 거 아세요? KBS 〈빅쇼〉에서 엄마가 '라이브의 여왕' 편 공연을 했는데, 그때 제가 보행기를 타고 아빠랑 할머니, 이모할머니와 함께 무대에 올라간 거예요. 육아 일기에 '세인이 첫 TV 출연'이라고 적혀 있더라고요.
〈빅쇼〉에서 엄마가 저 임신했을 때 고민 얘기한 거요? 저도 알아요. 엄마가 말했었죠.
"남들은 아이 가지면 제발 손가락 발가락 온전히 달려 나오길 기도한다는데, 저는 거기다가 피부색은 어떨지, 머리카락은 (곱슬머리가 아니라) 펴져서 나올지, 두 눈의 눈동자 색은 같을지 하는 것까지 고민됐어요."

그때 엄마의 심정을 온전히 다 헤아릴 수는 없지만, 이해는 할 수 있어요. 제가 유치원 과정부터 서울국제학교에 다닌 게 그래서죠. 저를 낳고 보니 아빠를 많이 닮아서 안심이 되면서도 '자라면서 점점 외국인처럼 외모가 변하면 어쩌나?' 걱정이 되더래요. 그럴 경우 혹시라도 (엄마처럼) 제가 차별을 당할까 봐 외국인 학교에 보내신 거죠.

맞아요, 제가 고등학교 때 유엔UN에서 인턴을 했고, 미국 스탠퍼드대 졸업 후에 마이크로소프트MS사에 들어간 이력으로 많이 알려져 있죠. 어릴 때부터 공부를 잘한 건 아니에요. 그야말로 '노력형'이었어요. 공부를 해봐야겠다고 마음먹은 건 초등학교 고학년 무렵이었죠. 6학년 때 전교 1등인 친구랑 같은 반이 됐는데 '나도 재처럼 할 수 있지 않을까' 싶더라고요. 그때부터 공부를 열심히 했어요. 엄마는 늘 바빴으니까 학원이며 과외 스케줄 짜는 것도 다 제가 알아서 했죠. 그 무렵인 것 같아요, 주체적으로 살게 된 게.

왜 그렇게 열심히 살았냐고요? 돌이켜보니까, 엄마 아빠를 보며 자연스럽게 배운 것 같아요. 특히 엄마를 보면서 '노력은 배신하지 않는다'는 말을 믿게 됐거든요. 엄마는 한 번에 '빵' 하고 뜬 가수가 아니에요. 크고 작은 실패들이 만

왜 그렇게 열심히 살았냐고요? 돌이켜보니까,
엄마 아빠를 보며 자연스럽게 배운 것 같아요.
특히 엄마를 보면서 '노력은 배신하지 않는다'는
말을 믿게 됐거든요. 엄마는 한 번에 '빵' 하고
뜬 가수가 아니에요. 크고 작은 실패들이 만든
성공, 그 시간이 만든 결과죠. 저도 그래서
껍데기만 화려한 삶은 살지 말자는 게 모토예요.

든 성공, 그 시간이 만든 결과죠. 저도 그래서 껍데기만 화려한 삶은 살지 말자는 게 모토예요.

사춘기와 갱년기가 부딪히면

엄마를 어떻게 처음부터 그렇게 이해했겠어요. 저도 나이를 먹으면서, 또 여느 모녀처럼 엄마와 여러 '다이내믹'(우여곡절)을 겪으면서 엄마의 삶을 더 입체적으로 볼 수 있게 된 거죠.
사춘기 때요? 아우, 말도 마세요. 저와 엄마도 사이가 심각했어요. 저를 늦게 낳았으니, 엄마는 그때가 또 갱년기였던 거예요. 상상해보세요, 사춘기 딸과 갱년기의 엄마! 살얼음판이죠. 무슨 사건이 있었냐고요? 잘 기억도 안 나요. 하하. 아마 제가 무심코 퉁명스럽게 한 말에 엄마가 "말 좀 따뜻하게 하면 안 돼?" 하면서 언성을 높여 심각하게 싸운 것 같아요. 아주 많이 힘들었다는 것만 또렷하게 기억나요. 엄마랑 싸운 게 처음이었거든요. 다시는 그러고 싶지 않았죠.
그래도 그런 시기가 없었으면, 엄마와 감정의 골이 깊어졌을 것 같아서 차라리 잘했다는 생각이 들었어요.
제가 아들 같은 딸이라 엄마는 더 외로웠을지도 모르겠어요. 엄마한테 살갑게 얘기하는 성격이 아니거든요. 더구나 저는 어릴 때부터 제 일은 제가 알아서 한 터라 엄마가 뭘 물어도 "살 보를 거야." 하는 식이었죠.

그러다 '정말 이 세상에 엄마, 아빠밖에 없구나. 그런 내 편이 있어서 참 좋다!'라고 새삼 깨닫게 된 계기가 있어요. 제가 아팠거든요. 뭔가 이상하다고 처음 느낀 건 고 3 때였어요. 식이 장애가 생긴 거죠. 쉽게 말하면, 폭식증이에요.

폭식증이라고 하면 보통 '많이 먹는 병'이라고 생각하기 쉬운데 좀 달라요. 예를 들면, 고구마를 3개만 먹으려고 했는데 1개를 더 먹었다고 쳐요. 그런데 그 1개를 먹지 않은 상태로 되돌리려고 하는 거예요. 운동을 과하게 한다든지, 구토를 한다든지 해서요. 양이 문제가 아니죠. 완벽주의 성향이 강한 데서 오는 일종의 강박증이에요.

펴주는 것이 아닌 지켜봐준 사랑

그러다 대학에 가서 사달이 났어요. 2학년 전체 학기가 끝나기 2주 전이었죠. 기숙사에서 가만히 앉아 있었는데 갑자기 과호흡이 되면서 '이러다 죽겠다'는 생각이 들더라고요. 그간의 폭식증과는 다른 차원의 증상이었어요.

곧장 한국으로 가는 비행기 티켓을 끊고 엄마에게 전화했어요. 한국에 가야겠다고. 엄마도 뭔가 느낌이 이상했겠죠. 한국에 와서 엄마에게 상태를 설명하고 '(의학적인) 도움이 필요하다'고 했어요. 엄마가 당장 관련 분야의 의사를 수소문해줬어요.
석 달 동안 치료받고 책 읽고 먹고 자면서 보냈어요. 저에게 온전히 집중한 시간이었죠. 살면서 그렇게 쉬어본 게 처음이더라고요.
그때 제 가치관이 바뀌었어요. 돌이켜보니, 저는 깡통 같은 사람이었더라고요. 속은 채워지지 않은 채 겉만 예뻤던 거예요. 그 시간으로 비로소 제 속이 채워진 느낌이었어요.
그런데 이상하죠. 그 기간에 '아, 내가 정말 사랑받고 있구나!' 하는 걸 느꼈어요. 제가 원하는 사랑을 처음으로 받은 게 그때인 거예요. '내가 너무 힘들어. 엄마가 알아주면 좋겠어.' 싶었을 때 엄마가 그걸 인지했고, 제 상태를 인정해줬고, 제 바람을 들어줬거든요. 어쩌면 엄마, 아빠가 평생 제게 준 사랑의 기간이나 크기에 비하면 정말 작디작은 부분인데, 그 시간이 저를 채워준 거예요.
그렇다고 뭐 대단히 특별한 걸 해주신 게 아니에요. 그냥 저를 가만히 지켜봐달라 부탁했고 엄마는 그렇게 해줬어요. 그때는 평소 엄마의 퍼붓는 사랑이 아니라 그저 저의 상태를 인정해주고 믿어주는 사랑이 필요했던 거죠. 제가 제일 사랑하는 사람한테서 받은 이해가 저를 살린 거예요. 그때 엄마에게 정말 고마웠어요.
석 달 뒤 다시 미국으로 돌아갈 때 엄마가 "다른 거 다 필요 없어. 건강이 중요해!"라고 하는데, 다르게 느껴지더라고요. 아마 늘 제게 했던 인사일 텐데, 그전까지는 마음에 별로 와닿지 않았거든요.

공황 발작으로 달라진 삶

미국에 돌아간 뒤 대학 생활이요? 모든 게 달라졌죠. 그전까지는 저의 사전에 결석이란 없는 출석률 100%의 학생이었어요. 그런데 그때는 일단 제 상태를 모든 교수에게 설명하고 건강 문제로 출석할 수 없을 땐 억지로 가지 않았어요. 출석 대신 학점을 딸 수 있는 방법이나 보충 수업을 택했죠. 이전엔 강박이 생길 정도로 운동을 열심히 했는데 그 대신 캠퍼스를 30분씩 걷는 걸로 방법을 바꿨어요. 식사도 위가 80% 정도 찰 때까지 먹는 연습을 했죠. 그걸 느끼려면 정말 천천히 먹어야 해요. 그렇게 느리게 살아도 전혀 문제가 없더라고요! 그 이전까지는 목표를 향해 앞도 뒤도 옆도 안 보고 돌진하는 삶이었지만, 그때부터는 '어떻게'가 중요해진 거죠. 졸업할 때 제가 학과 수석이었는데 성적만 치면 2등이었어요. 그런데 학과 외에 창업이나 마케팅 동아리 같은 다양한 활동을 한 덕분에 수석 졸업을 한 거죠.
MS에 합격했을 때 엄마 반응이요? 정말, 무진장 좋아하시더라고요. 졸업도 하기 전에 인턴으로 합격해서 정직원이 됐거든요. 싱가포르에 있는 아시아 헤드쿼터에서 근무를 했는데, 일도 재미있고 사람들에게서 배우는 것도 많았어요.
그런데 그때 정말 해보고 싶은 스타트업 아이디어가 생긴 거예요. 퇴근하고 나서는 창업 준비를 했죠. 인턴 생활까지 MS에서 일한 지 10개월 만에 그만두기로 결심했어요.
한국에서 스타트업을 시작했죠.

'하지 마!' 소리 안 했던 엄마

그때는 엄마가 뭐라고 했냐고요? 지금까지 살면서 엄마한테 감사한 것 중에 하나는 단 한 번도 '하지 말라!'는 말을 안 한 거예요. 아마 속으로는 생각이 달랐을지도 모르지만 그때도 엄마는 저를 믿고 해보라고 하셨죠. 그렇게 만든 회사가 '넉 아웃'이에요. 운동과 마인드 트레이닝뿐 아니라 취미 생활까지 돕는 멤버십 '부티크 짐'이었죠.
미래가 어둡지 않은 분야였어요. 그런데 창업을 하니까 제가 또 밤낮없이 일을 하고 있더라고요. '웰니스wellness'를 전파하는 회사인데 정작 저는 '웰니스'가 없는 삶이었던 거죠. 점점 건강에 이상 신호가 왔고 결국 쉼을 택했어요. 엄마는 저보다 제 상태를 더 빨리 알고 있었는지 몰라요. 사업을 접어야겠다고 했을 때 정말 잘했다고 해줬으니까요.
잠시 휴식 기간을 거쳐서 지금은 글로벌 마케팅 회사(거쉬 클라우드 그룹)에서 콘텐츠 마케터로 일하고 있어요.

어릴 때 엄마가 이런 말을
해준 적이 있어요. 아이들의
영혼이 세상을 떠다니다가
누군가의 배를 찾아 들어가서
엄마와 자식의 연이 맺어지는
거라고요. 그 말대로라면 저는
정말 엄마를 아주 잘 찾아
들어간 거죠.

'인순이의 딸'로 불리는 게 어떠냐고요? 그게 저인 걸요. 부담스럽고 싫은 때도 있죠. 특히 창업을 했을 때 저의 노력이 아니라 제 이름 앞의 수식어가 더 빛을 발해서 순수하게 보지 않는 시선도 있었거든요. 하지만 그것 역시 제가 짊어지고 가야 할, 제 인생의 일부예요.

어릴 때 엄마가 이런 말을 해준 적이 있어요. 아이들의 영혼이 세상을 떠다니다가 누군가의 배를 찾아 들어가서 엄마와 자식의 연이 맺어지는 거라고요. 그 말대로라면 저는 정말 엄마를 아주 잘 찾아 들어간 거죠.

특히 엄마에게 가장 감사한 건 늘 저한테만은 한결같이 행복한 목소리로 불러주는 거예요. (밝고 높은 톤으로) "세인아, 공주!"라고 하시죠. 살아보니까 그게 정말 어려운 일인 걸 알겠어요. 얼마나 힘든 일이 많아요. 심지어 엄마가 연예계 활동을 하면서 부정적인 사건에 휩싸였을 때도 제게는 전혀 티를 내지 않아서 모르고 지나갔을 때가 많았어요.

그래서 엄마를 떠올리면 저는 '천하무적의 히어로'가 떠올라요. 그런 존재가 제 뒤에서 늘 저를 지키고 보살피고 있는 거죠! 미래에 태어날 제 아이를 생각하면 벌써부터 미안해져요. 저는 엄마 같은 엄마가 될 수 없을 테니까.

엄마한테 요즘 가장 바라는 건 건강밖에 없어요. 제가 아팠던 그때, 엄마가 저한테 당부한 그 말처럼요.

‘엄친딸’
박세인의 엄마,
인순이

“날 닮지 않아 고맙고, 날 닮아서 신기한 내 딸아!”

왜 저녁 때 만나자고 했냐고요? 오늘 비누 제조나 판매를 할 수 있는 자격(화장품 책임 판매 관리자) 시험을 봤거든요. 합격요? 했지요! 하하. 며칠 있으면 수료증이 나온대요. 가수가 웬 비누냐고요? 우리 해밀학교 후원자들에게 감사의 선물로 비누를 만들어 보내고 있거든요. 내가 아예 자격증을 따서 전문가의 도움 없이 해보려고 시험을 봤죠.
저, 인순이가 해밀학교 이사장인 건 아시지요? 맞아요, 자식 하나 키우기도 벅찬데 다문화 가정 학생들까지 키워보자고 일을 벌였지요. 우리 학생들에게 도움이 되려고 (진로) 코칭 자격증도 땄잖아요, 내가.
2013년에 세웠으니 벌써 세월이 이렇게 흘렀네요. 무상으로 아이들을 가르치고 있지만, 정부 지원을 받지 못해서 사비와 후원금으로 운영해요. 소박한 비누지만, 감사한 후원자들에게 내 딴에는 마음을 담아 보내는 거죠.

낳아서 피부색부터 살핀 이유

우리 세인이 잘 만나셨어요? 나랑 많이 닮았죠? 하하. 내가 막 낳아서 품에 안고 보니 어디서 본 듯한 거예요. 가만 보니까 내 얼굴이더라고요. 그게 너무 신기했어요.
태몽요? 있었죠! 두 개나 꿨다니까요. 하나는 다이아(몬드) 반지였어요. 모서리에 작은 다이아반지 4개가, 가운데엔 커다란 다이아반지가 든 상자를 받은 꿈이었어요. 다른 꿈에선 내가 저수지 같은 데를 걷는데, 마치 성경에 나오는 모세의 기적처럼 물길이 양쪽으로 갈라지는 거예요. 거기서 커다란 잉어를 잡았죠.

세인이를 낳고 보니 그렇게 감사할 수가 없었어요. 출산한 지 100일도 안 돼서 미국 공연한 거요? 실은 세인이를 주신 그분(하느님)에게 내 방식의 감사한 마음을 표현한 거였어요. 미국에 사는 한인들을 위한 공연 부탁이 들어왔는데, '봉사하는 마음으로 무대에 서야겠다'는 생각이 들더라고요.

낳기 전에요? 아우, 걱정이 너무 많았어요. '(아버지가 흑인인) 내 외모를 너무 닮으면 어쩌나' 싶어서요. '남편만 닮으면 좋겠다'는 생각도 했어요. 남들은 손가락, 발가락이 온전히 달려서 나오기를 기도한다는데 나는 거기다 머리카락에, 피부색까지 걱정거리가 너무 많았죠.

기도하고 또 기도했지만, 그래도 너무 불안했어요. '아이가 만약 나를 닮아 나오면 한국 사회에서 어떻게 버티고 살 것인가, 내가 겪은 걸 이 아이도 겪으면 어쩌나?' 싶어서요.

유치원 과정부터 외국인 학교(서울국제학교)에 보낸 것도 그것 때문이에요. 혹시라도 자라면서 점점 내 외모를 닮으면 어떡해요. 외국인 학교라도 다니면 차별을 덜 당할 테니까 고심 끝에 그렇게 했죠. 엄마의 마음이란 그런 거더라고요. 세인이를 낳자마자 그래서 머리카락하고 피부색부터 살폈죠. 다행이었어요. 제 아빠를 닮았더라고요.
대체 내가 자라면서 어떤 일을 겪었기에 그런 걱정까지 사서 했냐고요? 내가 살던 동네에선 괜찮았어요. 그런데 거길 벗어나면 사람들의 눈빛부터 달라졌죠. 일단 나를 위아래로 훑어보기에 바빴으니까요.
"너는 고향이 어디니?"
"아버지가 외국인이냐, 어머니가 외국인이냐?"
지금하고는 정말 다른 시대였다니까요. 그러니 어디 나가기가 싫더라고요. 극복했냐고요? 극복이란 있을 수 없다고 생각해요. 그럼에도 최선을 다해 사는 거죠. 아니, '살아야겠다'도 아니었어요. '살아내는' 거였죠, 도망가지 않고. 사는 일도 내겐 시험이었어요.
그러니 어릴 때 애늙은이였죠. 오히려 나이 들면서 철이 없어졌어요. 하하. 숨어 지내던 내가 아예 세상으로 나와서 무대에 서니까 외려 홀가분해지더라고요. '나는 이런 사람이야. 뭐 어때. 될 대로 돼라!' 하는 마음가짐이라고나 할까. 무대 위에선 내가 표현하고 싶은 걸 다 하니까 날아갈 듯 편했어요. 지금도 신기해요. 어릴 때 그렇게 사람을 피해 다니기만 하던 내가 무대에선 어떻게 그렇게 뛰고 울고 웃는지.

극복했냐고요?
극복이란 있을 수 없다고
생각해요. 그럼에도
최선을 다해 사는 거죠.
아니, '살아야겠다'도
아니었어요. '살아내는'
거였죠, 도망가지 않고.
사는 일도 내겐
시험이었어요.

딸이 자는 모습만 봐야 했던 시절

세인이에게 지금도 너무나 미안한 게 있어요. 엄마가 가장 필요할 때 곁에 제대로 있어주지 못해서. 1990년대 후반, 그때는 내가 진짜 너무 바빴거든요. 세인이를 서른일곱 살에 낳았으니 나이 마흔이 목전이었잖아요. KBS 〈열린음악회〉로 인기를 얻으면서 나를 불러주는 데가 많았지만, 과연 언제까지 무대에 설 수 있을지 생각하면 불안했죠. 그때만 해도 연예인의 활동 수명이 길지 않았으니까. 게다가 나는 친정에 시집까지 뒷바라지해야 할 처지였고요. 입술이 부르터서 이만큼 부어올랐는데도 그 위에 빨간색 립스틱을 덧칠하고 무대에 섰죠.

그러니까 어린 세인이를 본 기억이라곤 대개 누워 있는 모습뿐이에요. 저녁에 공연이나 행사가 많았으니 아이의 밤낮과 거꾸로 살았죠. 그게 안타까우면서도 '아니야, 내가 일을 해야 모두 살 수가 있잖아.' 하고 마음을 다잡았죠. 과거로 돌아갈 수 있다면 그 시절로 가서 딸과 많은 시간을 보내고 싶어요.

엄마랍시고 그렇게 제대로 신경 써주지도 못했는데 세인이는 알아서 잘 커줬죠. 사춘기 때 대판 싸운 거요? 하하. 기억이 나요. 나는 그때 갱년기였잖아. 해가 '쨍' 하면 그래서 슬프고, 구름이 흘러가면 그래서 슬프고, 맛있으면 맛있어서, 맛없으면 맛이 없어서 슬프던 때죠.

그런데 모녀지간이라고 해도 한 번 싸워 보는 게 필요해요. 그래야 풀어지거든요. 그 전까지는 나는 나대로, 아이는 아이대로 원하는 걸 말도 못하고 쌓아두고 있었는데, 그렇게 한 번 확 부딪히고 나니까 시원하더라고요. 함께한 시간이 워낙 없었으니 언제부터인가 할 얘기도 점점 없어졌거든요.

어느 주말에는 늦잠을 자는데, 밖에서 까르르 웃는 소리가 들리는 거예요. 세인이하고 세인이 아빠였어요. '무슨 재미있는 얘기를 하나?' 하고서 나도 나가선 "왜, 무슨 일인데?" 했죠. 그런데 나한테 말해주려면 몇 달 전의 일까지 거슬러 올라가야 하는 거예요. 그러니 대화가 안 되더라고요. 그 다음부터는 방 밖에서 얘깃소리가 들려도 나가지를 못했어요.

외로웠죠. 그 시절 나는 그저 뒷바라지하는 사람이었으니까. (식구들을 지키려고) 늘 중무장을 하고 있는 상태랄까. 집은 싸우러 나갈 준비를 하는 곳이었죠. '아, 포근하다!', '기대고 싶다!' 하는 느낌을 가져본 적이 없는 듯해요. 느긋해진 지금이 오히려 좋죠.

내 엄마를 보내고 깨닫다

세인이가 그래요? 엄마가 힘든 모습을 보인 적이 없다고 했다고요? 맞아요. 내 엄마를 보면서 결심한 게 있거든요.
'나는 딸 앞에서 절대 눈물 보이지 말아야지.'
엄마가 혼자서 나를 키우셨잖아요. 용감하고 대찬 분이었죠. 그런데 가끔 나를 붙들고 절규하듯 울었어요. 그런 엄마를 안아주기라도 했냐고요? 아니요. 난 엄청 냉정한 딸이었어요.
"엄마보다 내가 더 힘들어. 그러니까 누가 나를 낳으랬어!"
진짜 나도 너무나 힘들었거든요. 엄마까지 흔들리는 모습을 보는 게 정말 싫더라고요.
그 엄마가 2005년에 돌아가셨어요. 그런데 3, 4년 전쯤 엄마가 꿈에 나온 거예요. 지금도 생생해요. 엄마가 내 딸이 돼서, 내가 안고 젖을 물렸어요. 엄마가 나를 물끄러미 보더니 말씀하시는 거예요.
"고맙다. 나는 아직도 네 첫 걸음마, 처음 이유식 먹던 때, 웃음소리까지 다 기억한단다."
깨고 나서 하루 종일 울었어요. 내가 세인이의 모든 걸 기억하듯, 내 엄마도 그런 거죠. 엄마가 꿈에라도 내 딸로 와서 정말 다행이라고 생각했어요.
엄마가 가시고 나서 후회되는 게 있어요. 엄마 뺨을 따스하게 비벼본 적이 없는 거. 엄마한테 '예쁘다' 소리도 못해봤고, 잘 안아주지도 못했어요. 그래서예요. 세인이한테 그렇게 "안아줘!", "뽀뽀해줘!" 하는 게요. 세인이가 혹시라도 나중에 후회할까 봐. 그래서 아무리 힘든 일이 있어도 세인이한테는 늘 웃으면서 "(콧소리로) 세인아, 공주야!" 하는 거고요.

딸에게 '하지 마' 소리는 안 했다

세인이가 미국에서 (스탠퍼드) 대학 잘 다니다가 공황 발작으로 갑작스럽게 한국에 왔을 때 왜 안 놀랐겠어요. 일부러 침착한 척했죠. 내가 정신을 차리지 않으면 안 될 것 같아서요. 아이가 다시 괜찮아지도록 이끌어야 하니까.

모든 엄마들이 그럴 거예요. 아이가 아픈 게 가장 힘들죠. 그때도 '내가 혹시 뭘 잘못했나. 누구한테 모질게 군 적이 있나. 그래서 아이가 아픈 건가?' 했어요. 내가 죽어서 아이가 아프지 않을 수만 있다면 그걸 고민하겠어요? 평생 우주가 내 중심으로 돈다고 생각했는데, 딸을 낳고 나니 온통 딸 중심으로 바뀌었죠.

석 달간 치료받고 쉬면서 괜찮아진 세인이를 다시 미국에 보낼 때도 웃으면서 인사했지만, 마음은 진짜 함께 가고 싶더라고요. 돌아서서는 펑펑 울면서 공항을 나왔죠.

모든 엄마들이 그럴 거예요. 아이가 아픈 게
가장 힘들죠. 그때도 '내가 혹시 뭘 잘못했나.
누구한테 모질게 군 적이 있나. 그래서 아이가
아픈 건가?' 했어요. 내가 죽어서 아이가 아프지
않을 수만 있다면 그걸 고민하겠어요?
평생 우주가 내 중심으로 돈다고 생각했는데,
딸을 낳고 나니 온통 딸 중심으로 바뀌었죠.

양육의 원칙은 아이한테 '안 돼!', '하지 마!' 소리는 하지 말자는 거였어요. 대신 '왜 하고 싶어?'라고 물었죠. 나는 '뭘 해봐서 하는 실패는 최고의 공부'라고 생각하거든요. 그것만큼 좋은 인생 수업이 있나요? 무너져본 사람이 완전히 무너지지 않는 법이죠.
세인이가 마이크로소프트사에 다니다가 그만두고 한국으로 와서 스타트업을 해보겠다고 했을 때도 그래서 그 선택을 존중했죠. 다만 속으로는 MS 같은 회사를 좀 더 경험해보고 창업을 했으면 싶었지만요.

확성기 들고 자랑하고 싶었는데

세인이를 키우면서 행복했던 순간이 언제냐고요? 매 순간이었어요, 매 순간! 물론 제일 자랑스러웠던 때는 있죠. 스탠퍼드대에 합격했을 때요. 동네방네 자랑하고 싶었다고요. 게다가 졸업할 때는 또 학과 수석으로 졸업했잖아요. 그것뿐이에요? 전체 졸업생 중 상위 10%한테만 주는 '파이베타 카파Phi Beta Kappa(아이비리그 우등생 클럽)' 상도 탔다고요. 확성기를 들고 큰소리로 자랑하고 싶은 심정이었는데 되레 조심해야 했어요. 괜히 내 딸이라서 오해받고 욕먹을까 봐.
세인이를 낳아서 나는 다른 세상을 알게 됐어요. 아이가 태어나고 나서야 '하늘이 파랗구나', '어머, 꽃이 이런 색이네' 했죠. 아이한테 보여주기 위해서라도 내가 봐야 했으니까. 그전까지는 흑백의 세상을 살았던 거예요.
나는 세인이랑 마주 앉아서 밥 먹는 게 그렇게 행복할 수가 없어요. 가끔 일하면서 먹는다고 쟁반에다 밥 챙겨선 제 방에 들어가서 먹을 때가 있거든요. 그럼 그게 그렇게 서운할 수가 없어요. 전화를 해도 밥 먹었는지는 꼭 물어보게 돼요.
이젠 딸이 내 언니 같아요. 참 든든해요. 내가 뭘 하려고 하면 미리 꼼꼼하게 따져서 알려주죠. 때론 내가 야단도 맞는다니까요. 하하.
세인이가 그저 건강하고 긍정적으로, 재미있게 살길 바라요. 지금 일어나는 일들은 훗날 보면 아무것도 아니라는 걸 알았으면 하죠. 멀리서 보면 선이지만, 가까이서 보면 아주 작은 점들의 연속이잖아요. 인생의 그런 작은 점들에 연연하지 않았으면 좋겠어요.

‘여행 모녀’
엄마 이명희,
딸 조헌주

“‘언젠가’가 아닌 ‘지금’ 떠나자!”

자녀라면 한 번쯤 꾸는 꿈, 바로 엄마와 떠나는 여행이다. 그 로망을 실현한 모녀가 있다. 이명희, 조헌주 씨다. 두 사람은 2017년 6월부터 8월까지 남미 8개국을 여행했다. 77일간의 배낭여행이다.

엄마 명희 씨는 생의 감사함을 아는 여성이다. "오늘도 건강하고 행복하세요!"를 입에 달고 산다. 유복한 집에서 태어나 먹고살 걱정 없이 자라서 그런가. 외려 그 반대다. 그렇잖아도 나라 전체가 궁핍했던 1950년대, 부친마저 명희 씨가 초등학교 6학년 때 작고해 어머니 혼자 자식 셋을 키웠다. 명희 씨도 학업을 계속하는 대신 상경해 '생활 전선'에 뛰어들어야 했다. 다행히도 애기 봐주러 들어간 집 부모가 명희 씨를 마치 딸처럼 대해줬다. 명희 씨 표현을 빌리면 '하나님께 받은 복'이었다. 교사가 되고 싶다는 꿈은 나이 쉰이 넘어 주일학교 교사를 하면서 이뤘다. 틈틈이 수필을 쓰며 문인회 활동도 하고 있다.

딸 헌주 씨도 글쓰기를 업으로 삼는다. 그 엄마의 그 딸. 방송작가로 시작해 지금은 글쓰기를 가르치는 '베라스쿨, 베라북스'를 운영한다. 공연예술대학원에 들어가 뮤지컬을 공부하며 뮤지컬 조연출로 일하기도 하고, 영어학원을 한 경험도 있다. '프로 여행러'이기도 하다. 한 달간 유럽 11개국을 돈 데 이어 인도와 네팔을 여행하고, 동남아 '한 달 살기'까지 했다. 그러면서 습득한 노하우는 엄마 명희 씨와 남미를 77일간 여행하기 위한 것이었을까.

'원래 서먹한 사이였다'고 입을 모으는 모녀. 이들은 왜 지구 반대편으로 여행 갈 결심을 했을까. 그리고 여행 뒤, 이 모녀에겐 어떤 변화가 있었을까. 두 사람을 만나 얘기를 들었다. 인터뷰는 두 사람의 대화 형식으로 재구성했다.

엄마, 엄마! 사진 그만 찍고 앉아보세요. 자기소개 하셔야죠.

전망이 좋아서 말이야. 남산타워도 보이네.
내 소개? 음, 나는 나이 예순세 살에 딸과 남미를 여행하고 온 이명희입니다. 내가 어릴 때 아버지가 돌아가시는 바람에 형편이 어려워져서 학교를 길게 다니진 못했지만, 쉰 살이 넘어서 신학을 공부했고, 또 수필작가로 등단도 했답니다.

제 소개도 할게요. 저는 엄마의 3녀 1남 중 셋째인 조헌주예요. 20대엔 대학에서 극작을 전공해 방송작가로 일했어요. 뒤늦게 뮤지컬을 배우기도 했고, 영어학원을 운영한 경험도 있답니다. 지금은 글쓰기 강의를 해요. 여행을 무척 좋아해서 그간 다닌 여행지가 30개국이 넘어요. 가장 힘들었던 곳은 엄마와 다녀온 남미였죠!
그런데 우리 엄마, 오늘 엄청 꾸미고 오셨네요. 엄마! 오늘따라 머리 모양이 예뻐요. 평소와 다른 거 같은데, 미용실이라도 다녀오신 거예요? 그러고 보니 화사하게 화장도 하고 원피스도 입으셨어요.

충북 증평 사람이 서울에 그것도 인터뷰를 하러 오는데 어떻게 그냥 오겠어. 신경 좀 썼지. 미용실 하는 엄마 친구 있잖아. 걔가 해준다고 오라고 하더라고.

아, 그랬구나. 그런데 엄마가 서울 가는 건 어떻게 알고 머리를 해주신 거예요?

엄마가 자랑 좀 했지. 우리가 여행 다녀와서 쓴 책(《서먹한 엄마와 거친 남미로 떠났다》)도 줬지. 인터뷰를 하게 됐다고 하니까 곱게 드라이하고 가야 한다는 거야.

그렇게 좋으세요?

그럼. 내가 딸 셋, 아들 하나 자식들 중에 너한테만 '이쁜 딸'이라고 하는 거 알아? 내 폰에도 그렇게 저장을 해놨지. 그런데 이제는 거기다 '똑똑한 딸'에다 '착한 딸'까지 더해졌어. 이 엄마를 데리고 77일간이나 남미 여행을 하다니 말이야. 그 덕에 이렇게 인터뷰도 하는 거잖아.

엄마와의 여행을 결심하게 한 사건

2017년 6월 7일에 떠났으니까 여행 다녀온 지 꽤 됐네요. 그런데도 아직도 생각이 많이 나세요?

그럼, 이 엄마는 아직도 아주 생생해. 엄마가 그래도 그전까지 동유럽도 가보고, 미국에 그랜드캐니언도 보고 오고,

중국 여행도 해봤잖아. 그런데 우리 이쁜 딸이랑 함께한 남미 배낭여행하고는 비교가 안 되더라고. 그전에는 모두 패키지여행이었거든. 패키지로 가면 그렇게 바쁠 수가 없어. 버스 타고 가다가 내려주면 얼른 구경하고 다시 타고, 밥 먹으라고 하면 먹고, 쇼핑하러 가라고 하면 쇼핑하고. 그렇게 시키는 대로 돌아다니다 보면 눈에 넣는 건 많은데 마음에는 안 남더라고.

맞아요. 이렇게 몸으로 부딪히는 배낭여행을 하고 나면 그 이전으로는 못 돌아가더라고요. 그것도 그 거칠다는 남미를 8개국이나 돌았잖아요. 브라질에서 시작해 파라과이, 아르헨티나, 칠레, 볼리비아, 페루, 쿠바, 멕시코까지. 영어도 안 통하고 치안도 좋지 않은데다 대부분 고산지대라서 건강도 조심해야 하니 여행 난도로 따지면 아주 고난도인 나라들을요. 게다가 엄마 나이 예순세 살에!

다들 얼마나 나를 부러워하는지 몰라. 실은 엄마가 2007년쯤 동유럽 여행을 갔을 때 '나도 내 딸이랑 여행하고 싶다'고 생각한 적이 있었거든. 그때 여행 온 모녀를 보니까 그렇게 부럽더라고. 그런데 딱 10년 지나서 그 소원을 이뤘으니 엄마가 얼마나 좋았겠어. 근데 우리 이쁜 딸, 어떻게 엄마랑 여행할 생각을 했어?

여행 가기 몇 달 전에 엄마가 당한 자동차 급발진 사고 때문이에요. 전화 받고 집으로 달려가면서 정말 하늘이 무너지는 기분이었어요. 크게 다친 곳이 없어서 다행이었죠. 그때 엄마가 저를 보면서 '괜찮다'고는 했지만, 엄마 얼굴이 얼마나 창백했는지 아세요?

맞아. 딸한테는 아무렇지 않다고 했지만, 엄마도 너무 놀라서 머릿속이 백지장이었어. 운전한 지 30년이 넘었으니 나름 베테랑이라고 생각했는데 급발진 사고가 나다니. 시동을 켜자마자 브레이크가 듣지를 않는 거야. 전봇대 앞에서 차가 멈췄기에 다행이지, 안 그랬으면 어떻게 됐을지 아찔해.

'언젠가'가 아닌 '지금'

그때 저는 여러 생각이 들었어요. '이런 사고는 언제든 또 생길 수 있는데 그때 엄마와 추억이 하나도 없다면 얼마나 후회될까. 그렇다면 나는 앞으로 엄마와 무얼 해야 할까. 나는 엄마를 얼마나 잘 알고 있나?' 같은.
게다가 그 차는 제가 하던 학원 봉고차였잖아요. 딸이 학원 운영한다고 엄마가 직접 학원 차까지 몰았죠. 많을 땐 하루에도 열 번 이상씩 학생들을 실어 날랐으니 얼마나 고됐을까, 내가 엄마를 너무 고생시킨 건 아닐까 후회도 됐어요.

그때 저는 여러 생각이 들었어요.
'이런 사고는 언제든 또 생길 수 있는데
그때 엄마와 추억이 하나도 없다면
얼마나 후회될까. 그렇다면 나는
앞으로 엄마와 무얼 해야 할까.
나는 엄마를 얼마나 잘 알고 있나?' 같은.

그래서 엄마한테 지금 제일 해보고 싶은 게 뭔지 물었던 거야?

네, 한 달쯤 고민을 했었죠. 그 사고가 어떤 신호처럼 느껴졌거든요. 학원도 접고, 엄마와 뭔가 해봐야겠다 싶었어요. 그런데 엄마가 파라과이에 있는 외삼촌을 만나러 가고 싶다고 했잖아요.

열 살이나 차이 나서 내겐 아들 같은 막냇동생이니까. 그 동생이 멀고 먼 파라과이에 있는데 대체 어떻게 살고 있는지 내 눈으로 보고 싶더라고.

그 말을 듣고 제가 "생각 좀 해볼게요."라고 했잖아요. 고민이 좀 됐거든요. 나이 예순이 훌쩍 넘은 엄마와 남미에 있는 파라과이에 간다? 비행기도 두 번이나 갈아타야 하는 먼 곳을? 엄마 무릎이 버틸 수 있을까.
반면, 이런 생각도 들었죠. 남미는 내가 한 번쯤 꼭 가보고 싶던 곳이잖아? 외삼촌만 보고 오는 게 아니라 이 기회에 엄마와 남미 여행을 하면 어떨까. 그동안 여행할 때마다 엄마 생각이 나긴 했잖아. '언젠가'가 아니라 '지금' 엄마와 떠나자. 그렇게 고민을 거듭한 끝에 3개월쯤 여행을 해보기로 한 거죠. 엄마와 살가운 사이가 아니라 부담되고 걱정되긴 했지만.

엄마는 별로 걱정하지 않았어. 내 딸만 따라다니면 된다고 생각했거든. 하하. 엄마가 지레 겁먹는 성격도 아니고.

남미 가는데 미숫가루는 왜 챙겨요?

그런데 짐을 쌀 때부터 한숨이 나왔어요. 엄마가 외삼촌 준다고 미숫가루를 4kg이나 쌌잖아요. 엄마 짐의 대부분을 차지했다고요. 엄마는 무릎이 아프니까 짐은 전부 내가 들어야 하는데 말이에요. 저걸 이고 지고 갈 생각을 하니 아찔했죠. 엄마, 남미가 옆집인 줄 아셨던 거예요?

하하. 나는 그저 내 동생 먹일 생각만 한 거지. 그 미숫가루, 어디서 산 것도 아니란 말이야. 내가 뽕잎, 쑥, 옥수수, 서리태, 맵쌀, 찹쌀, 보리쌀까지 무려 일곱 가지를 넣고 빻은 미숫가루였거든. 파라과이는 더운 나라라고 하니까 이 영양가 많은 미숫가루를 얼음물에 타서 먹으면 내 동생이 얼마나 시원해할까, 그 생각만 한 거야.

결국 브라질 공항 검역에서 마약으로 의심받았잖아요. 하하. 겨우 검역관들에게 미숫가루가 뭔지 설명하고 맛도 보게 해서 통과한 거지. 그 뒤에도 파라과이에선 선물한다고 50g짜리 커피 30봉지에다, 코코넛 비누도 1kg이나 샀잖아요. 결국 볼리비아 입국할 때 검역관들에게 다 빼앗길 걸.

그래도 우리 딸은 '왜 그런 걸 가져가려고 하느냐?', '무슨 커피를 그렇게 많이 사느냐?'고 짜증 한 번 안 냈어. 다들 우리한테 3개월 여행하는 동안 많이 싸우지 않았느냐고 묻던데, 한 번도 안 싸웠잖아. 그게 다 착한 딸 덕분이지.

그런데 저는 첫 여행지 브라질에 딱 내리자마자 엄마한테서 의외의 모습을 봐서 신기했어요. 한국에서는 호탕하고 말도 잘하는 엄마가 너무나 조용하고 얌전하게 계셔서 정말 귀여웠다니까요. '여기선 내가 엄마의 보호자구나!' 실감이 됐어요.

남미는 영어권도 아니고 스페인어권인 걸 알았어야 말이지. 우리 딸은 언제 스페인어를 배워서 그렇게 말도 잘하는지. 엄마가 참 자랑스러웠어. 엄마는 말할 줄을 아나, 글씨 읽을 줄을 아나. 혼자서 할 수 있는 게 없으니 네 옆에 딱 붙어서 얌전히 따라다니는 거지. 남미엔 동양인도 거의 없더라. 한국 사람도 한국인 민박에나 가야 볼 수 있고 말이야. 그런 엄마 때문에 한국인 민박에서 묵은 거지?

그랬죠. 저 혼자였다면 현지 분위기를 느끼려고 안 갔을 텐데 말이에요. 엄마를 생각해서 택시도 많이 타고 다녔죠. 초반에 (아르헨티나) 부에노스아이레스에서 엄마가 걸어 다녀도 괜찮겠다고 해서 그랬다가 정말 큰일 날 뻔했잖아요. 엄마가 다음 날 일어나지도 못할 정도로 힘들어하시는 걸 보고서요. 그다음부터는 걷는 걸 줄이고, 엄마가 피곤해하면 하루 정도 쉬기도 하면서 완급 조절을 했죠. 덕분에 저 혼자 여행할 때보다 좀 더 편하고 안전하게 다니기도 했어요.

나도 '마음은 청춘인데 몸이 따라주질 못하는구나!' 싶었어. 갑자기 배탈이 나거나 소변이 마려워서 고생한 적이 많았지. 나이 드니 생리 현상이 잘 조절이 안 돼. 브라질에서 파라과이로 넘어갔을 때는 갑자기 오줌소태가 나서 약 먹고 나았잖아. 볼리비아 우유니 소금사막에서 수도 라파스로 가는 비행기 안에선 갑자기 목소리가 안 나오기도 했던 거 알아? 너 걱정할까 봐 엄마가 내색을 안 했지. 속으로 '이렇게 영영 말을 못 하게 되는 거 아닌가?' 했지. 비행기 내려서는 괜찮아지더라. 한라산과 백두산을 합친 것만큼 높은 곳이라니 고산병 증세 중 하나인가 싶었어. 그래서 여행은 하루라도 젊을 때 해야 하는 거야.

엄마란 이런 존재구나!

엄마와 여행하면서 제가 몰랐던 엄마의 모습을 본 것도 참 좋았어요. 그거 기억나세요? 멕시코 칸쿤 '여인의 섬'으로 가는 유람선 안에서 말이에요. 여행객을 즐겁게 하려고 이벤트가 열렸는데, 각국 노래를 틀어주면서 춤을 시켰잖아요. 동양인은 우리뿐이었는데, 우리가 한국 사람이라는 걸 안 사회자가 "Korea?" 하더니 갑자기 싸이의 〈강남 스타일〉을 틀었죠. 그때 엄마가 갑자기 번개처럼 일어나서 '말춤'을 추시는 걸 보고 깜짝 놀랐어요.

어쨌든 거기서는 우리가 한국 대표가 된 건데, 주뼛주뼛하면 되겠어? 하하.

저는 동영상으로 방방 뛰면서 춤추는 엄마를 찍으면서 속으로 '어디서 저런 힘이 나오나?' 했다니까요. 근데 엄마, 그거 알아요? 저는 여행 초반엔 '여기선 내가 엄마의 엄마구나' 싶었거든요. 그런데 알고 보니 그 순간까지도 저는 엄마에게 의지하고 있더라고요.

언제 그런 생각을 했어?

여행하면서 저도 모르게 엄마에게 불평을 늘어놓거나 투정을 부리는 때가 있더라고요. 저 혼자 다닐 때는 오히려 더 의젓했는데 말이죠. 멕시코에서 엄마가 '핑크 라군'(핑크빛 호수)에 가보고 싶다고 해서 다른 한국인 여행객 세 명과 차를 빌려서 갔었잖아요.

맞아. 그때 운전할 줄 아는 사람이 나뿐이라 내가 운전을 했었지. 근데 가는 길이 엄청 험난했잖아. 중간에 자동차 바퀴에 구멍이 나질 않나, 차 범퍼가 갑자기 내려앉질 않나. 그래도 그때마다 지나던 멕시코 사람들이 도와줘서 위기를 잘 넘겼어. 그땐 정말 '천사가 왔다 갔나?' 싶었다니까.

그랬죠. 그때 저는 그런 사고들 때문에 계속 속이 탔거든요. 애초에 부실한 차량을 빌려준 것 같은데도 렌터카 업체가 보상하라고 하면 어쩌나 걱정도 들고 말이에요. 그런데 동행자들은 '나 몰라라'인 거예요. 풍경이나 자기들 사진 찍는 데만 몰두하고요. 어차피 사람도 제가 모으고, 차도 제가 빌린 거지만, 그래도 너무하다 싶었죠. 그래서 그들과 헤어지자마자 엄마한테 '어떻게 그럴 수 있냐'며 불평을 늘어놓았죠. 엄마도 '애한테 이런 모습도 있구나' 했었죠?

그런 너를 보고 엄마도 얼마나 안쓰러웠는지 몰라. 혼자서 모든 책임을 다 짊어졌구나 싶어서.

그때 엄마가 “너만 이렇게 고생을 해서 어떡하니?”라고 해줬죠. 그때 기억이 참 많이 나요. ‘나 혼자였다면 속으로 삭히고 말았을 텐데, 엄마랑 여행하니까 이런 순간에도 엄마에게 내 속을 다 드러내게 되는구나. 내가 엄마의 보호자라고 생각했는데, 아니네. 내 모든 감정을 받아줄 수 있는 사람이 엄마구나. 내가 때로 철부지가 될 수 있는 게 엄마 덕분이구나. 엄마는 이런 존재구나!’ 싶었어요.

여행을 다녀오니 대화가 바뀌다

그런 기억과 감정들이 쌓여서 그런지 이제는 딸 셋 중에 네가 제일 편하다니까. 떨어져 산 지도 오래됐고, 어려서부터 워낙 말수도 적었잖아.

맞아요. 여행가기 전에는 엄마에게 전화도 거의 하지 않았죠. 친구들이 거의 매일 엄마와 통화를 한다기에 깜짝 놀랐어요. 엄마가 전화를 해서 “잘 지내?”, “밥은 먹었고?”, “좋은 하루 보내라.” 해도 저는 늘 “네.”, “네.”, “네.”만 하다가 끊곤 했죠. 그렇게 별로 말도 없고, 서먹한 사이여서 여행 내내 안 싸우지 않았나 싶기도 해요.

그때 엄마가 “너만 이렇게 고생을
해서 어떡하니?”라고 해줬죠.
그때 기억이 참 많이 나요.
‘나 혼자였다면 속으로 삭히고 말았을
텐데, 엄마랑 여행하니까 이런
순간에도 엄마에게 내 속을
다 드러내게 되는구나. 내가 엄마의
보호자라고 생각했는데, 아니네.
내 모든 감정을 받아줄 수 있는
사람이 엄마구나. 내가 때로
철부지가 될 수 있는 게 엄마
덕분이구나. 엄마는
이런 존재구나!’ 싶었어요.

여행 다녀오고 나서는 우리 사이에 말이 진짜 많아졌잖아. 엄마는 그래서 남미 여행이 우리의 '대화의 장'이 된 듯한 기분이야. TV 여행 프로그램에서 우리가 간 곳이 나오기라도 하면 얼른 전화해서 '지금 무슨 채널 틀어봐. 우리 갔던 우유니 소금사막 나온다.' 하면서 그때 있었던 일들을 얘기하고 말이야. 함께 밥 먹다가도 불쑥 여행 추억이 떠올라서 수다를 떨기도 하고. 몇 년이 지났는데도 엄마는 엊그제처럼 생생해. 여행 중에 매일매일 일기를 써서 더 그렇기도 한가 봐.

전에는 친구 같은 모녀가 어떤 사이인지 잘 이해가 안 됐거든요. 엄마는 그저 제게 '서먹한 어른' 같았거든요. 그런데 지금은 '엄마' 하면 떠오르는 감정이 더 풍부해졌어요. 친구 같기도 하고, 엄마 같기도 하고, 여자로서 동질감이 느껴지기도 하고요. 여행을 해보지 않았더라면 느끼지 못했겠죠.

나도 전에는 '이쁜 딸', '이쁜 딸' 하기는 했지만, 너를 보면서 이렇게 힘줘서 '이쁜 딸!'이라고는 못했거든. 그런데 지금은 '내 이쁜 딸, 똑똑한 딸, 착한 딸' 같은 말이 진심으로 우러나와.

저 평생 할 효도 다 한 거죠? 하하하. 상투적으로 들릴지 모

전에는 친구 같은 모녀가 어떤
사이인지 잘 이해가 안 됐거든요.
엄마는 그저 제게 '서먹한 어른'
같았거든요. 그런데 지금은
'엄마' 하면 떠오르는 감정이 더
풍부해졌어요. 친구 같기도 하고,
엄마 같기도 하고, 여자로서
동질감이 느껴지기도 하고요.
여행을 해보지 않았더라면 느끼지
못했겠죠.

르겠지만, 다른 사람들도 꼭 엄마와 여행을 해보면 좋겠어요. 일상에서는 느낄 수 없고 볼 수 없는 엄마를 만날 수 있으니까요. 여행을 했다는 건 시간을 공유했다는 의미잖아요. 그 시간 속에서 느낀 친밀감은 정말 농도가 짙어요.

여행을 하면서 어딜 가나 엄마가 최고령자였잖아? 우리를 보면서 다른 청년 여행자들이 '저도 엄마랑 꼭 여행 와야겠어요' 했었지. 누구나 마음은 있지만 여건이 따라주지 않아서 못하는 경우도 많잖아. 그래서 딸과 함께 남미 여행을 할 수 있어서 얼마나 감사했는지 몰라. 엄마 친구들도 얼마나 많이 부러워하는데.

같은 풍경, 다른 생각

엄마는 여행 중에 언제가 제일 행복했어요?

칸쿤! 그 옥빛 바다가 아직도 눈에 선해.

저도 그래요. 우리의 마지막 여행지였죠. 칸쿤은 원래 신혼여행지로도 유명한 휴양지잖아요. 그간 민박을 돌며 고생했으니 칸쿤에선 엄마와 좋은 호텔에 한 번 가보고 싶더라고요. 고민 끝에 1박에 한화로 55만 원이나 하는 고급 호텔에서 하루 묵기로 했죠. 저녁에 해변에 앉아 바다를 보는데 엄마가 "아, 정말 좋다!"를 반복하는 거예요. 그걸 보고서 '엄마랑 여행 오기 정말 잘했다' 싶었어요.

엄마는 실은 그때 가장 처음에 든 생각은 미안함이었어. 아이들 데리고 온 가족 여행객들을 보고서 '우리 아이들도 좀 부유한 부모를 만났더라면, 어릴 때 이런 좋은 곳에 놀러 왔을 텐데…', '좀 더 잘살았더라면, 우리도 진작 가족 여행을 왔을 텐데…' 싶었던 거야. 그 다음에 든 감정이 감탄이었지. '이렇게 맑은 물을 두고 어떻게 한국으로 가나?' 할 정도로.

엄마가 그런 생각을 하신 줄 몰랐어요. 저는 그런 바다를 볼 수 있게 해드려서 기쁠 뿐이었는데. 엄마 얘길 들으니 갑자기 울컥해요.

여행 내내 '내가 셋째 딸을 안 낳았으면 어쩔 뻔했나' 얼마나 감사했다고. 여행자들의 마지막 로망이라는 남미까지 다녀왔으니 기적이지 뭐야. 엄마는 지금도 그 여행을 추억하면서 오늘을 산다.

저도 여행을 다녀오고 나서 엄마와 다른 여행을 꿈꾸게 되더라고요. 그전에는 엄마나 가족이랑 여행을 간다는 건 상상도 하지 않았거든요. 그간 코로나19 때문에 여행이 자유롭지 못했지만, 앞으로 엄마에게 또 다른 추억을 만들어 드리고 싶어요.

내 딸, 나 데리고 또 여행 가줘!

우리 이쁜 딸, 또 엄마 데리고 여행 가줄 거야? 엄마는 이제 무릎 인공관절수술도 해서 더 쌩쌩하게 잘 다닐 수 있어!
엄마, 또 여행해보고 싶은 곳 있어요?

브라질 갔을 때 이구아수폭포를 봤잖아. 나이아가라폭포는 이미 가봤으니, 세계 3대 폭포 중에 한 곳만 남았네.

네? 그럼 아프리카 대륙에 있는 (잠비아와 짐바브웨의 경계를 흐르는) 빅토리아폭포를 가시겠다고요? 헉, 아프리카는 남미보다 '더 센' 곳인데! 다음번엔 편하게 동남아 휴양지를 가려고 했다고요. 하하.

(미소를 지으며) 이제는 미숫가루도 안 챙기고, 커피나 비누 같은 것도 안 살게! 엄마 꼭 데리고 가줘.

배우 문소리의 엄마에서
일흔에 배우가 된 엄마,
이향란

"지금까지 밥만 하다 왔어요!"

이향란 씨가 인터뷰하며 가장 많이 말한 단어 중 하나, '밥'이다. 결혼 후 47년 동안 자식 둘과 남편, 시어머니에 사위, 손주까지 온 가족의 밥을 그가 책임졌다. 맏딸 문소리 씨가 배우가 되고 나서도 엄마 이향란 씨가 직접 도시락을 싸줬을 정도다. 그는 사진 촬영을 하면서 '30대에 포장마차를 하면서 겨울에도 찬물에 담그며 일한 손'이라며 손 내놓기를 쑥스러워하기도 했다. 그 손이야말로 생명을 키워낸 귀한 손 아닌가.

이제 그가 '밥의 시간'에서 '이향란의 시간'으로 날아오르려 한다. 4년 전 시니어 모델을 양성하는 아카데미에 다니기 시작한 걸 계기로 배우라는 꿈이 생긴 거다. 엄마로 살아온 시간과 의미가 응축된 몸으로 감동의 한 컷을 만들어내고 삶이 녹아든 연기를 하는 '배우 이향란'으로서. 꿈을 향해 걸어가는 지금이 그래서 가장 행복한 시간. '지금이 내 인생의 황금기'라고 거듭 되뇌는 이유다.

인터뷰는 과거의 '엄마 이향란'이 '배우를 꿈꾸는 이향란'에게 하는 독백 형식으로 썼다. 약간 부산 사투리가 배어 유쾌한 그의 말투를 살렸다. 그는 '서울에서는 사투리로 들리는데 부산에 가면 또 그게 아니'라며 웃었다. 광주 송정리에서 태어나 살다 초등학교 4학년 때 부산으로 이주했고 서른네 살 이후로는 서울에 살았기에 '반반 사투리'가 완성됐다.

이 인터뷰 이후 향란 씨는 진짜 단편영화 주인공으로 데뷔했다. 열심히 오디션을 보러 다니고 연기 연습을 한 결실을 맺어가는 중이다. 단편 〈단칸방〉을 시작으로 〈괜찮아〉, 〈소동〉 등 그간 주연 혹은 조연으로 출연한 영화만 10여 편이다. 꿈을 꾸고, 그 꿈을 이루기 가장 좋은 때는 '지금'이다.

향란아, 니 참 잘 버텼다. 35년 전 네 식구가 빈손으로 부산서 서울로 올라와가 살 때만 해도 얼마나 막막했드나. 소리 아빠가 자리를 못 잡아가 "그냥 다 함께 죽자!" 했을 때 나쁜 마음을 먹었으면 우짤 뻔했노. 나이 칠십에 이래 인생의 황금기가 왔는데.

손에 물도 안 묻히고 산 줄 알았다고?

생각해보면 참 돌아보고 싶지 않은 시간이다. 언젠가 목욕탕에서 누가 그랬제? 손에 물 한 방울 안 묻히고 사는 사람인 줄 알았다고. 속으로 얼마나 웃었나. 내 이 손을 보라고, 이게 어디 그런 손이냐고 했제. 내가 살아온 세월은 이 두 손이 다 안다. 일을 워낙 많이 해놓으니까 그렇잖아도 큰 손이 뼈마디는 굵어질 대로 굵어지고 살갗은 또 얼마나 거칠어졌나. 오늘 인터뷰한다고 좀 뽀얗게 보일까 싶어가지고 손에다 뭣도 좀 바르고 다이소에서 손톱 스티커도 사다 붙이고 왔는데, 좀 나은가 어쩐가 모르겠다.
이 두 손, 어디다 참 내밀기도 민망하지마는, 이 두 손 아니었으면 자식 둘에 남편, 손주까지 어떻게 먹여 살릿겠노. 소리 아빠가 그런 험한 말까지 했을 때가 소리 국민학교 6학년 올라갈 무렵이었제. 돈벌이가 안 되니까는 본인도 얼마나 답답하고 막막하면 그랬겠노. 하지마는 애들이 있는데 어떻게 죽어. 그래 말하고 대신 내가 나가 돈을 벌었제.
석촌호수에 가봤더니마는 포장마차가 쭉 있더라고. '저거를 한번 해보면 좋겠다' 싶은데 돈이 있어야 말이제. 친구한테 몇 십만 원을 빌려서 포장마차를 안 차렸나. 체구 작은 여자가 혼자 포장마차 끌고 다니니까 아마 누가 보면 대롱대롱 매달려 있는 거 같았을 기다. 서른넷 젊을 때니까 뭐 힘들고말고 생각할 겨를이 없지. 그런 생각을 하는 것도 사치인 시절이었고.
밤새 장사하고 새벽에 집에 들어가서도 잘 수가 있나. 애들 도시락 싸서 학교 보내야 하니까는 쌀 안쳐놓고 싱크대에 이래 기대앉아서는 밥이 될 때까지 기다리다 깜빡 졸아서 두어 번 태워먹기도 했다. 참, 생각해보면 '나'란 존재는 없는 세월이었어.
장사를 시작하면서 집도 자양동서 석촌동 지하 방으로 이사를 갔제. 근데 부산서는 반에서 1등 하던 소리가 1등을 못하는 거야. 어느 날에는 소리가 또 말하는 기다.
"엄마, 나 가방을 메고 학교 가는 게 너무 힘들어."
어릴 때부터 안 그래도 몸이 약했던 아인데. 한의원 가서 보약이라도 한 재 지어다 먹이면 딱 좋겠는데 형편이 돼야지. 수소문해보니 경동시장에 한약을 월부(할부)로 지어주는 데가 있다기에 거기서 보약을 한 재 해다 먹였지. 이웃들은 좀 아마 그거하게(의아하게) 생각하는 거 같드라고. 지하 방에 살면서 아침마다 애한테 보약을 멕이니까.

포장마차 하며 보약에 과외까지

그래도 향란아, 그만하면 니가 애들 가르칠 거는 다 가르쳤다. 소리가 부산서는 피아노도 배우고 그랬는데, 서울서는 못하면 자존감이 떨어질까 싶어가지고 바이올린에 영어, 수학 과외도 시켰잖노. 세상에 포장마차를 하면서 애 과외까지 시키니까 누가 그랬제?
"소리(엄마)야, 나중에 니 노후도 생각해야지."
그런데 그때는 어땠노. 내가 지금 내 노후를 생각할 땐가, 우쨌든지 그저 오늘 잘 사는 것 그리고 애들 교육 잘 시키는 게 중요했제. 그게 다 나를 생각하느라 해준 말이지만 그때는 귀에 안 들어오드라.
그 포장마차가 생각보다 잘돼서 다행이었다. 지금도 내가 한 음식은 식구들이 다 맛있다고 하는 거 보면 그래도 솜씨가 없지는 않나 봐. 포장마차를 한 2년 하니까 이대로 가면 작은 가게라도 하나 얻을 수 있겠다 싶드라고. 그때 소리 아빠도 택시 회사 들어가서 일을 시작했고.
근데 어느 날 (둘째 아들) (양)일이 학교 담임선생님한테 전화가 와서 얼마나 놀랬노. 학교에 갔더니만 (양)일이가 게임방 같은 데를 갔다는 거야. 막 그런 게 생길 때인데. 지금

이야 별일도 아닌데, 그때는 엄청난 사건이었다. 그 소리를 듣고 학교서 집까지 오는 내내 얼마나 울었는지. 내가 즈그 잘 키울라고 이래 고생을 하는데, 이게 무슨 일인가 싶으고. 그러니 그렇게 눈물이 나드라고.
집에 와서는 소리 아빠한테 그랬제. '나는 이제 포장마차 못 하겠다'고. '애들이 즈그들끼리만 있고 하니까 이런 일이 생기는갑다. 이건 아닌 것 같다.'고. 그래서 포장마차를 접었더니마는 또 수입이 줄어드니까 아쉽잖아. 참나, 내도 가만 놀지를 못한다. 궁리하다가 아침마다 잠실역 근처 길에서 토스트 장사도 했제. 아마, 소리가 고등학교 다닐 때까지도 했든 거 같은데. 그것도 꽤 돈벌이가 잘됐다.

엄마, 나는 왜 이렇게 일복이 많아?

내가 이래 가만히 생각해보면, 한집서 한 이불 덮고 살아도 팔자가 다 다르구나 싶어. 우리 영감(남편) 보면 어떻드노. 나는 자식들에다, 나중에는 양쪽 어머니 두 분 수발에다, 손주들 태어나니 또 고것들 밥까지 평생 해멕이는데, 나랑 같이 사는 영감은 가만히 있어도 손주들이 언제든 보고 싶을 때 볼 수 있지, 바로 옆에 어머니 계시지, 그러니 너무 행복한 거야.
우리 엄마 살아계실 때 내가 오죽했으면 그랬겠노.

내가 이래 가만히 생각해보면, 한집서
한 이불 덮고 살아도 팔자가 다 다르구나
싶어. 우리 영감(남편) 보면 어떻드노.
나는 자식들에다, 나중에는 양쪽 어머니
두 분 수발에다, 손주들 태어나니 또 고것들
밥까지 평생 해멕이는데, 나랑 같이 사는
영감은 가만히 있어도 손주들이 언제든
보고 싶을 때 볼 수 있지, 바로 옆에 어머니
계시지, 그러니 너무 행복한 거야.

"엄마, 엄마는 왜 그렇게 나를 일복 많이 타고나게 만들어 놨어?"

불과 몇 년 전까지만 해도 얼마나 일이 많았노. 내가 일을 사서 만드는 편인가.

소리가 영화 〈오아시스〉(2002) 찍고 몇 년 안 돼서 우리 시어머님이 치매에 걸리지 않았나. 근데 그냥 못 두겠더라고. 어머님이 자꾸 핸 말 또 하시고 핸 말 또 하시고 하니까 손자들도 슬슬 피하고. 어머님이 혼자 앉아 있는데 그 뒷모습이 그렇게 쓸쓸해 보였어. 방 두 칸짜리 우리 집으로 모셔온 게 그때다. 마침 소리도 원룸 얻어서 나가 살기 시작했고, (양)일이는 군대 가 있을 때라. 그로부터 10년을 모시게 될 줄은 몰랐지만.

그러다가 소리가 결혼(2006)하고도 이건 산 넘어 산이야. 소리네가 우리 살던 (경기) 평택 집으로 들어왔는데, 내가 그때 몇 사람 밥을 한 건가. 어머님은 모시고 살고, 근처에 우리 엄마에, (노화로) 다리가 불편한 안사돈까지 살았으니 누가 그분들을 다 챙기나. 내가 해야지.

처음엔 안사돈이 우리 엄마랑 한 살 차이라 두 분이서 한집서 살면 좋겠다 싶었거든. 근데 종교가 달라서 그건 안 되드라고. 다른 사람 같으면 명절이면 시집이나 친정이라도 가잖아. 내는 뭐 어디 가기는커녕 명절 음식 해서 사돈네까지 갖다 줬으니. 노인 세 명 모시고 동네 목욕탕 가서 머리

감기고 등 밀어드리는 것도 누가 했겠나. 목욕탕서 사람들이 "노인을 세 명이나 모시고 왔느냐?" 하면서 막 웃었지.
소리네 딸 연두가 태어나고는(2011) 연두 보는 것도 내 몫인 거라. 내가 연두를 안 봐주면 소리가 일 자체를 못하는데 어떤 부모가 자식을 외면하겠노. 연두가 돌 무렵인가. 하루는 거실에서 연두 재우면서 이래 누워 있는데 갑자기 눈물이 또르르 흐르는 거야.
'나는 뭐지. 내 인생은 또 뭐지. 나는 뭐하는 사람인가?'
진짜 죽을 거 같이 너무 힘들어서 이런 생각까지 한 적이 있지 않나. '진짜 어디 병이라도 나서 병원에서라도 며칠 쉬었으면 좋겠다!' 근데 진짜 심장 혈관에 문제가 생겨서 수술을 하게 됐제. 수술실 들어갈 때는 아무 생각 없이 담담했는데 마취에서 탁 깨고 나니까 제일 먼저 떠오르는 게 가족이더라고. 간호사가 그때 "가족 불러드릴까요?" 했는데, 느낌이 정말 남달랐제. 목걸이로 가린 가슴 쪽 이 흉터가 그때 수술 자국이고마.

여행과 명상이 마음의 탈출구

아마 여행 다니고 명상도 하고 그러지 않았으면 내 못 버텼을 기다. 오십대 때부터 그렇게 혼자 여행을 갔으니까. 처음 여행 간다고 했을 때 소리 아빠가 이리 말하대.

"어떻게 남편 허락도 안 받고 가냐?"
내가 그랬제.
"내 나이가 오십이 넘었는데 통보만 하면 됐지, 무슨 당신 허락을 받아야 하나?"
엄마는 또 그러시대.
"그렇게 열흘씩, 보름씩 가며는 식구들 밥은 어떡하노?"
그래서 또 내가 이랬제.
"엄마, 내가 없다고 지구가 안 돌아가나. 다 못살 거 같아도 사는 수가 있다!"
내도 살아야 하니까 말하자면, 도망을 간 거제. 그렇게 유럽으로 처음 떠난 여행이 내 탈출구였다. 그때 느낀 기는 이거다. 여행은 소비가 아니고 투자다, 나를 위한 투자. 백화점도 안 가고, 명품도 안 사고, 내가 나를 위해서 돈 쓰는 데라고는 여행밖에 없었다고.
그리고 명상. 몸이 힘든 거는 그렇게 넘어간다 쳐도 마음이 힘든 거는 견디기가 어렵더라고. 근데 소리가 한번은 '할 수 있는 만큼만 (가족들한테) 하라'면서 명상을 권하대. 정토회 법륜 스님이 하는 '깨장'(깨달음의 장)이라는 수행 프로그램에 그때 갔제. 거기 다녀오면서 마음을 내려놓는 법을 알게 되고, 또 내 상황을 감사하게 받아들이는 법을 배웠지.
그런데 내가 스님들처럼 오래 수행하면서 마음을 닦는 법을 배운 게 아니니까 몇 년 지나고는 다시 힘들어지는 거야. 그즈음에 소리가 외국의 유명한 수행자가 와서 하는 명상 프로그램이 있는데 한번 가보라고 하더라고. 처음에는 너무 비싸다고 손사래를 쳤더니만, 소리가 이랬제.
"엄마, 비싸면 비싼 대로 뭔가가 있을 거야."
사실은 거기도 소리가 안 보내줬으면 그 돈 내고 내는 안 갔을 기다. 아무튼 소리 말 듣고 거기 가서 배우다 보니 어느 순간 그런 생각이 들드라고.
'내가 왜 이렇게 징징대면서 살지. 뭐든지 다 끝이 있기 마련이고, 어떤 힘든 일도 다 지나갈 텐데.'
명상 알려준 거는 지금도 소리한테 참 고맙게 생각해.
"엄마, 어디 한번 바람이라도 쐬고 와!"
내가 이래 지치고 힘들어 보이고 하면 응원해주는 거는 내 딸이제.
내는 소리가 배우가 되고 나서도 계속 도시락을 싸 멕였다. 소리가 바깥 음식을 잘 못 먹으니까. '저거 먹고 우찌 사나' 싶을 정도로 양도 적고. 소리가 연극할 때는 스태프들이 소리 도시락을 맛있어 했다고 하면 또 그 사람들 것까지 싸주고. '이거 도시락만 싸다가 내가 어떻게 되겠다. 나도 정년퇴직 해야지, 더는 못 하겠다!' 생각할 때 소리가 금일봉이랑 편지를 써서 준 거야.
'살가운 딸이 못 돼줘서 미안해. 엄마한테 늘 고마워. 엄마 딸이라 얼마나 좋은지 몰라.'

자식인데 우짜겠노. 계속 발목이 잡혔제. 하하.

손주 키우며 자식한테 생긴 미안함

연두. 그래, 내가 연두는 참 잘 키웠다. 하루는 소리 내외랑 이래 와인을 한잔하는데 (사위) 장(준환) 감독이 소리한테 애를 하나 더 낳자는 거야. 그때는 내가 정색하고 그랬다.
"그래, 애 놓으면 우찌 커도 안 크겠냐마는 내는 못 봐준다."
그 뒤로는 둘째 얘기는 안 하대. 그래도 우쨌든 내가 손주는 후회 없이 키웠고, 또 지금 잘 크고 있어서 그거 하나는 진짜 뿌듯해.
근데 연두를 보면 그렇게 소리한테 미안하드라고. 소리가 임신했을 때 보니까, 원래 양도 적고 고기도 안 좋아하는 애가 과일이며 고기를 그렇게 챙겨 묵드라. 그래서 그런가. 연두가 건강해. 면역력도 좋고.
근데 소리는 참 약하게 태어났거든. 내가 스물두 살에 소리를 낳았으니 진짜 애가 애를 낳은 거잖아. 소리를 가졌을 때 잘 못 먹고 그래서 소리가 약하게 태어났나 싶은 기제. 애들 키울 때도 지금처럼 무슨 육아 정보가 있기를 했나, 그냥 보고 듣고 해서 키운 기제. 지금 같으면 우리 소리랑 (양)일이도 더 잘 키웠을 텐데.
그러니 아직도 애들한테 그렇게 미안해. 내가 더 뒷바라지를 잘했으면 우리 애들이라고 서울대학은 못 갔을까. 키우다 보니 참 서울대학이 점점 더 커 보이드라마는. 자식이란 게 그런 거 같다. 생각하면 늘 못해준 거, 부족하게 해준 것이 생각나서 미안하고 미안해.

자식은 … 말해 뭐하노. 내 자신보다 더 중요한 존재지. 엄마가 살아계실 때 어느 날 나한테 그러시는 기다. '니는 목숨 걸고 자식 키우지 않았냐'고. '아, 그걸 알아주는 사람이 있구나. 우리 엄마가 그걸 아는구나!' 싶어서 참 위로를 많이 받았다.

그래도 우리 애들이 잘 자라줬다. '애들이 참 괜찮게 컸구나' 싶었던 적이 있제. 소리가 〈오아시스〉 찍고 나서 의류 사업을 하던 투자자가 배우들한테 좋은 파카(패딩 점퍼)를 한 벌씩 준 거야. 그때까지 그런 브랜드 파카를 소리도 못 입어보고, 나도 못 입어봤을 때라 소리가 그걸 가져왔길래 '지가 입을랑 갑다' 했제.

근데 어느 날 애들하고 한 차로 어디를 가는데, 소리가 〈오아시스〉 찍을 때 도움을 준 장애인 친구한테 그 파카를 선물할 거라는 거야. 내가 생각하기에는 우리도 못 입어본 좋은 옷을 왜 남을 주나 싶드라고. 그래서 물어봤지.

"나한테 두 개가 있을 때 남한테 하나를 주는 거 아이가?"

"엄마, 두 개 있어서 남한테 하나 주려면 평생 주기 힘들어요."

(양)일이가 이리 말하니, 소리는 또 이리 말하는 기라.

자식은 … 말해 뭐하노. 내 자신보다
더 중요한 존재지. 엄마가 살아계실
때 어느 날 나한테 그러시는 기다.
'니는 목숨 걸고 자식 키우지
않았냐'고. '아, 그걸 알아주는 사람이
있구나. 우리 엄마가 그걸 아는구나!'
싶어서 참 위로를 많이 받았다.

"엄마하고 나는 나중에도 입을 수 있을 거야."
그 말 듣는데 내가 되게 부끄럽더라고. 와 이리 눈물이 나노. 엄마라면서 나이만 먹고 생각은 짧구나 싶었제.

나이 일흔에 찾은 내 삶

어릴 때 나한테도 꿈이란 게 있긴 했을 텐데. 그리 넉넉하지 않은 집 맏딸로 태어나서 대학에 그렇게 가고 싶었지만 간다고 말도 못했다. '내가 가면 남동생 셋은 어쩌나' 싶어서. 누가 등 떠민 것도 아닌데 '얼른 돈 벌어야지' 싶어가 자진해서 상고(부산여상) 가서 졸업하자마자 취직해 일하다, 철없는 나이 스물하나에 소리 아빠 만나가 지금까지 살아온 기제.
그래도 나한테 소리 같은 자랑스럽고 믿음직스러운 딸이 있어서 참 감사하다. 우리 엄마가 암으로 호스피스 병동에 두 달 계실 때 종종 그러셨잖아.
"향란아, 내가 딸이 없었으면 우짤 뻔했노…."
내가 곰살맞은 딸이 못 돼서 엄마한테 참 죄송했는데, 나도 그때 그런 생각이 들드라고. 아들이었으면 엄마 기저귀를 갈아줄 수가 있나, 몸을 제대로 닦아줄 수가 있나. 소리가 딸이래도 좀 어려운, 아들 같은 딸이지만, 딸과 엄마 사이에는 자세히 말 안 해도 통하는 신뢰가 있제.

내 인생 그렇게 하루하루 버티다 보니 오늘이 온 거야. 챙겨야 할 어르신들 모두 돌아가시고, 연두도 어느 새 커서 내 손이 그렇게 필요 없는 나이가 됐고. 이제야 내가 하고 싶은 걸 하나씩 해보고 있다.

모델 아카데미에 다니면서 나를 표현하는 방법을 하나씩 배워가고 있고, 몇 년 전 시작한 영어 공부도 그래 재미있어. 아카데미에서 사람들이 종종 내한테 '무슨 일 하다가 왔냐'고 물어. 그럼 나는 그런다.

"지금까지 밥만 하다가 왔어요."

나는 잘하는 게 진짜 밥밖에 없었어.

그렇게 살던 나한테 어느 날 지인이 옷도 잘 입는데 모델 해볼 생각 없냐고 한 거야. 낼모레 칠십인데 무슨 모델이냐고 했더니마는, 일흔여덟에도 모델로 활동하는 최순화 선생님 얘기를 해주드라고. 그래 수업이나 한번 구경해보자 해서 갔더니만 괜찮은 거야. 보는 것도 이렇게 재미있는데 실제 하면 얼마나 더 재미있겠나 싶어서 등록한 기제.

나이의 의미

이 나이 먹으면 같은 일상이 반복되니까 그렇게 웃을 일이 많지 않아. 그런데 아카데미에는 에너지가 넘치는 사람들이 많으니까 내가 좋은 기운도 받고 또 새로운 시도를 하면서 재미도 느끼는 기다. 내 안에 무엇이 있는지 생각해볼 겨를도 없이 살아왔는데, 아카데미 다니면서 '어, 나한테 이런 면도 있었나' 싶은 순간이 많다.
특히 연기는 다른 사람의 삶을 들여다봐야 가능한 건데, 그게 나한테 힐링이 되더라고. 요즘은 혼자서 여기저기 단편 영화 오디션도 보러 다닌다.
소리는 현장에서 단역 배우로 일하기가 얼마나 힘든지 잘 알아서 그런지 좀 마뜩잖아 하는 것 같지마는 지금 찬밥, 더운밥 가릴 때가 아니다. 떨어지는 것도 배움이고 경험이야. 오디션 섭외가 들어오는 것도 감사한 일이제. 이렇게 재미나게 준비하다 보면 언젠가는 영화 엔딩 크레디트에 '이향란' 이름 석 자가 뜨는 날도 오지 않겠나. '문소리 엄마'가 아니라 '배우 이향란'으로 불리는 날 말이다.
향란아, 너무너무 힘들 때도 있었지만, 애들 다 잘 키워놨으니까 그걸로 충분하게 보상받은 거 아니겠나. 다시 그때로 돌아간다고 해도 그런 선택을 하지 않겠나 싶다. 그렇게 힘든 시기를 잘 버텼으니까 이렇게 좋은 시간도 온 것 아니겠나. 밥만 하며 살았어도 자식들, 손주들 보면 지나온 세월이 헛되지 않았구나 느껴지지 않나.
내가 살아온 시간이 부끄럽지 않은 게 내 자존감이다. 좋은 대학 나와야 자존감이 생기겠나. 이 나이에 내가 하고 싶은 일이 생기고, 목표가 있고, 그걸 향해서 노력하는 것 자체가 얼마나 재미있노. 그래서 지금 인생에서 최고로 행복하제? 나이가 든다는 게 어떤 의미겠노. 젊어서는 도저히 용서가 안 되고, 속에서 불덩이가 왔다 갔다 하고, 죽을 것 같이 힘든 일도 이제는 웬만하면 이해가 되고, 그럴 수 있다 싶고, 또 지나고 나면 별거 아니라는 걸 터득하게 되는 거 아니겠나. 그렇게 넉넉해지니 나이 드는 게 나쁜 것만은 아니드라꼬. 그렇게 나이 들어가는 내 모습을 사랑하면서 사는 지금 니가 그래서 참 대견스럽다. 잘하고 있다, 이향란.

엄마의 눈으로
세상을 보는 딸,
이소정

"눈이 보인다면 가장 보고 싶은 얼굴, 엄마!"

이소정에게 엄마는 세상이다. 태어날 때부터 보지 못하는 소정은 엄마의 목소리로 사물을, 글을, 빨강의 따뜻함과 파랑의 차가움을 배웠다.

"그건 뭐야?"

옆에서 바스락거리는 소리만 나도 궁금증을 참지 못하고 질문을 던지는 소정에게 엄마는 지치지도 않고 표현할 수 있는 만큼의 세상을 알려줬다.

레베르 시신경 위축증. 이름도 어려운 이 병명이 소정이가 앓는 희귀 질환이다. 저시력 수준인 환자들도 있다는데 소정은 사물을 구분할 수가 없다. 그가 보는 세상은 얼룩덜룩하다. 빛이 환할수록 눈은 더 보이지 않는다. 그래도 어릴 땐 지금보다는 나아서 빛을 차단하는 고글을 쓰면, 화이트보드에 진하고 크게 쓴 글씨는 볼 수 있었다는데.

"생각하면 좀 걱정이긴 해요. 점점 눈이 안 좋아지는 걸 아니까."

그래도 그는 빛을 본다는 걸 감사해한다.

"빛이라는 존재를 아는 것과 모르는 것의 차이는 너무나 커요. 지금이 낮인지, 밤인지 알 수 있다는 것도 되게 좋고요. 태어나서 빛을 한 번도 본 적 없는 선천적 전맹인 시각장애인도 있거든요."

소녀의 담담한 말투가 나를 깨웠다. 나는 그간 얼마나 쉽게 살았던가.

소정은 2018 평창 동계패럴림픽 개막식에서 노래를 한 그 소녀다. 점자 블록을 따라 까맣게 암전된 메인 스타디움 가운데로 걸어가 손짓으로 그림을 그리는 것으로 시작해 12분간 무대에 섰다. 그때 부른 〈내 마음속 반짝이는〉의 가사는 소정의 이야기이기도 해 울림이 컸다.

"보이지 않아도 그 별은 있네 / 가끔은 부딪히고 넘어지기도 해 / 하지만 툭툭 털고 여기 하나 되어 …."

소정은 '몰입한 만큼 후유증도 컸던, 환상적인 경험'이었다며 '몸의 방향, 표정, 자연스러운 몸짓까지 모두 엄마가 만든 작품'이라고 떠올렸다. 엄마 김하진 씨는 소정의 눈이 되어 스태프들이 미처 생각하지 못하는 부분까지 조언하며 함께 공연을 준비했다.
사람들이 언뜻 소정을 보면 시각장애인이라는 걸 눈치 채지 못할 정도로 행동이 자연스러운 것도 엄마 덕분이다. 엄마 김 씨조차 "나도 어떤 땐 네가 안 보인다는 걸 깜빡 해."라고 농담을 한다.
소정을 마주했다. 음료와 함께 마카롱을 간식으로 준비했다고 하자, "우와!"라며 함박웃음을 지었다. 마카롱을 하나씩 만져가며 집어 들어 향을 맡고는 입안 가득 베어 물었다. 그는 행복을 느낄 줄 아는 소녀였다.
행복을 느낄 줄 알아서 행복을 소유한 소정에게 '지금까지 살면서 지키려고 해온 삶의 도'를 물었다.
"저는 뭔가를 할 때 항상 희망, 희망을 가지려고 노력해요. 안 된다는 부정적인 생각을 하기보다 늘 희망을 잡으려고 하죠. 그 다음엔 사랑이요. 사랑을 지키면서 살고 싶어요. 사랑이 있어야 따뜻한 세상이 될 수 있을 테니까요."
소정의 말에서 부디 상대적인 행복이 아닌 절대적인 행복을 깨닫게 되길 바란다. 볼 수 있는 자가 볼 수 없는 자를 통해 느끼는 좁은 행복이 아니라, 내가 나여서 누리는 충만한 행복 말이다. 열여섯 소녀의 한마디 한마디는, 그러니까 행복의 교과서였다.
이 인터뷰는 평생 자신의 눈으로 산 엄마에게 보내는 소정의 편지이기도 하다. 소정과 나눈 대화를 그의 말투로 재구성했다.

엄마! 나는 엄마를 많이 닮았을까? 나는 사람들이 나한테 "엄마 닮았네." 하는 소리가 듣기 좋아. 그런데 내가 진짜로 엄마를 얼마나 닮았는지 너무나 궁금해. 내게 바람이 있다면 내 가족이나 친구 같은 주변 사람들 얼굴을 딱 한 번만이라도 보는 거야. 그럼 기억해놓을 수가 있잖아. 그중에서도 나는 엄마 얼굴이 가장 보고 싶어.

엄마, 기억 나? 내가 생각나는 가장 어린 시절, 세 살 무렵인 것 같아. 엄마랑 이불 속에서 '불빛 찾기' 놀이를 했던 것 말이야. 엄마가 이불을 살짝 들면, 불빛이 어느 쪽에 있는지 함께 찾아보는 놀이가 그렇게 재미있었어. 그때는 지금보다 좀 더 시력이 나았으니까, 그런 내게 조금이라도 보는 즐거움을 알게 하려는 거였겠지?

엄마는 그때부터 늘 내 옆에 있어줬지. 눈이 안 보여서 그런지, 내가 어릴 때부터 질문이 많았잖아. 옆에서 누가 봉지만 만져도 "그거 뭐야?" "뭐 먹는 거야?" 물었지. 너무 궁금했거든. 엄마는 왜 이렇게 묻는 게 많냐면서도 일일이 다 대답을 해줬지.

내게 세상을 알려준 것도 엄마야. 뭐든지 만지게 하면서 생김새를 알려주고 내가 익힐 수 있게 도왔어. 초록은 숲의 색, 하늘색은 시원한 느낌, 빨강은 뜨거운 느낌 … 나는 그런 감각으로 세상을 보잖아.

엄마! 그래서 나는 '엄마' 하면, 엄마의 목소리가 떠올라. 어릴 때부터 내가 되게 좋아한 목소리, 엄청 부드러운 그 목소리. 엄마가 친절한 말투로 말해줄 때 엄마가 제일 예뻐 보여! 어릴 때 자기 전에 엄마가 책 읽어주는 게 좋아서 두 세 권을 읽고 나서도 한 권만 더 읽어달라고 조르곤 했지. 엄마가 책 읽어줄 때의 목소리, 책장 넘기는 감촉이 정말 좋았거든. 내가 책장 넘기는 걸 하도 좋아하니까 엄마가 한 쪽을 다 읽고 나면 늘 "자, 넘겨."라고 해줬지.
점자책은 엄청 두꺼운데 일반 책은 책장도 매끈하고 두께도 납작하니까 그 느낌이 그렇게 좋았나 봐. 점자로 된 수학책은 말이야, 일반 수학책이 한 권 분량이라면 열다섯 권쯤 되거든. 그래서 너무 힘들어. 대체 몇 권을 펴야 하는지! 엄마, 어릴 땐 지금보다 내 눈 상태가 더 나아서, 빛이 적으면 어렴풋이 사물을 분간했잖아. 초등학교 들어가기 전에 엄마가 한글을 어떻게 가르쳐줬는지 알아? 내가 학습지의 작은 글씨는 볼 수 없으니까, 엄마가 다른 종이에 유성매직으로 학습지 내용을 크게 쓰고 그걸 잘라서 일일이 다시 붙여줬잖아. 그 덕분에 학습지도 잠깐이나마 할 수 있었지. 엄마는 늘 내가 조금이라도 더 잘 볼 수 있다면 아무리 힘들어도, 그게 뭐든 무조건 다 해줬어. 초등학교 때 주위를 껌껌하게 해놓고 고글을 쓰고서 화이트보드 위에 큼지막하게 숫자를 쓰면서 수학 문제 풀이를 했던 일도 생각나. 얼마 없는 시력을 조금이라도 더 활용해보려고 말이야.

나는 사실 아주 어릴 때는 다른 사람들도 나처럼 잘 안 보이는 줄 알았어. 그건 엄마나 아빠가 나를 동생들과 다르지 않게 키운 덕분이란 걸 잘 알아. 그런데 어느 순간 알게 됐지. 동생들이랑 얘기를 하다 보니, 애들만큼 나는 보이지 않더라고.
나는 그런 게 되게 궁금해. 자연 말이야. 내 주위에 있는 물건이나 사람들은 만져보면서 감각으로 짐작할 수가 있는데 자연은 그렇지가 못하니까. 새는 어떻게 날아다닐까. 또 잠자리는? 눈이 오는 풍경, 하늘의 구름, 파도치는 모습은 어떨까. 그런 자연의 풍경을 하염없이 바라보는 걸 너무 해보고 싶어.
나한테는 말야. 밤에 길바닥 물웅덩이 같은 데에 빛이 비쳐서 반짝거리는 것도 너무 예쁘게 보이거든. 차 타고 가족 여행을 가면 내가 늘 앞자리 앉기를 좋아했잖아. 그것도 반대편에서 오는 차들의 불빛을 보는 게 좋아서였어. 갑자기 앞으로 빛이 확 지나가는 게 느껴져서 재미있었거든. 폭죽놀이도 그래서 좋아한 거야. 바닷가에 놀러 갔을 때 우리가 사온 폭죽을 다 터뜨리고도 다른 사람들이 폭죽놀이 하는 걸 한 시간이나 앉아서 구경하곤 했지. 아무리 봐도 지루하지가 않았어. 나는 가로등도 허공에 떠 있는 불빛인 줄 알았지 뭐야. 기둥은 보이지 않고 빛만 느껴지니까. 보이는 사람들의 시야는, 가까이에서도 책 한 줄이 한눈에 다 들어

온다는 얘길 듣고 얼마나 신기하던지.
그런데 지금은 어릴 때보다 눈이 더 나빠져서 좀 걱정도 되고 우울하기도 해. 레베르 시신경 위축증을 앓아도 완전히 정안(정상 시력)은 아니지만 저시력 정도로 생활이 가능한 사람도 있던데. 우리 학교에도 나 같은 레베르 병증인 학생이 세 명쯤 있거든. 그런데 모두 나보다는 시력이 좋아. '같은 병인데도 왜 나만 이렇게 안 보이는 거야' 하는 생각도 했지.

그래도 엄마, 나는 안 보여도 길을 잘 찾는다! (서울맹학교) 기숙사에서 가끔 저녁 식단이 별로다 싶으면 친구들끼리 밥을 사 먹으러 나가거든. 그런 때 내가 다 안내를 한다니까. 다 같이 안 보이는 애들인데 말이야. 하하. 아무래도 엄마를 닮은 것 같아. 보이는 사람들은 두리번거리면서 찾으면 되지만, 나는 보고 찾을 수 없잖아. 그러니까 인지능력이 더 좋아야 길을 잘 찾지. (안 보이는) 친구들이랑 셋이서 기차 타고 춘천도 다녀왔잖아.
나는 혼자 다니는 게 무섭지 않아. 엄마도 놀랄 정도였지? 시각장애인은 처음 가는 길은 주위의 도움 없이는 가기가 어렵거든. 그런데 도와주는 분들이 많아. 지하철을 탔을 때 눈앞에 자리가 있어도 모르고 서 있기도 하는데 그런 때 앉혀주는 사람도 있고, 또 역에 전화를 걸어서 "제가 시각장애인이라 안내 좀 부탁해도 될까요? 몇 번째 칸에 타고 있어요." 하면 역무원의 도움도 받을 수 있어. 시도를 안 하면 그런 방법이 있다는 걸 알지도 못하잖아? 나는 그렇게 뭐든 해보는 게 재미있어!

물론 그렇게 다니다가 엄청 많이 넘어지고 부딪히기도 했지. 지하철은 그래도 멈추는 곳이 정해져 있는데, 버스는 그렇지가 않아서 많이 애를 먹었거든. 버스는 정류장에 정차해도 서는 자리가 매번 다르잖아. 보통 내가 기다리던 곳에서 몇 미터쯤 떨어져 서는데 내가 빨리 간다고 가도 보이는 사람처럼 위치를 정확히 파악하고 갈 수는 없어. 그런 때 주위에서 도와준다고 나를 잡아당겨서 계단에서 넘어진 경험도 숱하지. 인도와 차도 사이의 턱 때문에 고생한 일도 얼마나 많은지! 작년 가을엔 버스 계단을 오르다 크게 다쳐서 타고 나서도 엄청 많이 아팠거든. 제대로 서 있지도 못하겠더라고. 그래도 그런 때 나는 꾹 참아. 어떻게든 이겨내야 하니까.

그렇게 어쩔 수 없이 넘어지는 건 그런가 보다 하는데, 안 부딪힐 수 있는 상황에서 다치면 그렇게 억울하더라. 집에서 말이야. 내가 어릴 때부터 상 같은 데에 엄청 부딪혔잖아. 특히 실내용 트램펄린! 쇠로 된 트램펄린 프레임에 엄청 찧고 다녔지. 하도 많이 부딪히니까 내 정강이가 만 번은 멍들었을 거야. 한때는 그렇게 상처 입는 것에 불만이 많기도 했거든. 왜 나만 이렇게 다쳐야 하나 싶어서.
그래도 그렇게 많이 넘어지고 부딪힌 덕분인지, 이젠 혼자 길거리를 다녀도 그렇게 무섭진 않아. 헤헤. 그런데 계단엔 아직도 공포심이 있나 봐. 가끔 계단에서 떨어지거나, 오르고 싶은데 올라가지질 않아서 휘청거리는 악몽을 꾼다니까.

진짜로 내가 힘든 건 혼자 할 수 없는 일이 생겼을 때야. 예를 들면, 급식만 먹다 보면 친구들이랑 고기를 먹고 싶을 때가 있거든. 그런데 고깃집에 가서 고기를 구우려면 여러 문제가 많더라고. 그래서 보이는 사람들하고 가는데 그런 때 나는 물어봐.
"이거 제가 할 수 있는 거예요, 없는 거예요?"
어렵지만 할 수 있을 거라고 하면 희망이 있는데, 위험해서 못할 것 같다고 하면 슬픈 생각이 들어.
난 절망이 가장 싫거든. 할 수 없다는 건 가능성이 없다는 얘기잖아. '어렵다'는 말엔 절망하지 않아. 그런데 '할 수 없다'는 말에는 절망감이 들어. 자립심 강한 성격이라서 나는 누가 내 대신 해주는 것보다, 도움을 받아서라도 직접 해야 진정으로 내가 한 거라는 생각이 들거든.
요즘에 식당이나 패스트푸드점에 늘어난 무인주문시스템만 해도 그래. 그런 시스템은 모두 터치스크린 방식이거

"이거 제가 할 수 있는 거예요, 없는 거예요?"
어렵지만 할 수 있을 거라고 하면 희망이 있는데,
위험해서 못할 것 같다고 하면 슬픈 생각이 들어.
난 절망이 가장 싫거든. 할 수 없다는 건
가능성이 없다는 얘기잖아. '어렵다'는 말엔
절망하지 않아. 그런데 '할 수 없다'는 말에는
절망감이 들어. 자립심 강한 성격이라서 나는
누가 내 대신 해주는 것보다, 도움을 받아서라도
직접 해야 진정으로 내가 한 거라는 생각이
들거든.

든. 보이지 않는 사람은 주문조차 할 수가 없는 거야. 엘리베이터도 버튼식이 아니라 터치식이 생겨나고. 터치식 엘리베이터를 시각장애인들이 어떻게 누르겠어. 전기자동차도 걱정이야. 가까이 와도 소리가 잘 안 나니까 빨리 피할 수가 없거든. 그런 걸 생각하면 좀 막막해져. 앞으로도 그렇게 세상이 바뀌어가면 어떻게 혼자서 살아가지? 눈이 보이는 사람이 언제나 내 옆에 있을 순 없는 거잖아. 매번 도와주는 사람이 생기는 것도 아니고.
엄마, 내가 초등학교 때 엄마한테 계단 때문에 짜증을 부렸던 것 기억나? 언젠가부터 엄마가 계단이 나타나도 말을 안 해주더라고. 엄마를 잡고 걸으니까 넘어지진 않더라도 갑자기 발이 툭 떨어지니까 얼마나 무서워. 그런 일이 반복되니까 내가 화가 나서 엄마한테 말했지.
"내가 안 보이는 거 알면서 왜 계단이라고 미리 말을 안 해주는 거야?"
그랬더니 엄마가 그랬어.
"엄마가 말을 안 해도 옆에서 엄마가 걷는 느낌으로 '계단이구나' 알아챌 수 있도록 훈련을 시키려고 그런 거야. 그래야 시각장애인에 대해 잘 모르는 사람과 다닐 때 일일이 그들이 말해주지 않아도 다치지 않고 다닐 수 있게 되지."
그때 엄마가 그러는 데엔 다 이유가 있구나, 엄마의 마음은 내가 다 헤아리지 못할 정도로 깊구나 싶어서 감동받았어.

그리고 엄마한테 많이 미안했지. 나는 엄마가 나를 나보다 더 사랑한다는 걸 알아. 내가 생각하는 것 이상으로 엄마는 늘 나를 위했어. 그 덕분에 지금은 엄마와 걸어갈 때 계단이 나타나도 곧잘 다니지. 가끔씩 정신 안 차리다가 계단에서 떨어지기도 하지만. 하하.

엄마, 생각해보면 그래도 나는 감사한 게 참 많아. 빛은 알잖아. 빛을 볼 수 있느냐, 없느냐의 차이는 너무나 크니까. 빛이라는 존재를 아예 모르는 시각장애인도 있잖아. 태어날 때부터 눈이 안 보인 것도 다행이다 싶어. 보이다가 보이지 않게 됐다면, 더 무섭고 절망하고 적응하지 못했을 것 같거든.
그리고 노래! 내겐 노래가 있잖아. 커서 뭐가 되고 싶냐고 물으면 정말 잘 모르겠는데, 뭘 하고 싶냐고 하면 가장 먼저 떠오르는 게 노래야. 무슨 일을 하든 노래는 하고 있을 것 같아.
그것도 어릴 때 엄마가 피아노 치면서 노래를 많이 불러준 덕분일까. 엄마랑 함께 화음 넣어서 동요나 찬양을 부르는 게 정말 좋았어. 엄마는 음감이 정말 뛰어나잖아! 엄마를 닮아서 나도 좋은 음감을 타고난 게 아닐까 생각하곤 해. 차 타고 어딜 가도 내내 노래를 부르면서 갔잖아. 다섯 살 때 찬양 앨범 녹음에 참여한 걸 시작으로 노래는 늘 나와

그때 엄마가 그러는 데엔 다
이유가 있구나, 엄마의 마음은
내가 다 헤아리지 못할 정도로
깊구나 싶어서 감동받았어.
그리고 엄마한테 많이
미안했지. 나는 엄마가 나를
나보다 더 사랑한다는 걸 알아.
내가 생각하는 것 이상으로
엄마는 늘 나를 위했어.

함께했네. 열두 살 땐 재능 기부로 (고려대 구로병원 병원학교가 희귀 난치병을 앓거나 장애가 있는 어린이를 위해 제작한) 〈아름다운 세상〉 음반 메인 보컬도 맡았고. 평창 패럴림픽 개막식 무대에서 노래 부를 수 있는 기회도 그래서 내게 온 것 같아.

그렇게 노래 부를 때가 제일 재미있고 좋았는데, 실은 요즘 좀 힘들어. 방향을 많이 잃어버린 기분이거든. 중학교에 올라간 뒤부터인 것 같아. 초등학교 때는 예쁜 소리가 나왔고 고음도 내지르면 잘 올라갔는데, 지금은 아니거든. 내가 내고 싶은 소리가 달라지기도 했고 말이야. 이젠 동요가 아니라 팝의 느낌을 내고 싶거든. 그런데 내 마음대로 되지 않으니까 답답해.

그래서 '아, 이제 노래 그만하자. 포기하고 싶다.'는 생각을 하기도 했었어. 그런데 그럴 때마다 자꾸 기회가 생기는 거야. 노래를 부를 기회, 더 잘해보고 싶다는 욕심이 생기는 무대 말이야. 그래서 올해 초엔 〈불후의 명곡〉까지 나가게 됐고. 그 기회들이 내가 노래를 포기하지 못하게 만들었어. 신기하지?

노래를 전문적으로 배워보고 싶다고 한 것도 그래서야. 한국장애인재단의 지원으로 일주일에 한 번씩 보컬 레슨을 받았잖아. 아직 다듬어지지 않았지만, 내가 다른 소리를 낼 수 있다는 것 자체가 신기했어. 클라이맥스에서 힘 있는 소리를 내야 하는데 아직 잘되진 않아. 발성을 완전히 바꿔야 하는데 지금은 초기니까 소리를 마구 낼 수밖에 없기도 하고. 그걸 옆에서 듣고 있으면 내 소리가 더 망가진 것처럼 느껴질 수도 있을 것 같아. 어떤 땐 엄마가 나보다 더 초조해하는 것 같아서 눈치가 보이기도 해.

그래도 엄마, 언제쯤 내가 원하는 소리를 낼 수 있을지 나도 모르지만 한번 해보려고 해. 그러니까 조금만 더 기다려줘. 나는 지금까지 포기를 모르고 살았잖아. 눈이 보이지 않아도 방과 후 수업으로 피아노와 플루트도 배웠어. 플루트 배운 지 2개월 만에 학생 오케스트라에 들어갈 수준이 됐지! 1년 넘게 배운 친구보다 잘해서 걔가 나를 엄청나게 질투하기도 했었다구. 플루트가 보기보다 소리를 내기가 어렵거든.

처음엔 나도 호흡이 짧아서 불기만 하면 어지럽고 손발이 저렸지만, 내가 꼭 하고 싶었던 악기라서 포기하지 않고 연습을 해서 실력이 늘었지. 누가 '이거 해야 해, 안 하면 안 돼' 해도 내가 납득이 안 되면 안 하는 게 나잖아. 다른 사람 말 때문이 아니라, 내 스스로 해야겠다는 생각이 들면 반드시 해내는 게 나잖아.

엄마, 코로나19 때문에 온라인 수업을 할 때 학교 기숙사가 아니라 집에 있었잖아. 그런데도 엄마랑 예전처럼 말도 많이 안 하고 방에만 틀어박혀 있으니깐 좀 서운했지? 지금이 또래랑 노는 게 더 재미있고 비밀도 생기는 나이잖아! 사춘기인 건가?
그래도 나는 엄마 없는 생활을 상상할 수가 없어. 얼마 전 엄마와 아빠가 헤어질 때도 난 엄마와 함께 살게 해달라고 했잖아. 엄마가 맏이인 나한테는 그간의 사정을 미리 말해줘서 짐작을 했는데도 조금은 걱정이 됐나 봐. 엄마가 그때 나한테 그랬지.
"엄마는 어떤 일이 있어도 널 버리지 않아. 항상 너와 함께 있을 거야."
엄마와 아빠의 다툼이 오래됐으니까, 이럴 거면 차라리 이혼하는 게 낫겠다고 생각했으면서도 막상 아빠나 동생들과 떨어져 사니까 좀 우울했던 것도 사실이야. 친구랑 통화하다가도 아주 사소한 가족들 얘기에 부러워지더라고. 가족이 나뉘어 산다는 것, 동생들은 엄마의 따뜻한 밥을 먹지 못한다는 것, 그런 걸 생각하면 슬프기도 하고 동생들에게 미안하기도 해. 그렇다고 엄마랑 사는 걸 포기하고 싶지는 않고….
엄마! 요즘은 살짝 멀어졌지만, 역시나 엄마는 내 가장 친한 친구야. 엄마를 생각하면, 엄마는 그냥 나인 것 같아. 엄마 자신보다 나를 더 생각하는 엄마를 보면 엄마의 사랑은 정말 끝이 없구나 하는 게 느껴져.
엄마, 나는 엄마를 닮은 어른이 되고 싶어. 엄마는 일도 똑

엄마! 요즘은 살짝 멀어졌지만,
역시나 엄마는 내 가장 친한 친구야.
엄마를 생각하면, 엄마는 그냥
나인 것 같아. 엄마 자신보다 나를 더
생각하는 엄마를 보면 엄마의 사랑은
정말 끝이 없구나 하는 게 느껴져.

부러지게 하고, 옷 고르는 센스도 훌륭하고, 요리도 잘하잖아. 그 모든 걸 엄마한테 배우고 싶은데, 보이지 않으니까….
난 나중에 해보고 싶은 일도 많아! 미디 프로그램(디지털 작곡 프로그램)을 배워서 음악 작업도 해보고 싶고, (채널 'SingHope소정') 유튜브 계정에 노래 커버 영상도 만들어서 올려보고 싶어. 장애인의 일상을 영상으로 찍어서 (비장애인의) 인식 개선을 돕는 역할도 할 거야. 아! 그리고 돈도 많이 벌고 싶어. 내가 후원을 받아서 보컬 레슨을 받았듯, 나도 다른 사람들에게 내가 받은 걸 나누는 사람이 되면 좋겠어. 내가 누린 행복을 다른 사람도 느끼도록 말이야.
엄마! 내가 속으로만 생각하고 표현을 잘 하진 않지만 그거 알아? 가끔 엄마 마음을 아프게 하는데도 항상 그 자리에서 같은 마음으로 나를 사랑하고 아껴주는 엄마가 있어서 정말 감사해. 앞으로 남은 시간 동안 엄마와 행복한 추억 만들면서 살면 좋겠어. 그리고 엄마가 이제까지보다 더 많이 웃으면서 살기를 바라. 많이 사랑해!

3

엄마들을 위하여

1만 명의
자연주의 출산을 도운 산파 엄마,
김옥진

"아가야, 잘 나올 거야. 힘내!"

조산사가 아직도 있다. 아니 '자연주의 출산'을 하려는 엄마들에게는 '엄마 같은' 존재다, 없어서는 안 될. 과거엔 '산파'라고 불렸지만, 지금은 엄연히 전문직이다. 간호사 면허를 가진 이가 1년간 조산 수습 과정을 마치고 국가고시를 치러야 조산사 면허를 딸 수 있다. 출산을 돕는 전문 의료인이기 때문이다.

달리 보면, 아이가 세상에 나오는 순간 가장 먼저 안아주는 사람이기도 하다. 산부인과가 많지 않았던 1980년대 이전까지만 해도 조산원 출산은 흔한 일이었다. 요즘에는 자연주의 출산에 관심이 많은 임신부들이 바로 이 조산사들을 찾는다.

김옥진 씨는 조산사로 41년째 일하고 있다. 말하자면, '산파 엄마'인 셈이다. 그간 받은 아기는 셀 수도 없다. 성글게 꼽자면 1만 명 정도 될까. 세상에 첫 울음을 터뜨리는 생명력 넘치는 아기를 처음 받아 안는 이 '산파 엄마'의 마음속을 여행했다.

애 낳았어요? 옆에 사진기자님은? 아이쿠, 결혼도 안 했어요? 내가 이렇게 사람 만나기만 하면 그것부터 물어봐요. 하하하. 이것도 직업병인 거지.
내가 이 동네(경기도 의왕시)로 이사 와서 플리마켓(벼룩시장)에 갔다가 '뽑기'에 당첨이 된 거예요. "김옥진 씨!" 하고 부르길래, "저요, 저요!" 하면서 손 들고 나갔더니, (행사를 주최한) 공방 주인이 어디서 많이 본 얼굴이에요. 그쪽에서 먼저 나를 알아보더라고요. "어머, 선생님!" 하면서 내 손을 덥석 잡지 않겠어요. 알고 보니 내가 애를 받아준 사람인 거야.
가만있어 보자. 조산사 수련 기간 1년까지 치면, 벌써 41년째 애를 받고 있잖아요. 받은 애기가 몇 명쯤 되냐고요? 그걸 어떻게 알아. 한 1만 명쯤 되려나.

전국 돌며 받은 아기만 1만 명

한때는 내가 제주도부터 강원도 양양군까지 전국을 돌면서 애를 받았어요. 지금 생각해보면 정말 '미친 여자'처럼 다녔어. 우리 조산원으로 오는 엄마들뿐 아니라 자기 집에서 애 낳겠다는 사람들까지 쫓아다닌 거지. 나는 그게 내가 할 수 있는 여성운동이라고도 생각했거든요. 그만큼 자연주의 출산을 알리고 싶었어요. 이제는 나도 나이가 들어서 '원정 산파'는 안 하려고 했는데, 다음 달엔 어쩔 수 없이 충남 서산에 가야 해요. 그 엄마가 큰아이는 조산원에서 자연주의 출산을 했는데, 둘째는 집에서 낳고 싶다는 거예요. 그래, 내가 올해 만으로 예순이지만, 한 달에 한 번은 출장 갈 수 있겠다 싶어서 그러겠다고 했어요.

잠시만요. 그 서산 임신부한테 카톡(카카오톡 메시지)이 왔네. 하하하. 이것 좀 보세요. 오늘 삼겹살을 구워 먹었다기에 그럼 '절 운동을 서른 번쯤 하는 게 좋겠다'고 했더니 이렇게 보내왔네요.

"네, 양심은 있으니…. 스무 번만 하면 안 될까요?"

이런 이모티콘이랑 함께요. 귀엽지 않아요? 이젠 산모들이 딸 같아요. 나를 찾아오는 엄마들이 진짜 내 딸들 나이이기도 하고.

절은 왜 시키냐고요? 운동 삼아서요. 이건 불상 앞에서 하는 절하고는 다르다고요. 다 아이를 낳을 때 도움이 되는 운동이에요. 많이 움직여야, 엄마한테도 애기한테도 좋다니까. 또 생각해보세요. 절하면서 엄마들이 어떤 생각을 하겠어요. 뱃속 아이가 건강하기를 바라면서 할 거 아니에요. 그런 마음도 담을 수 있으니 얼마나 좋아요?

보통 여자가 아이 가졌다고 하면 뭐든 못 먹여서 안달이야. 근데 그게 좋은 게 아니거든. 엄마 뱃속에서 아이를 그렇게 살찌우면 위험해질 수도 있어요. 보세요. (모형을 들어 보이면서) 이게 자궁이고 골반이에요. 아기가 이렇게 엄마 뱃속에서 있다가 진통이 시작되면 자궁경부가 얇아지면서 열리고 아기가 내려와요. 아기들은 천재예요. 이쪽에 탯줄이 있으니까 대개 태반을 바라보고 있다가 엄마 골반 모양에 따라서 스스로 (나오기 편한 길을 찾아) 나와요. 제 어깨가 빠져나오기 좋도록 돌면서요.

그런데 여기서 중요한 것! 태아가 너무 살이 찌면 그렇게 움직일 수가 없어요. 아기가 스스로 못 나오면 (밖에서) 잡아당겨야 하거든요. 그렇게 당겨서 나오면 좋지만, 그렇지 못한 경우도 있거든요. '견갑난산肩胛難產'이라고 태아의 어깨가 엄마 골반을 빠져나오지 못하는 거죠. 그럼 어깨뼈나 쇄골이 부러져서 아기가 죽을 수도 있어요.

그러니까 임신부한테 '많이 먹으라'고 하는 건 악담이야. 엄마가 반드시 식이 조절하고 많이 움직여야 해요. 특히 밀가루나 당류만 덜 먹어도 도움이 돼요. 그래서 나는 임신부들한테 임신 30주부터 뭘 먹었는지, 운동은 얼마나 했는지 다 기록하라고 하죠. 그렇게 출산 전부터 출산 후 보름까지 관리를 해줘요.

요즘은 영상 통화란 게 있으니 얼마나 편한지 몰라요. 모유수유하는 자세까지 봐줄 수 있잖아요. 수유에 성공했을 때 기쁨까지 함께 나누고요. 그러니까 조산사는 한 여성이 엄마가 되어가는 걸 돕고 또 지켜보는 일이기도 하죠.

출산은 엄마와 태아의 교감

자연주의 출산이 뭐기에 그러냐고요? 간단히 설명하면, 의료적인 개입 없이 아이를 낳는 일이죠. 유도 분만이나 무통 주사 같은 약물 사용, 회음부 절개 같은 시술을 하지 않고요. 생각해보세요. 원래 우리는 병원에서 아이를 낳지 않았어요. 그 마을에서 아이를 많이 받아본 산파가 집에 와서 받아주거나, 심지어 산파를 부르러 간 사이에 엄마 혼자 아이를 낳기도 했죠. 그런 본래의 자연스런 출산으로 돌아가자는 거예요.

건강한 임부는 약물을 사용하거나 시술을 하지 않아도 잘 낳을 수 있어요. 물론 고혈압이나 출혈성 질환이 있는 임부, 둔위臀位 태아, 역아逆兒, 다태임신多胎妊娠 같은 경우는 권하지 않아요. 고위험군으로 일컬어지는 만 35세 이상 임부도 본인의 의지가 있다면 나는 받아요. 요즘은 산모의 연령이 높아지기도 했고요.

약물을 쓰면 뭐가 좋고 나쁜지 임부에게 정확하게 알리고 선택하도록 해야 해요. 무통 주사만 해도 마치 '아프지 않을 권리'인 것처럼 홍보되지만, 부정적인 측면도 있거든요. 우리가 몸살 났을 때 잠을 자면서도 이리 눕기도 하고, 저리 눕기도 하면서 뒤척이는 게 왜 그렇겠어요. 순환이 제대로 안 되니까 나도 모르게 편한 자세를 찾으려고 그러는 거예요. 임부도 마찬가지예요. 진통을 하면서 자꾸 이렇게 저렇게 자세를 바꾸는 건 아기가 나오기 편한 자세를 찾도록 서로 교감하는 과정이에요. 그런데 무통 주사 때문에 근육이 맥을 놓고 있으면 그걸 못하는 거죠.

출산 직전에 대개 약물로 관장을 하는데, 그것도 굳이 하지 않아도 된다고 생각해요. 자궁을 수축시키는 호르몬이 프로스타글란딘인데, 이 호르몬은 장이 싹 비워져야 분비되거든. 그러니 진통 전에 자꾸 화장실에 가게 되는 거예요. 장이 비워지면 옥시토신까지 함께 나오죠. 그렇게 호르몬의 바퀴가 딱딱 맞춰지면서 진통이 시작되는 거예요.

아기를 낳은 직후에도 왜 젖을 물리라고 하는 건데요. 아기가 나오고 난 뒤에 태반까지 배출되고 나면 자궁 안에 상처가 남거든요. 그때 자궁이 확 풀려버리면 피가 수도꼭지 튼 것처럼 나와요. 그럼 산모가 위험해질 수 있죠. 그때 아기에게 젖을 물리면 엄마 몸에서 옥시토신이 분비돼서 자궁을 자연적으로 수축시켜요.

그뿐이에요? 엄마와 아기 사이에 애착도 형성되죠. 두 사람 모두 아드레날린 분비가 왕성해지거든요. 아기도 산도를 빠져나오면서 얼마나 힘들었겠어요. 그 고통을 회복시켜주는 거예요. 그러니 출산 직후에 엄마가 아기를 안아주거나 아기에게 젖을 먹이는 건 큰 의미가 있어요. 두 사람 모두를 살리는 일이죠. 그래서 신생아실을 없애야 한다는

엄마와 아기 사이에 애착도
형성되죠. 두 사람 모두 아드레날린
분비가 왕성해지거든요. 아기도
산도를 빠져나오면서 얼마나
힘들었겠어요. 그 고통을
회복시켜주는 거예요. 그러니 출산
직후에 엄마가 아기를 안아주거나
아기에게 젖을 먹이는 건 큰 의미가
있어요. 두 사람 모두를 살리는
일이죠. 그래서 신생아실을 없애야
한다는 게 내 지론이에요.

게 내 지론이에요. 적어도 출산 직후 4시간만이라도 엄마가 아기를 데리고 있도록 해야 해요.

얘기를 들어보니 어때요? 본래의 출산은 이렇게 엄마와 태아가 자연스럽게 교감하면서 이뤄지는 일이에요. 약물을 써서 인위적으로 제어하면 어딘가에서는 엇박자가 날 수 있어요. 분만이란 게 여성의 몸에서 아기를 빨리 꺼내는 게 능사인 일이 아닌데 어느새 우리는 그렇게 여기고 있진 않나요?

아기 낳기 편한 자세도 사람마다 다 달라요. 스스로 몸을 이리저리 움직이면서 찾을 수 있어요. 기도하는 것처럼 엎드린 자세가 편한 사람도 있고, 옆으로 돌아눕거나 조그만 변기처럼 생긴 분만 의자에 앉아서 낳는 산모도 있어요. 벽에다 손을 대고 서서 낳기도 해요. 그런데 병원에선 어떤가요. 모두 똑같이 분만대에 눕죠. 그건 산모가 아니라 의사에게 편한 자세예요. 그러니까 자연주의 출산은 달리 말하면, 여성이 자기 주도성을 찾는 출산이에요.

간호사 되자마자 조산사 수련

이 일을 왜 하게 됐냐고요? 그러게요. 고등학교 3학년 때 유난히 멋있어 보였던 양호 선생님(현재의 보건교사) 덕분이라고 해야 하나, 간호대학에 진학해서 처음 실습 나간 산부인과 병동에서 맞닥뜨린 분만실 경험 때문이라고 해야 하나, 그 병동에서 오리엔테이션을 해준 선배 조산사의 프로다운 모습에 반해서라고 해야 하나. 그 모든 것이 이유가 됐겠죠.

어쨌든 1983년 간호사 국가고시에 합격하자마자 나는 바로 조산사 수련을 받았어요. 내 일이 그거라고 생각했거든. 간호사를 몇 년 하다가 조산사 면허를 따는 경우는 있어도 곧장 조산사가 되는 경우는 극히 드물었죠. 그러니까 지금 나처럼 오래 일한 조산사가 별로 없어요.

1년간 조산사 수련을 할 때만 해도 내가 내 이름으로 조산원을 열 생각은 못했죠. 그런데 이 일을 하면 할수록 그런 확신이 드는 거예요. 약물이나 시술 없이도 아기가 건강하게 나올 수 있다는, 아니 그런 분만이 옳다는.

초기에는 나도 뭘 얼마나 많이 알았겠어요. 나를 찾아오는 임신부들이 내 스승이었어요. 스스로 공부해서 의식이 깨어서 오는 엄마들이 있었거든.

나조차도 딸 둘을 내가 근무하던 병원이나 모자보건센터에서 낳았으니까. 큰아이 때는 탯줄 자르자마자 "김옥진 씨, 아기 보세요." 하고 보여주곤 바로 신생아실로 데려가 버려서 안아보지도 못했죠. 둘째는 낳고 나서 함께 있었는데 애가 입을 쩝쩝거리기에 '왜 그러나' 했어요. 바로 젖을 물려야 한다는 걸 아무도 안 알려줘서 나도 몰랐던 거야.

그러니 2002년 처음 조산원 문을 열 때 주위에서 다들 말렸죠. 사양 업종이었으니까. 누가 요즘 조산원에서 아이를 낳느냐는 거죠. 뭔가 열악하거나 비전문적으로 보이잖아. 하는 수 없이 조산원이 어떤 곳인지 알리려고 내가 직접 거리로 나가서 열심히 명함을 돌렸어요. 배가 좀 나온 여자가 보이면 임신부인 줄 알고 "조산원에서 낳아보시는 건 어때요?" 했다가 면박을 당하기도 했죠.

길거리 홍보 효과요? 있었지! 첫 산모가 길에서 만난 사람이었어요. 마침 보건소에서 출산 교육을 받고 나오던 20대 임신부였죠. 내 소개를 한 뒤에 조산원이란 데가 있다고 설명을 하고는 "한 번 가보실래요?" 했더니 따라오더라고요. 조산원에 선입견이 없는 사람이었던 거예요. 내 얘기를 들어보더니 "여기서 낳아볼까요." 하더라고요.

그렇게 시작해서 내가 셋째 아이까지 받았다니까요. 자연주의 출산을 해보고 좋으니까 그러지 않았겠어요? 첫아이 나올 때 남편뿐 아니라 부모, 시부모가 다 오셨는데 시아버지가 꼭 당신이 출산비용을 내고 싶다면서 쥐여주고는 고맙다고 했던 게 기억나요.

산파에게 가장 중요한 능력

아이고, 아기 낳을 때 별별 산모가 다 있죠. 성격이 나온다니까. 하하. 내 허벅지를 막 꼬집는 사람도 있어요. 그렇게 숱하게 산파 노릇을 해보니 무던한 엄마들이 아기도 잘 낳더라고. 별 걱정이 없는 사람들 말이에요. 이거저거 찾아보고 공부를 너무 많이 해도 도움이 안 돼요. 단순하게 '나는 건강해. 병자가 아니야. 잘 낳을 거야!' 하는 사람이 대개 순탄하게 낳아요.
임신 기간에 엄마가 걱정 없이 편안하게 보내잖아요? 그럼 신기하게 아기도 태어나서 잘 울지 않아요. 처음에 '으앙' 하긴 하지만 금방 '케헤헤헤' 하면서 호흡을 찾죠.
나도 딸 둘을 낳은 엄마니까, 진통하는 엄마들이 측은해 보이지 않겠냐고요? 그러면 안 돼요. 나는 대뇌를 풀가동시키고 있어야 해. 감정 같은 걸 느낄 새가 없어요. 임부 상황을 살피면서 동시에 아기는 큰지 작은지, 이런저런 수치들은 어떤지, 출혈 같은 응급 상황에 대비한 약이나 주사기 위치를 종합적으로 확인하죠. 비상시에 달려갈 수 있는 병원에도 미리 연락을 해두고요. 그러면서도 아기 엄마한테 '잘하고 있다'고 해주면서 계속 교감을 해요.
그러니 산파 일을 하는 데 가장 중요한 건 판단력이에요. 내 손을 떠나서 병원에 가야 할 상황인지 아닌지 빠르게 판단할 수 있어야 해요. 경험이 그만큼 중요하죠. 늙을수록 하기 좋은 일이에요. 하하. 내가 지금보다 나이가 적을 때는 산모 어머니나 시어머니들이 나를 보고 그랬다니까.
"아니, 산파가 왜 이렇게 젊어요?"

임신 기간에 엄마가 걱정 없이
편안하게 보내잖아요?
그럼 신기하게 아기도
태어나서 잘 울지 않아요.
처음에 '으앙' 하긴 하지만 금방
'케헤헤헤' 하면서 호흡을 찾죠.

흰머리가 많을수록 신뢰받는 일이 또 있으려나. 힘도 좋고 튼튼해야 해요. 임부와 함께 힘을 주기도, 잡아주기도, 또 받쳐주기도 해야 하니까. 아기가 무사히 '응애' 하고 나와도 끝나는 게 아니에요. 태반까지 깨끗하게 나오고 자궁이 쫙 수축돼서 출혈이 없는 것까지 확인해야 내 임무가 끝나죠. 그러면 그제야 '고생했네' 하면서 '이제 미역국 끓여야겠다' 싶죠.

미역국요? 산모들한테 내가 직접 끓여줘요. 고기 안 먹는 사람한테 쇠고기미역국은 안 되잖아요. 황태나 멸치를 넣어 끓이기도 하고, 들깨가루를 섞어서 만들기도 하죠. 그걸 거의 40년을 했으니, 나처럼 미역국을 후다닥 끓여내는 사람은 몇 없을걸요.

아기를 받는 마음

아기 받는 마음이라…. 그 순간에 나는 내 새끼도, 남편도 잊어요. 내 눈앞의 엄마와 태어날 아기를 위해 존재하죠. 아이 낳으러 온다는 연락이 오면 나는 목욕부터 해요. 목욕재계하는 거예요. 머리를 이렇게 기른 지도 2년이 안 됐어요. 머리 말리는 데 시간을 쓸 수가 없잖아요. 그래서 늘 짧은 머리였죠. 참 지겹게 같은 머리 모양이었네요.

아이를 받을 방은 밝지 않게 간접 조명을 밝혀요. 미리 향

초도 켜두죠. 초에 불을 붙이면서 속으로 '아가야, 잘 나올 거야. 힘내!'라고 하지요. 그런 것들이 나만의 의식이에요. 아기가 나오기 전부터 임신부 옆에 몇 시간 동안 딱 붙어서 손잡고 배 만져주면서도 무슨 생각을 하겠어요. '아가야, 건강하게 잘 나와라!' 하죠.

평생 아이를 받았고 그게 직업인데도 늘 두렵고 무서워요. 그러지 않으리라는 걸 알면서도 혹시나 내 실수로 혹은 내 실수가 아닌 이유로 아기나 산모가 잘못될까 봐. 명상 선생님한테 그런 마음을 털어놓으니까 그건 마치 대자연 앞에서 숨이 턱 막히는 것 같은 본능적인 감정이라고 하더군요. 조산원을 하면서 힘든 일이 왜 없었겠어요. 극히 드물지만, 내 힘으로는 어쩔 수 없는 일도 일어나기 마련이죠. 아기가 멀쩡히 건강하게 잘 태어나선 두세 시간 뒤에 하늘나라로 간 적도 있었거든요. 며칠 뒤에 부검까지 했지만, 끝까지 원인을 찾지 못했어요. 지금도 그 아기가 왜 그렇게 됐는지 모르겠어요. 그런 일을 겪고 나면 정말 많이 힘들죠. 하지만 조산원을 열 때도, 지금도 나를 찾아오는 엄마들의 마음을 알기에, 나는 내 경험과 경력으로 최선을 다해 아이를 받아요. 그다음에 올 결과도 내 몫으로 받아들일 마음의 준비를 하고서요.

표면적으로 내가 하는 일은 조산사 혹은 산파, 조산원 원장이지만 그에 국한하지 않는다는 생각이 들어요. 아기를 받을 때마다 진심으로 아기한테 '내가 너의 행복과 행운, 건강을 빈단다' 하거든요. 그 마음이 더욱 절실해져요. 아우, 그 생각을 하니까 또 눈물이 나네. 요즘은 왜 이렇게 울컥 울컥하는지 모르겠어요. 실은 너무너무 힘들어서 '아이, 나도 이제 그만할래. 이제 손 놓을래.' 싶거든요. 그러다가도 내가 받은 아이들이 잘 크는 걸 보면 마음이 참 좋아요.

황홀 이상의 경험

2006~07년 즈음 다큐멘터리랑 교양 프로그램에 출연했을 때는 정말 전화통에 불난다는 게 이런 거구나 싶었어요. 한 달에 많이 받을 때는 아이를 23명까지 받았다니까요. 가장 바빴던 해에 꼽아보니 175명을 받았더라고요.
근데 그때 유방암에 걸렸잖아요. 참 웃기죠. 유방암에 걸려서 행복했거든요. 쉴 수 있게 돼서요. 방사선치료가 끝날 때 마침 세계조산사대회가 유럽에서 열렸는데, 내가 굳이 갔어요. 전화벨이 안 울리니 살겠더라고요. 한국에서는 명절이든, 밤이든, 새벽이든 언제 아기가 나올지 모르니 전화가 울리면 받고, 울리면 가야 했거든요. 그다음부터는 내가 여기저기 "나 암 걸렸다."라고 광고하고 다녔어요. 그럼 '내가 전화 좀 바로 안 받는다고 뭐라고 하진 않겠지', '이제 좀 아이를 적게 받아도 되겠지' 싶더라고요.

산파의 도리요? 따뜻해야 한다고 생각해요. 산모가 어떻게 임신을 했고 어떤 환경에서 임신 기간을 보냈든 조산사는 세상에 나오는 아기를 처음 안아주는 사람이거든요.
출산은 한 번쯤 경험해보라고 하고 싶은 일이에요. 우리가 흔히 아는 사랑보다 더 '찐한' 사랑이 있다는 걸 알게 되니까. 출산을 황홀한 경험이라고들 하는데, 엄마가 된다는 건 황홀을 넘어서는 일이죠. 삶의 다음 단계로 넘어가는 일대 사건이니까요. 그만큼 인생이 숙성되고, 겸손해져요. 내가 산모들한테 그러거든요.
"너는 이제 이 힘으로 살 거야. 이 아이를 낳은 힘으로 남은 인생을 살 거야. 이제 무서운 게 없을걸."
엄마들은 진짜 그래요.

내가 받은 아이들에게

출산율이 줄어드니 조산원을 찾는 사람 수도 확 줄어들었어요. 인공수정을 하는 부부가 늘어난 것도 원인이 된 것 같고요. 인공수정을 한 경우엔 출산 때 출혈 가능성이 높으니 병원에서 많이 낳거든요. 나도 이제는 임부 수를 조절해서 받고 있기도 하고요.
나는 이 일이 옳아서 아직도 해요. 후배 조산사들이 더 많아지면 좋겠는데, 아무래도 몇 년 가지 않아 없어지는 것

출산을 황홀한 경험이라고들
하는데, 엄마가 된다는 건
황홀을 넘어서는 일이죠. 삶의
다음 단계로 넘어가는 일대
사건이니까요. 그만큼 인생이
숙성되고, 겸손해져요. 내가
산모들한테 그러거든요.
"너는 이제 이 힘으로 살 거야.
이 아이를 낳은 힘으로 남은
인생을 살 거야. 이제 무서운 게
없을걸."
엄마들은 진짜 그래요.

아닌가 싶어요. 지금도 조산원은 전국에 열네 군데밖에 없어요(대한조산협회 통계). 한 해 배출되는 신규 조산사 수도 십여 명 정도에 불과하고요. 하기는, 산부인과를 택하는 전공의 수도 점차 줄고 있다지요.

나중에 언젠가는, 내가 내리 아이 셋을 받은 집 리스트를 쫙 뽑아서 유랑을 다니려고요. '너 나올 때 이랬어. 내가 네 몸을 제일 먼저 잡은 사람이다.' 하면서요. 내가 기록해둔 출생일지를 보여주면 얼마나 신기해할까요. 출생일지가 뭐냐고요? 조산원에 왔을 때 아이 엄마 상태, 진통 간격, 태아 심박동수, 출생 직후 키나 몸무게 같은 걸 적어둔 기록이죠. 셋뿐이에요? 내가 아이 넷을 받은 집도 더러 있다고요. 넷째 아이 받을 때 갔더니 큰애가 초등학교 5학년이 됐더라고요. '너 나올 때 아빠가 뭐라고 했는지 아니?' 이런 얘기를 해줄 수 있는 사람이 어디 있겠어요.

막 태어난 생명이 얼마나 힘찬지 아세요? 힘들게 빠져나오느라 지칠 만도 한데 참 힘차요. 자연스럽게 제 힘으로 나오니 그런 거 아니겠어요? 아기 몸의 양수를 닦아주면서 말해주죠.

"아이고, 애썼어. 기특하다. 반가워. 잘 나왔어!"

이 일을 하면서 힘들었던 모든 게 아기가 건강하게 나왔을 때 느끼는 희열과 상쇄돼서 지금까지도 하고 있나 봐요.

내가 받은 아이들에게 하고 싶은 말이요?

‘따뜻한 사람이 되어라.’

그런데 내가 굳이 말하지 않아도 그렇게 자랄 거예요. 조산원을 연 해(2002년)에 받은 아이들이 대학생이 된 거 아세요? 하하. 아이들이 막 태어났을 때 모습을 찍은 사진을 선물로 줬죠. 그렇게 자신이 ‘응애’ 하고 터뜨린 첫울음을 기억해주는 ‘산파 어미’가 있다는 것만으로도 아이들 마음이 조금은 뜨끈해지지 않을까요.

‘엄마 발달 백과’를 쓴 워킹 맘, 홍현진

“그럼 엄마는 누가 돌봐주죠?”

2020년 11월에 방영한 드라마 〈산후조리원〉이 화제였다. 임신과 출산의 적나라한 과정을 그린 드라마다. 모성을 줄 세우는 사회의 시선을 풍자하기도 했다. 그 드라마의 실사판 같은 책이 있다. 2019년 9월 출간된《엄마는 누가 돌봐주죠?》다. 엄마들의 서사를 기록하는 웹매거진《마더티브》의 창간 멤버 네 명이 저자다.

저자들은 자신이 경험한 임신과 출산, 육아를 생생하게 드러낸다. '쉬운 출산은 없다', '산후조리원이 진짜 천국이 되려면', '수면 교육, 정말 필요한가?', '반반육아의 확실한 방법', '친정엄마는 육아 도우미가 아니다' 같은 소주제들만 봐도 감이 올 테다.

주목할 건, 같은 주제에 관해 저자 네 명이 각각의 경험담을 썼다는 것. '애 바이 애(애마다 다르다)'이며, '백 명의 엄마에겐 백 개의 서사가 있다'는 저자들의 소신 때문이다. 다양한 처지에서 임신과 출산, 육아를 하는 엄마들에게 '당신만 그런 것이 아니'라는 공감과 위로를 주고 싶었던 게다.

그 웹매거진의 에디터 출신 홍현진 씨를 만났다. 기자 출신인 그는《마더티브》를 공동 창간하고 온라인 여성 커뮤니티 '창고살롱'을 공동 창업하기도 했다. 만 일곱 살 아들을 둔 '워킹 맘'인 그는 2021년 번아웃을 느끼고, 2022년을 스스로 안식년으로 정하고 쉬면서 에세이집《나를 키운 여자들》을 쓰기도 했다.

자신이 경험한 '엄마 됨'을 그는 어떻게 콘텐츠로 만들었을까. 인터뷰는 엄마라는 길을 먼저 간 그가 뒤에 올 엄마들에게 말하는 형식으로 재구성했다.

아, 이 기분은 뭘까요. 이제 막 임신 사실을 안 분, 출산을 불과 한 달 앞둔 분, 얼마 전 아이를 품에 안은 분…. 그 엄마들을 보는 심정이 정말 이상했어요. 타임머신을 타고 과거의 나를 마주하는 느낌이 이럴까요.

그동안 머릿속으로 구상만 했던 '세상에 없던 산모교실'을 드디어 연 날, 내 마음이 그랬죠. 비록 온라인이었지만, 모니터 너머로 보이는 눈동자들이 내 마음을 뭉클하게 했어요. 그들 앞에 펼쳐질 일들 그리고 내가 겪었던 일들이 떠올라서일 거예요.

나의 뒤에 올 엄마들, 보세요! 그래요, 나는 이 산모교실을 꼭 열고 싶었어요. 이미 많이 들어봤을 그 흔한 산모교실이 아니에요. 우리가 붙인 이름은 '세상에 없던 산모교실'이죠. 우리 이현이가 만 일곱 살이 됐으니까, 나도 출산한 지 7년이 넘었네요. 임신했을 때 보니 맘카페나 기업, 지방자치단체에서 산모교실을 참 많이 열더라고요. 그런데 프로그램 소개만 봐도 왠지 거부감이 들었어요. 온통 순산 얘기뿐이었거든요. 나는 그저 아기를 잘 낳아야 할 몸으로만 존재하는 것처럼 느껴졌어요. 그런 산모교실엔 나는 없고 아기만 있었죠.

순산 말고 진짜 필요한 준비

안전하게 출산하는 것, 물론 중요하죠. 그렇지만 아기뿐 아니라 나도 중요하잖아요. 산모교실에 다녀오면 사은품으로 주는 유아용품이 두 손에 들리겠지만, 마음은 왠지 허할 것만 같았어요. '왜 나에게 집중하는 산모교실은 없는 거야?' 불만이 쌓여갔죠. 나를 지키면서 출산 준비하도록 돕는 산모교실을 꼭 만들고 싶었던 이유예요.

'세상에 없던 산모교실'에선 스스로 이런 질문을 던지고 기록하도록 도와요. 나는 왜 엄마가 되려고 하는지, 엄마로 사는 삶을 떠올리면 뭐가 가장 궁금하고 걱정되는지, 나는 어떤 엄마가 되고 싶은지. 그리고 공동 양육자(남편)와 대화하는 시간도 필요해요. 양육의 원칙을 뭐라고 생각하는지, 공동 육아는 어떻게 할 것인지 구체적으로 얘기하고 미리 분담해둬야 하죠. 임신으로 바뀐 내 몸을 살피고 이해하는 시간도 있어요.

그런 산모교실이 왜 필요하냐고요? 임신 기간이 열 달이나 되는데, 그런 생각쯤 자연스럽게 하면서 지내지 않겠냐고 말할 수도 있을 거예요. 그런데 열 달은 생각보다 빨리 지나가요. 직장이라도 다니고 있다면 더 정신없이 시간이 흘러가죠. 스치듯 생각을 할진 모르지만, 기록하기는 쉽지 않고요.

우리는 대개 준비 없이 아기를 만나요. 한번 찬찬히 생각해 봐요. 임신을 계획할 때 그리고 임신하고 나서도 너무 몸의 얘기만 하지 않나요? 그리고 출산 뒤엔 덜컥 육아라는 전쟁터에 홀로 던져지죠. 나도 그랬어요. 그래서 절실히 느꼈죠. 임신과 출산, 육아에는 마음의 준비가 정말 필요하다는 걸. 그 준비를 할 여유가 있는 시간은 어쩌면 아이가 뱃속에 있을 때뿐일지도 몰라요.

여러분처럼 나도 내가 엄마가 될 줄 몰랐어요. 나는 세상에서 내가 제일 중요한 사람이었고 기자라는 내 일도 잘해내고 싶었거든요. 아이를 별로 좋아하지도 않았죠. 그러니 결혼을 했어도 꼭 아이를 낳아야 한다고 생각하지 않았어요. 남편은 그런 내 판단을 존중해주는 사람이었죠.

그런데 정말 사람 일은 어떻게 될지 모르나 봐요. 8년이라는 긴 연애 끝에 결혼을 해 2년쯤 지나니까 '나도 아기를 낳아야 하나?' 하는 생각이 스멀스멀 올라오는 거예요. 왠지 나도 엄마가 되어봐야 할 것 같은 심리가 발동했어요. 그쯤 아이가 생긴 거죠.

시험 공부하듯 보낸 임신 기간

임신 기간에 어땠냐고요? 돌이켜보면, 나는 임신과 출산도 기를 쓰고 치열하게 했어요. 내가 요즘 말하는 'K-장녀'에,

평생 모범생처럼 산 사람이거든요. 그래서 그랬던 걸까요? 의료적 개입을 최대한 줄인 자연스러운 출산을 하고 싶었어요. 그걸 마치 지상 과제처럼 여기고 집중한 거죠. 시험공부를 하는 학생처럼요. 매일 1만 보씩 걷고, 일주일에 두 번은 요가 수업을 갔어요. 태교 여행을 가서도 요가를 했다니까요. 먹을 때도 칼로리를 체크하고, 매일 체중계에 올라갈 정도로 지독하게 관리했죠.

아기는 40주가 넘었는데도 나올 기미가 없었죠. 그런데도 "빨리 나와라." 한마디하지 않았어요. 때가 되면 자연스럽게 나오리라는 걸 믿고요. 그렇게 40주 6일째 난산으로 아들 이현이를 만났어요. 아이가 4.14kg으로 태어났는데 임신 기간 내 몸무게는 11kg밖에 늘지 않았죠.

그래도 자연분만을 했으니 다행이라고요? 원래 빈혈이 있었던 데다 출산하고 나서 철분이 부족해 두 번이나 쓰러졌어요. 얼굴은 피골이 상접했고요. 지금 생각하면 왜 그렇게까지 애를 써서 자연분만을 하려고 했는지 내 스스로 안쓰러워요. 출산에도 점수가 있다고 생각했나 봐요. 무통주사도 맞지 않고 낳는 게 100점인 것처럼.

육아는 현실이었어요. 우리 부부는 평등한 관계를 지향한다고 생각했고 평소 대화도 많이 했는데도, 막상 육아가 시작되니 자연스럽게 내게 일이 쏠리게 됐죠. 친정도, 시가도 모두 지방이라 보조 양육자 없이 둘이 키워야 하는 상황이었거든요. 그러다 보니 내가 어느 새 '남편 직업이 나보다 노동 강도가 높으니 안정적으로 일하도록 내가 주로 육아를 해야겠구나. 내가 예전처럼 일에 욕심을 크게 내면 안 되겠구나.' 하는 생각을 하고 있더라고요. 그런 생각을 하는 나를 보면서 너무나 놀랐어요. 지금 이 얘기에 속으로 '뜨끔'한 분들, 있을 거예요.

그래서 임신 기간에 남편과 육아 분담을 어떻게 할 것인지 미리 구체적으로 대화하고, 원칙을 세워둘 필요가 있어요. 그래야 억울해지지 않아요. 나는 어떻게 했냐고요? 출산용품과 육아물품 사는 일을 남편에게 전적으로 맡겼어요. 그게 뭐가 대단하냐고요? 아기용품을 사려면 자연스럽게 아기에게 관심을 갖게 되거든요. 기저귀를 하나 사려고 해도 아기 피부가 어떤지, 발육 정도는 어떤지 살펴야 하니까요. 또 어떤 물건이 좋은지, 우리 아이에겐 어떤 제품이 맞을지 인터넷을 검색하면서 자연스럽게 정보도 얻게 되고요. 그렇게 책임감을 갖도록 하는 게 중요하다고 생각했어요.

'엄마 발달 백과'는 왜 없나?

기자 일을 관둔 게 육아 때문만은 아니에요. 육아휴직을 끝내고 2017년 복직한 뒤 '내게 정말 맞는 일인가, 일을 하면서 나는 즐거운가? 거시적인 사안보다 내 삶을 실질적으로 바꾸는 콘텐츠를 만들고 싶다!' 같은 고민이 커져갔죠.
그 무렵 회사에서 엄마들을 위한 콘텐츠를 기획하면서 '이 일을 아예 내 삶으로 만들어보면 어떨까' 하는 생각이 들었어요. 마침 회사에는 나와 비슷한 시기에 임신과 출산을 경험한 선후배들이 있었죠. 나까지 네 명이 의기투합했고 2018년 7월 웹매거진 《마더티브》를 만들었어요.
'마더티브'는 마더Mother와 내러티브Narrative를 합친 말이에요. '엄마의 서사'를 뜻하죠. 우리는 네이버 포스트와 카카오 브런치에 우리 네 명의 얘기부터 쓰기 시작했어요. 모두가 엄마였으니까요. 아름답고 신성한 일로만 치부되는 임신과 출산의 현실은 어떤지, 육아에서 중요한 건 뭔지 경험담을 기록했어요. 무엇보다 각자의 얘기를 구체적으로 쓰려고 노력했죠. 우리 모두는 엄마이지만, 우리가 처한 현실이나 선택은 모두 달랐으니까요. 제왕절개는 은메달, 자연분만은 금메달처럼 여기는 세상 사람들의 시선에 '그건 아니'라고 말하고 싶었죠. 그래서 우리 뒤에 올 엄마들에게 레퍼런스(참고)가 되고 싶었어요.
'우리가 입을 열면 다른 누군가도 말할 용기가 생길 거야. 이런 사소한 서사들이 많아져야 해.'
이런 생각으로 말이죠. 임신과 출산, 육아와 관련된 책의 주어는 모두 아기인 현실에 반기를 드는 의미도 있었어요. 우리는 엄마의 시점으로, 엄마가 중심이 되어 얘기하고 싶었죠.

임신을 어떻게 생각했는지, 출산은 어땠는지, 자연분만에 실패하면 이른바 '루저'인지, 나를 좌절하게 만드는 출산 전후 내 몸의 변화는 뭔지, '모유 양성소' 같은 산후조리원의 현실, 수면 교육의 허상, '반반육아'를 하는 방법 같은 것들이죠. 엄마들이 보면 좋을 책과 영화를 골라 여성주의 관점에서 리뷰도 썼고요.
우리의 글은 많은 엄마들의 관심을 받았어요. 브런치 조회수가 모두 합해 200만 건을 넘어섰죠. 이걸 책으로 만들자고 제안한 출판사 기획자도 《마더티브》의 독자였어요. 그렇게 나온 책이 《엄마는 누가 돌봐주죠?》예요. 우리는 전지적 엄마 시점으로 쓴 '엄마 발달 백과'라고 부르죠.
엄마들의 얘기가 왜 필요하냐고요? 육아휴직을 끝내고 복직했을 때, 회사의 여러 '워킹 맘' 선배들을 보면서 감히 이런 생각을 한 적이 있어요. '워킹 맘 선배들은 왜 그렇게 힘들어 보일까? 나는 저렇게 버티고 싶지 않은데. 롤 모델이 없구나.' 그런데 알고 보니 내가 생각한 롤 모델이란 건 일도 육아도 완벽하게 하는, 존재할 수 없는 이상향 같은 거였어요. 그 선배들이 내 소중한 레퍼런스였다는 걸 깨달은 건 나중의 일이었죠. 《마더티브》를 하면서 그런 살아 있는 레퍼런스를 발굴해 연결하고 싶었던 거예요.
일과 육아 사이의 갈림길에 섰던 워킹 맘 열 명을 인터뷰한 《내 일을 지키고 싶은 엄마를 위한 안내서》도 그래서 썼죠.

많은 엄마가 '일 아니면 전업주부'라고 생각하지만, 실은 다양한 선택지가 있고 그런 새로운 길을 개척한 엄마들이 있다는 걸 말해주고 싶었어요.

모성은 희생과 헌신?

엄마가 되기 전엔 나도 '내게 모성이 있을까' 의문스러웠어요. 두렵기도 했죠. 실제 아이를 키우면서 늘 두 감정이 병립했어요. 아이는 정말 소중하지만, 나도 소중하다는 것. 아이는 사랑스럽지만, 육아 때문에 내가 사라져버리는 듯한 느낌은 정말 싫었어요.
흔히 '모성' 하면 헌신이나 희생, 사랑 같은 긍정적인 감정을 떠올리기 마련이잖아요. 우리 사회가 만든 '모성 신화'예요. 모성은 그렇게 납작하지 않아요. 감정의 결이 여러 가지죠. 아이를 키우는 일은 행복하면서도 힘들고, 아이는 사랑스러우면서도 미워요. 그런데 우리 사회는 마치 부정적인 감정을 거론하면 '나쁜 엄마' 혹은 '비정상 엄마'인 것처럼 재단하는 분위기가 있죠. 그러니 엄마들이 자기감정을 부인하게 되고, 그게 결국 죄책감으로 이어지죠.
지금 그 때문에 힘든 엄마들이 있다면 자연스러운 감정이라 말해주고 싶어요. 힘든 게 너무나 당연하거든요. 아이 둘을 이른바 '독박육아'로 키운 친구가 있어요. 정말 대단

엄마가 되기 전엔 나도
'내게 모성이 있을까'
의문스러웠어요. 두렵기도
했죠. 실제 아이를 키우면서
늘 두 감정이 병립했어요.
아이는 정말 소중하지만,
나도 소중하다는 것. 아이는
사랑스럽지만,
육아 때문에 내가 사라져버리는
듯한 느낌은 정말 싫었어요.

한 친구이고 완벽한 엄마처럼 여겼었죠. 그런데 어느 날 그 친구가 그러더라고요. 자기도 아이를 진짜 베란다 밖으로 던지고 싶은 순간이 있었다고. 우리 모두는 그래요. 완벽한 사람이 아니라는 걸 잘 알면서 왜 엄마가 되면 완벽해져야 한다고 생각하는 걸까요.

'이렇게 해야 좋은 엄마'라며 압박하는 시선도 한몫하죠. 모유 수유가 대표적이잖아요. 아이가 아플 때마다 '내가 모유를 안 먹여서 면역력이 떨어지는 건가' 같은 죄의식을 갖는 엄마들이 많을 거예요. 나만 해도 '아이는 남편과 함께 만들었는데, 죄책감은 왜 나만 느껴야 하는 거지' 싶었죠.

우리의 서사, 우리의 책을 읽으면서 엄마들이 '꼭 그렇게 하지 않아도 되는구나' 안심했으면 좋겠어요. 일과 육아를 병행하다 보니 너무 힘들고 지치죠? 아이는 왜 갑자기 아픈지, 수족구 같은 전염병에라도 걸리면 어린이집에 일주일 정도 못 가는데 그럼 아이는 누가 돌볼지 걱정이 태산이죠. 아이를 키우면서 생기는 여러 변수 때문에 회사 일을 예전처럼 해내지 못하는 나에게 화가 나고요. 아이의 하원 시간에 늦지 않으려고 화장실도 안 가고 열심히 일하는데도 말이에요. 아예 회사를 그만두고 아이 옆에 붙어 있어야 하는 건 아닌지 그때 고민이 시작돼요. 그럼 내 경력은 어떻게 되나 불안이 엄습할 거예요.

그런 분들에게 꼭 양자택일만 있는 건 아니라고 말하고 싶어요. 반드시 지금 선택하지 않아도 된다는 것, 처마 밑에서 잠시 비를 피하는 것처럼 쉬어가도 된다는 것을요.
나는 일과 육아 모두를 잘하려다 고꾸라진 것 아닌가 생각이 들거든요. 《마더티브》를 창간한 뒤에 '창고살롱'까지 만들고 나서 무척 힘들었어요. '창고살롱'은 지속 가능한 일과 삶을 만들고 싶은 여성들을 위한 커뮤니티죠. 《마더티브》와 '창고살롱'의 업무 형태는 유연했지만, 창업을 했으니 일은 훨씬 많아졌어요. 마치 나를 갈아 넣듯 일에 몰두했죠. 어린이집 하원 시간이 다가오는 게 두려울 정도였죠. 아이가 와도 제대로 신경 써주질 못했고요. 남편이나 아이만 아니면 내가 좀 더 자유롭게 일할 수 있을 것 같다는 생각까지 들었어요. 걸림돌처럼 여겨진 거죠. '나는 아이를 키울 자격이 없는 거 아닌가?' 싶었어요.

내게도 엄마가 있었지

그러다 결국 '번아웃'이 왔죠. 그때 다행히 주위에 '괜찮다'고 말해주는 사람들이 있었어요. 그래서 견딜 수 있었죠.
스스로 상황이 달라졌다는 걸 인정하고, 그런 처지에서 이게 최선이라고 마인드 컨트롤하려고 노력했어요.
얼마 전 생일에 엄마가 케이크와 함께 이런 메시지를 보내왔어요.

"너무 열심히 하지 마. 세상에 너보다 중요한 건 없어."
지금 생각해도 눈물이 나요. 나는 늘 엄마에게서 독립적인 인격체라고 생각했고, 나 잘난 줄 알고 혼자서도 잘한다고 믿었거든요. 그런데 그 메시지를 보고서 '아, 나한테도 엄마가 있었구나!' 싶었어요.
아이를 키우면서 엄마 생각을 많이 했어요. 내가 어릴 때 엄마도 이랬겠구나 싶어서요. 우리 엄마는 전형적인 엄마, 그러니까 헌신적이고 희생적인 엄마와는 거리가 멀었어요. 어릴 때 나와 잘 놀아주고 잘 보듬어주는 엄마도 아니었죠. 그런데 내가 그렇더라고요. 남편은 아이와 참 잘 놀아주거든요. 그런데 나는 그 시간에 다른 일을 하고 싶어 했죠. 어른이 아이와 노는 게 재미있을 리가 없잖아요. '내 엄마도 그래서 그랬구나' 하는 생각이 드는 거예요.
엄마가 되고 나서 '세상이 내 맘대로 안 되는구나'라는 걸 절실하게 느껴요. 그전에는 그래도 '열심히 하면 된다'고 생각했거든요. 그런데 육아는 그렇지 않아요. 아이가 내 맘대로 크는 것도 아니고요. 그런데 나는 그간 육아도 일처럼 해오지 않았나 싶어요. 마치 완수해야 할 업무처럼, 성과를 꼭 내야 하는 일처럼. 그런데 깨달았어요. 엄마에는 최고가 없다는 걸, 그저 최선을 다할 뿐이라는 걸요.
그래서 내 뒤에 올 엄마들에게 말하고 싶어요. '너무 애쓰지 마세요.' 나를 지키고, 내 일을 지키려고 너무 애를 써보

엄마가 되고 나서 '세상이 내 맘대로
안 되는구나'라는 걸 절실하게
느껴요. 그전에는 그래도 '열심히
하면 된다'고 생각했거든요. 그런데
육아는 그렇지 않아요. 아이가
내 맘대로 크는 것도 아니고요.
그런데 나는 그간 육아도 일처럼
해오지 않았나 싶어요. 마치
완수해야 할 업무처럼, 성과를
꼭 내야 하는 일처럼. 그런데
깨달았어요. 엄마에는 최고가
없다는 걸, 그저 최선을 다할

니까 알겠더라고요. 그게 오히려 나를 힘들게 했어요. 자신을 지지해줄 사람도 필요하죠. 가깝게는 남편부터 부모, 친구가 있을 거예요. 그리고 《마더티브》의 선배 엄마들이 기댈 언덕이 돼줄게요.

엄마가 된다는 건 확실히 힘든 일이에요. 그래서 임신부들을 보면 '그 일들을 다 겪어야 되다니' 하는 생각이 들어요. 하지만 힘들기만 한 일도 아니죠. 새로운 행복이 있으니까요. 하루 중 내가 정말 순수하게 웃을 수 있는 순간은 아이와 있을 때거든요. 아이 덕분에 내 안에 여유와 사랑이 생겼어요.

육아를 하면서 나도 몰랐던 나를 발견했고, 내 밑바닥까지 가보는 경험도 했죠. '내가 이 정도밖에 안 되는 인간이었나' 싶은 순간이 한두 번이 아니었어요. 그런데, 그래서 좋은 건 삶을 더 깊고 넓게 볼 수 있게 됐다는 거죠. 인생의 끝과 끝을 경험해보게 되니까.

'엄마 됨'에 정답은 없어요

흔히 엄마가 아이를 키운다고 믿지만, 실은 아이를 키우면서 나도 함께 자라는 걸 알겠어요. 한번은 이런 일이 있었어요. 아이가 다니는 공동육아어린이집에서 생일잔치 때 아이들이 축하 카드를 그려서 주고받거든요. 받고 싶은 친구한테 카드를 달라고 하는 거예요. 그런데 아이가 좀 속상해하는 거예요. 좋아하는 친구가 생일인데 자기한테 카드를 달라고 하지 않는다고. 내가 걱정되어 물어봤죠.

"그 친구한테 결국 카드를 못 주게 되면 어떡하지?"

"괜찮아. 나도 맨날 마음이 변해."

아이가 이렇게 말하는 거예요. 놀랐죠. 아이는 내가 생각하는 대로 자랄 거라고 여겼는데, 아니더라고요. 문득 이런 생각이 들었죠.

'나는 아이를 모르는구나. 내가 피와 살로 키운 존재지만, 어디로 갈지 알 수 없구나. 내 멋대로 아이의 삶을 재단하고 있었구나!'

그런 걸 깨닫고 나면 겸허해져요. 마음이 가볍고 편해지죠. 앞날이 기대도 되고요. 나는 아이를 가진 순간부터 뒤처지면 안 될 것처럼 정답을 향해 달렸는데, 알고 보니 정답은 없을 뿐더러 노력한다고 해도 내 마음대로 되지 않더라고요.

《마더티브》를 채널로 그런 이야기를 하는 이유, 바로 내 뒤에 올 엄마들이 나 같은 전철을 밟지 않도록, 나 같은 감정의 터널을 지나지 않도록 하고 싶어서예요. 엄마가 될 걸 생각하면 두렵고 걱정도 될 거예요. 하지만 누구나 엄마는 처음이에요. 아이가 둘째든, 셋째든 모든 아이는 다 다른 법이니까요. 그러면 좀 위로가 될까요.

《마더티브》의 포스트에는 이런 댓글이 많이 달려요.

"이 글을 왜 이제서야 봤을까요?"

"나만 그런 게 아니어서 다행이에요."

"내 얘기 같아서 울면서 읽었어요."

엄마가 된다는 걸 생각하면 두려움이 크지만 너무 두려워하지 마세요. 먼저 엄마가 된 여성들의 이야기가 힘이 되어줄 거예요. 그래서 우리가 우리의 얘기를 해야 하죠. 그 속에서 대안을 찾고 만들어가길 바라요. 우리는 서로의 레퍼런스이니까요.

내 성씨를
물려주고 싶은 엄마들,
이수연·김지예·윤다미

"아빠 성씨 물려주는 게 왜 당연해?"

부부가 자녀를 낳는다면, 그 아이의 성姓은 뭐가 되어야 할까. 당연히 아빠의 성을 따르는 거 아니냐고?
그 '당연히'에 반기를 든 엄마 세 명을 인터뷰했다. 자녀에게 엄마 성을 물려준 두 명, 실패했으나 투쟁한 엄마 한 명이다.
여기에다 가상의 인물 둘을 더 등장시켰다. 이 문제를 놓고 다각도로 생각해볼 기회를 만들고 싶어서다. 가상의 인물 두 명은 이렇다. 자녀에게 엄마 성을 물려주는 문제에 대한 결사 반대파와 온건 반대파.
인터뷰는 이 5인의 가상 대화로 썼다.

이들 모두는 모범 시민이다. 지금까지 법 잘 지키고, 세금도 잘 내며 살아왔다. '애국자냐'고 묻는다면, 자부하지는 못해도 우리 사회가 정의롭게 흘러가길 바란다는 사람들이다. 하기는, 더 좋은 세상이 되기를 반대하는 사람도 있을까?

그런 사람들이, 이 문제만 나오면 판이 갈린다. 바로 부부가 낳은 자녀에게 엄마 성姓을 물려주는 일이다. 부모가 이혼한 것도 아니고, 둘 다 버젓이 있는데 왜 아빠 성이 아니라 엄마 성을 따르도록 하냐고.

2005년 헌법재판소의 헌법 불합치 결정으로 호주제가 폐지되면서 '부성父姓 강제주의'도 사라졌다. 우리나라는 여전히 부성이 기본인 '부성 우선주의'를 따르고 있지만, 얼마든지 부부가 협의해 자녀에게 모성을 물려줄 수 있다. 그 절차가 아주 복잡하고 불평등한 요소도 다분하지만. 자녀의 성과 본은 부의 것을 따르되, 부모가 혼인신고를 할 때 협의한 경우엔 모의 성과 본을 따를 수 있게 예외를 둔 <민법> 제781조가 근거다. 여성가족부가 2021년 4월 이 부성 우선주의 원칙 폐지를 추진한다고 선언했지만, 움직임은 아직도 더뎌 보이기만 하다.

이 주제에 대해 그동안은 한 사람의 목소리만 확대 방송되듯 컸던 게 사실이다. '무조건 반대' 님이다. 줄여서 '무반'이라고 하겠다. 무반 님은 '아묻따 싫어' 파입니다. '아, 묻지도 따지지도 않고 싫다'는 거다.

이 문제를 다룬 기사마다 찾아가 댓글 공격을 퍼붓는 것도 이들이다. '그럼 너희부터 엄마 성으로 바꾸라'고 본질을 흐리거나, '다른 건 다 미국이 좋다고 하면서, 성씨 문제는 결혼하면 남편 성으로 바꾸는 미국 문화를 왜 따르지 않느냐'며 조롱하기 일쑤다. '호주제가 폐지되면 나라가

무너진다', '동물로 전락한다'며 갓 쓰고 시위했던 과거 유림 할아버지들과는 좀 다르지만, 그래도 이들과 토론하기는 참 쉽지 않다.

'뭐 그렇게까지(뭐그)' 님은 좀 다르다. 뭐그 님은 '뭐, 그렇게까지 하면서 살아야 돼?'라고 말은 하지만, 귀는 내심 열어두고 있다. 뭐그 님의 마음속엔 '남들처럼 사는 게 낫지 않을까?'라는 두려움, '내 아이를 굳이 그렇게 튀게 키울 필요가 뭐가 있어?'라는 걱정 그리고 '나는 선택하기 어렵지만, 남이 그렇게 사는 것까지 반대할 수는 없지'라는 합리적인 사고가 혼재하다. 현실주의자인 거다.

자녀에게 자신의 성을 물려준 엄마 두 명 그리고 시도했으나 실패한 엄마 한 명이, 이 두 사람과 만났다. 이수연 님은 혼인신고를 할 때, 남편과 협의를 거쳐 자녀에게 모성을 물려주기로 결정하고 딸을 '이제나'로 키우고 있는 엄마다. 대한민국에 0.001%쯤 되는 사례라고나 할까.

김지예 님은 법원에 자녀의 성·본 변경 심판 청구까지 내서 딸 정원에게 엄마 성을 물려줄 수 있는 권리를 확인받은 엄마다. 2021년 서울가정법원에 청구를 해 한 달 만에 허가 결정을 받았다. 신문과 방송에 보도가 많이 됐다. 지예 님도 아주 드문 경우다.

윤다미 님은 아직 '싸우는 엄마'다. 아들 대윤에게 엄마 성을 물려줄 수 없다면, 성은 아빠 성인 권 씨로 하되 이름을 엄마의 성인 '윤'으로 시작하도록 짓고 싶었다. 성과 이름에 상징적으로 부모 모두의 성을 넣는 나름의 대안이자 고육지책이었다. 그런데 실패했다, 현재까지는. 그래도 다미 님은 남편 설득을 포기하지 않는다. 뿌리 깊은 유교 문화 속에서 나고 자란 안동 권 씨 집안의 자손인 남편은 '뭐그파'라고 할 수 있겠다.

이들 세 명은 모두 '엄마 성을 물려줄 수 있는 권리 모임(엄마성권리모임)' 활동을 하고 있기도 하다.

어렵게 한자리에 모인 5인. 이 중 뭐그 님이 가장 궁금한 게 많아 보인다. 수적 우세에 밀려서인지 무반 님은 좀처럼 기를 펴지 못했지만, 어쨌든 대화에 끼기는 했다.

아빠 성이 왜 당연해?

뭐그(뭐 그렇게까지) 진짜 아이에게 엄마 성을 물려준 사람들이 있다니! 실제로는 처음 본다. 가능한 일이긴 하네.

수연 없지는 않다. 드물 뿐이지. (웃음) 내가 상대적으로 수월한 조건이었는지도 모르겠다. 2014년 결혼했는데, 딱히 필요성을 느끼지 못해 혼인신고를 하지 않다가 2019년 아이를 가지면서 혼인신고와 출생신고를 동시에 했으니까. 그동안 우리 부부는 아이를 낳으면 엄마 성을 물려주자고 얘기를 해왔다. 필요한 절차에 대해서도 미리 공부해서 알고 있었고. 그런 제안을 먼저 한 것도 남편이었다.

지예 진짜 내게 큰 희망이 됐던 분! 수연 님 사례를 페이스북에서 진작 봤었다. 고민이 될 때 한 줄기 빛 같았다.

다미 내게는 가정법원에 자녀 성·본 변경 청구를 하는 법률적 방법까지 동원한 지예 님이 힘이 됐는데! (웃음)

뭐그 아니! 수연 님 남편이 먼저 그런 얘기를 꺼냈다고? 도대체 왜인가? 남자들은 자식에게 자기 성을 물려주는 것 이외의 선택지를 생각해보지 못할 정도로 당연하게 여길 것 같은데.

수연 바로 그거다. 우리는 그 '당연하다'는 것에 의문을 가졌다. '아빠 성을 물려주는 건 당연하고, 엄마 성을 물려주는 건 왜 안 그렇지? 법적으로 가능한데….'란 반문. 거기다 남편은 직업상의 이유로 호주제 폐지나 그 이후의 후속 조치와 관련해 나보다 더 잘 알고 있었다. 우리가 우리 자녀에게 엄마 성을 물려주는 게 가능하니, 그렇다면 해보기로 했다.
자녀에게 아빠 성을 물려주는 게 당연해지면, 그렇지 않은 이들을 배제시키는 결과로 이어지지 않나. 우리의 선택이 그런 소외의 폭을 줄이고 사회의 다양성을 넓히는 데 도움이 되기를 바랐다. 2016년 '서울 강남역 여성 살해 사건' 이후 성 평등을 주제로 남편과 대화를 많이 한 것도 계기였다. 양가 어른들이 놀라거나 반대하긴 했지만, 우리가 그렇게 결정하니

바로 그거다. 우리는 그
'당연하다'는 것에 의문을 가졌다.
'아빠 성을 물려주는 건 당연하고,
엄마 성을 물려주는 건 왜 안
그렇지? 법적으로 가능한데….'란
반문.

나중에는 못 이기는 척 받아들이셨다.

지예 뭐그 님의 말을 들으니 생각나는 기사 댓글이 있다. 우리 딸의 성·본 변경 청구에 대해서 법원의 허가 심판문을 받은 뒤 기자회견이나 인터뷰를 많이 했는데, 거기에 달린 댓글이다. 남편을 대단한 사람 대하듯 추어올리는 댓글이었다. '그러지 않아도 되는데 네 것을 나눠줬구나' 하는 뉘앙스랄까. 우리는 그 '부성 우선주의'에 문제를 느끼고 변경 청구까지 한 것인데, 그건 생각하지 않고 말이다.

다미 그게 정말 문제다. 아빠 성이 '디폴트'인 세상! 혼인신고 할 때 그 문제의 조항이, 그토록 엄청난 위력이 있는 줄 몰랐다.

혼인신고서의 '독소 조항'

뭐그 무슨 조항이지? 혼인신고를 할 때 자녀의 성을 엄마 성으로 할지, 아빠 성으로 할지를 결정할 수 있나?

다미 것 봐. 대부분 모른다. 나도 그랬다. 혼인신고서를 보면, 당사자와 양쪽 부모 인적 사항을 적는 항목이 나오다가 갑자기 '자녀의 성·본을 모의 성·본으로 하는 협의를 하였습니까?'란 문항이 나온다. 처음에 그걸 보고 나는 내 성을 물려줄 생각이 있었기 때문에 '예'에다 표시를 해서 냈다. 그랬더니 서류 받는 구청 직원이 "진짜냐? 이건 한 번 '예'로 체크를 하면 돌이킬 수가 없다!"면서 재차 확인을 하는 거다. 그 얘기를 들으니까 다시 생각하게 되더라고. 남편과 진지하게 이 문제를 상의해본 적이 없기도 하고.
그래서 협의한 뒤에 결정하려고 아예 빈칸으로 냈다. 그런데 '예'나 '아니오' 중 아무것도 선택하지 않아도 자녀는 자동으로 부성을 따르게 되는 거더라. 그에 대해선 구청 직원이 설명을 안 해준 거지.

지예 (한숨) 내가 그것만 생각하면 정말 할 말이 많다. 나는 그 작은 글씨로 적힌 조항이 가진 막강한 위력을 알고 있었다. 혼인신고 할 때 남편 혼자 가게 돼서 내가 신신당부를 해뒀었다. 꼭 '예'에다 체크해야 한다고. 우리는 미리 아이에게 내 성을 물려주자고 얘기도 한 상태였거든.
그런데 남편이 약속대로 하지 않고 그냥 둔 거다. 그러니 구청 직원이 "아빠 성으로 할 거죠?"라고 되묻더라고 한다. 순간 남편 머릿속에 여러 생각이 스쳤다고 하더라. 뒤늦게 고백하기를, 그때 모성을 따르기로 협의했다고 체크하면 마치 내 것을 뺏기는 듯 느껴진 것 같다고. 딸의 성·본을 바꾸는 과정은 그런 게 바로 기득권이고 그것이 불평등의 증거임을 인정하는 시간이었다고 말이다.

뭐그 그런데 여기서 의문이 하나 생긴다. 왜 혼인신고를 할 때 그걸 결정하도록 하지? 문항도 마치 협의 여부를 묻는 것처럼 돼 있는데.

수연 어이가 없지. 결혼한다고 다 자녀 계획이 있는 것도 아닌데. 그때 내 자녀의 성을 무엇으로 할지 결정하라고 하는 게 정말 이상하다. 게다가 '아니오'라고 표시했을 때 어떤 결과로 이어지는지 설명도 없다.
'예'라고 하면, 부속서류로 협의서도 작성해서 제출해야 하고 이때 부부가 함께 가야 한다. 출석할 수 없을 때엔 추가로 내야 할 서류(인감증명서 등)가 있다. 그렇게 절차를 어렵게 해놓은 건 하지 말라는 얘기 아닌가. 또 구청에 따라서는 '진짜 엄마 성으로 한다는 거냐. 나중에 바꿀 수 없다'면서 의아스럽게 말하거나, 웅성웅성하면서 어떻게 처리해야 하는지를 상사에게 묻는 직원도 있다고 하더라. 그만큼 '특별 사례', '희귀 사례' 취급을 하는 거다.

지예 그래서 나도 남편이 그 문제의 조항에 체크하지 않았다는 사실을 뒤늦게 알고서 너무 고민스러웠다. 찾아보니 아이의 성을 바꾸려면 서류상으로 이혼을 한 뒤 다시 혼인신고를 하면서 아이 성을 내 성으로 하는 방법이 있는데, 그게 가장 쉬워 보였다. 그래서 이혼 방법과 절차까지 알아봤다. 그런데 임신 중이거나 미성년 자녀가 있을 때 이혼을 하려면 숙려 기간도 3개월로 늘어나는데다, 법원에 가서 받아야 할 상담이나 교육 프로그램까지 있더라. 진짜로 헤어질 것도 아닌데 이렇게까지 해야 하나 싶었다. 그래서 일단 출생신고 때는 남편 성으로 한 후 법원에 성·본 변경 청구를 하게 된 거다.

다미 내가 혼인신고서상 그 이상한 조항의 대표적 피해자다. 이렇게 바꾸기가 어려운 줄 알았더라면 빈칸으로 내지 않았을 텐데. 결국 "차선책으로 그럼 아이 이름이라도 내 성을 딴 '윤'으로 시작하게 하자. 그럼 성씨는 당신한테서, 이름의 첫 글자는 내 성에서 물려준 것으로 할 수 있지 않겠냐?"면서 남편을 설득했다. 처음엔 수긍하더니, 정작 이름 지을 때 태도가 바뀌더라. 뿌리 깊은 유교 문화 속에서 자란 안동 권씨인 남편은 이름도 아이 사주에 맞춰서 지어왔는데, 그 선택지에 '윤'으로 시작하는 이름은 없었던 거다. 결국 이름 끝에 '윤'을 넣는 것으로 매듭지었다. 남편을 내가 '배신자'라고 놀리는 이유다.

바늘구멍만큼 뚫어놓고 통과해보라니

무반(무조건 반대) 나도 말 좀 하자. 정부가 바보도 아니고, 혼인 초반에 그걸 결정하도록 한 데에는 다 이유가 있지 않겠나. 나중에 분란이 생겨 결혼생활이 파탄에 이르면 어떻게 하려고? 게다가 모성을 예외로 한 데에는 그만한 이유가 있지 않겠냐고. 거기다 들어보니 불가능한 것도 아니구만.

수연 무반 님의 그런 반응에 익숙하다. 우리가 '부성 우선주의를 깨고 엄마 성을 물려줄 수 있도록 제도 개선을 해달라'고 국민청원을 올린 적이 있는데, 그걸 다룬 기사에도 그런 댓글이 있더라. '불가능한 것도 아닌데 왜 떼쓰냐'고. (웃음) 실낱같은 구멍 하나 뚫어두고 '해볼 테면 해봐라' 하는 게 불평등이라고 생각하지 않나. 그리고 혼인신고 할 때 자녀 계획을 완벽히 세우고, 성과 본을 어떻게 할지까지 정한 부부가 몇이나 될까. 오히려 출생신고 때 결정하도록 하는 게 합리적이지 않나.

지예 무반 님, 솔직하게 말해서 이래도 욕하고, 저래도 욕할 것 아닌가? '할 수 있는 데 왜 난리야?'라고 했다가, 모성을 따르게 한 사람들한테는 또 '씨' 운운하면서 비난하지 않나. 내가 본 저급한 주장 중 하나는 '왜 상추씨를 뿌렸는데 배추라고 하느냐?'는 거였다. (일동 박장대소) 그 댓글을 보고 억울한 생각이 들더라. 그게 왜 상추씨인가?

뭐그 그건 그렇네. 자녀는 부모의 DNA를 반반씩 받아 태어났는데.

지예 (일동 정색) 그거 엄밀하게 생각해봐야 한다. 임신과 출산, 육아의 전 과정을 고려하면 반반도 아니라고. 기여도를 따지면 남자는 정말 할 말이 없을 텐데. 인용하기도 싫은 진부한 말이지만 여자는 밭이고 남자는 씨라고 하는 분들도 있는데, 이것도 (난자와 정자가 만나서 수정란이 되고, 배아에서 태아로 성장하는 것이니) 정말 비과학적이고 비상식적인 말 아닌가.

다미 아이를 갖고 기르면서 '정말 신은 남자인가' 생각했다. 온갖 힘들고 하기 싫은 건 다 여자에게 주었더라. 아이를 여자가 낳으면, 남자에게는 (모유처럼) 부유父乳라도 나오게 해야 하는 거 아닌가 싶었다.

헌재는 '부성 편'?

무반 그렇게 모성을 따르게 하는 게 문제가 안 된다면, 2005년 헌법재판소가 호주제에는 헌법 불합치 결정을 하면서 부성 우선주의는 왜 그대로 뒀겠나. 헌재도 부성 우선주의 자체는 합헌이라고 판단했다고.

다미 언제 적 얘기를 하는지. 법이 인식을 못 따라간다는 생각을 많이 한다. 내 또래는 성씨에 그렇게 민감하지 않다. 심지어 김·이·박 씨 친구들은 '너무 흔하다'면서 자기 성이나 남편 성 중에 덜 흔하고 발음하기 좋은 걸 자식한테 물려주고 싶어 한다. 기역(ㄱ)으로 시작하는 성씨를 가진 친구들은 학교에서 이름 부를 때 먼저 불리는 게 아이의 삶을 팍팍하게 만들 거라고 생각하기도 한다고.

수연 그 제도의 피해자가 얼마나 많은지 아나. 대부분 여성이다. 내가 아는 분 중엔 어릴 때부터 할머니한테 줄기차게 '대가 끊겼다'는 말을 듣고 자란 여성이 있다. 딸만 셋인 집이었던 거다. 중학교 때 호주제가 폐지됐는데, 그 소식이 그렇게 기뻤다고 한다. '내가 우리 집의 대를 이을 수 있겠구나' 싶어서. 제도가 인간을 그렇게 억누를 수 있는 거다.

지예 내가 왜 이런 선택을 했는지 더 파고들어가 보니까 나도 그런 기억이 있더라. 내게 여동생과 남동생이 한 명씩 있는데, 막내인 남동생이 태어나기 전까지 할머니가 엄마한테 했던 말이 아직도 기억난다. 손재주가 좋았던 엄마가 만든 걸 아빠가 할머니한테 갖다 드리면 할머니가 그러셨다.

"그럼 뭐하냐. 아들을 못 낳는데."

내가 다섯 살 때 엄마가 남동생을 낳았는데, 그때 병원 분만실 앞에서 할머니가 덩실덩실 춤을 추셨던 게 생생하다. 그 어릴 때에도 그게 창피하고 이상했다. 내 성을 아이에게 물려줘야겠다고 마음먹은 데엔 성장 과정의 축적된 경험이 컸다. 결정적 계기는 TV 예능 프로그램이었지만.

무반 예능 프로에서 뭐가 나왔는데?

지예 한 여성 연예인의 출산기를 보여주는 내용이었다. 갓난아기를 처음 안는 장면이 나왔는데, 갓난아기를 보자마자 옆에 있던 그의 시아버지가 '○가家 얼굴'이라고 하는 거다.

무반 어르신은 그렇게 생각하는 게 당연하지. 어떻든 헌재의 판단도 그렇지 않나. '부성주의는 규범으로서 존재하기 이전부터 생활양식으로 존재해온 사회문화적 현상이었고, 오늘날에 있어서도 대다수의 사회구성원은 여전히 부성주의를 자연스러운 생활양식으로 받아들인다.'고 했다.

지예 그게 벌써 18년 전이라고. 2021년 3월엔 <민법>의 이 부성 우선주의 원칙이 헌법상 혼인·가족생활의 기본권과 인격권, 자기결정권을 침해했다면서 헌법소원을 낸 부부도 나왔다. 시대가 바뀌어서 가족의 형태도 다양해졌는데, 그걸 포괄하는 형태로 제도도 바뀌어야 맞지 않나. 그리고 생각해보라. 여성들이 누구네 가문을 이으려고 자식을 낳는 건 아니지 않나. 그걸 왜 당연하게 생각하는 거지?

당신만 입 열지 않으면 된다

뭐그 자녀 쪽에서도 생각을 해봐야 하지 않나. 대다수의 사람이 아빠 성을 따르는데, 당신들 자녀만 엄마 성이라고 해봐라. 아이가 자라면서 일일이 그걸 설명해야 하지 않겠나. 아이가 받을 상처가 걱정되지는 않나?

다미 이 아이들이 자랄 세상에서도 부성이 우선일까. 나는 우리 세대보다 더 자유롭고 다양한 가족 형태가 보장되는 사회가 될 것 같은데.

지예 이미 요즘 엄마들 사이에서는 영어로도 부르기 쉬운 이름을 짓는 게 유행이다. 무슨 가문이니, 어느 집안의 몇 대손이니 하는 성씨의 상징성이 과연 얼마나 갈까? 개인이 점점 더 중요해지고 있는데. 그리고 우리 자식이다. 걱정하는 당신들보다 우리가 훨씬 더 아이를 아끼고 사랑한다.

수연 뭐그 님 같은 말을 하는 분들에게 우리가 하는 말이 있다. 당신이 그런 우려를 입 밖으로 꺼내지만 않으면 된다고. 나이 들수록 제도나 사회적 인식에 얽매

이게 되니, 자유롭게 산다는 게 얼마나 어려운지 절감한다. 나는 딸 제나가 우리가 엄마 성을 물려준 의미를 되새기면서, 당연하다고 생각되는 것에 의문을 가지며 살면 좋겠다. 그럼 좀 더 다양성을 존중하는 어른으로 성장할 수 있지 않을까. '자기 자신으로서의 나'라는 뜻으로 지은 제나라는 이름처럼 세상의 기준에 흔들리지 말고 살기를 바란다.

지예 오, 수연 님의 말 멋있다. 우리 부부도 '너만의 정원을 가꾸라'는 뜻에서 딸 이름을 정원이라고 지었는데. 이렇게 '김정원'이 되기까지 과정이 참 거창했지만, 정원이가 이것만 알아주면 좋겠다. 엄마·아빠 시대엔 자식한테 엄마 성을 물려주는 일이 너무 힘들었고 그래서 포기하고 싶은 순간도 있었지만 그러지 않았다는 것, 그렇게 해서 그간 우리 사회에서 지워지고 배제돼온 여성의 존재를 다시 찾으려는 의미를 담았다는 것을. 정원이가 당연히 아빠 성이 김 씨라서 김정원일 거라고 생각하는 사람들에게 반전을 주면서, 왜 내 성씨를 엄마에게서 따오게 됐는지 그리고 이름에 아빠 성도 들어가 있다는 걸 설명하며 스스로 정체성을 만들어가기를 바란다.

다미 나중에 대윤이한테 꼭 얘기를 해줄 거다. 네 이름 짓는 과정에서 엄마·아빠가 그렇게 많이 싸울 줄은 몰랐다고. (웃음) 내 생각엔 앞으로 사회가 바뀌어서 나중에는 본인이 엄마 성과 아빠 성 중에서 원하는 것으로 선택할 수도 있게 될 것 같다. 그렇게 되면 대윤이에게 선택권을 주고 싶다. 아이와 이런 주제로도 대화할 수 있는 때가 빨리 오면 좋겠다. 아이 생각이 정말 궁금하다.

그렇다, 우리는 전사다

무반 참 유난하다. 뭐 그렇게까지 전투적으로 사는가.

지예 우리 엄마도 나한테 그랬다.
"조선 팔도에 너 같은 년은 없을 거다. 그깟 성이 뭐 별거라고 유난이냐?"
(일동 웃음) 그래서 내가 엄마한테 진지하게 말했다.
"별 게 아니니까 해보려고 해. 아이 성을 무엇으로 하는지가 그렇게 중요하지 않은 일이라면, 내 성으로 하는 게 뭐가 문제야?"
그런데 무반 님 같은 분들은 아마 내가 아무리 설명해도 생각을 바꾸지 않을 거다. 그래도 뭐그 님은 한

번쯤 고민해볼 수도 있지 않나. 그래서 뭐그 님 같은 분들에겐 내가 이렇게 말한다.

'유난을 떨 만큼 충분히 가치가 있는 일이라고. 부성이 우선이고, 그것이 기본 값이라는 것 자체가 비상식적인 것 아니냐고.'

왜 이렇게 전투적이냐고 묻는다면, 부인하고 싶지는 않다. 전투적이지 않으면 엄두조차 못 낼 일을 한 건 맞으니까. 소설 <태백산맥>에 '나라가 공산당을 만들고 지주가 빨갱이를 만든다'는 구절이 나오지 않나. 우리를 이렇게 만든 건 불합리하고 불평등한 사회제도와 구조인데, 우리 탓을 하면 어쩌나. 그런 말을 들으면 나처럼 내향적인 인간도 싸우고 싶은 의지가 활활 타오른다고.

다미 말하지 않으면 바뀌지 않으니까. 부성 우선주의를 폐지하자는 목소리를 극소수의 의견으로 취급하는 국회를 보면서 생각하게 된다. 우리가 어떻게 해야 저들이 움직일까. 결국은 관심 있는 여성들이 목소리를 뭉쳐서 더 크게 소리 내는 수밖에 없다. 이 모든 게 우리의 삶과 연결돼 있으니까.

수연 그렇게 전투성을 발휘하며 살아오진 않은 것 같은

외동으로 자랐기 때문에
가정 내에서 아들과
비교당하는 차별을 겪진
않았지만, 사회에 나와
끊임없이 '여성으로 산다는
것'에 대해 생각해보게
된다. 특히 임신과 출산을
경험하면서 그렇다.

데. (웃음) 그래도 나를 전투적으로 봐준다면, 그 또한 잘 이용하면 좋겠다는 생각이 든다. 외동으로 자랐기 때문에 가정 내에서 아들과 비교당하는 차별을 겪진 않았지만, 사회에 나와 끊임없이 '여성으로 산다는 것'에 대해 생각해보게 된다. 특히 임신과 출산을 경험하면서 그렇다. 우리도 처음엔 섬처럼 떨어져 있다가 우연히 언론 인터뷰로 만나게 돼 엄마성권리모임까지 만들게 됐고, 지금은 함께하는 숫자도 10여 명으로 늘어났다. 우리에겐 서로가 힘이다. 함께하면서 공통으로 했던 말이 '아이에게 엄마 성을 물려주고 싶은데 나 같은 생각을 가진 사람을 만나지 못했다'는 거였다. 그러니 서로에게 존재 자체가 위로고 응원이었던 거다.

지예 맞다. 나도 불안감이 밀려들려 할 때 수연 님을 보고 확신을 가졌다. '내 자식에게 엄마 성을 물려줘도 되겠구나'라고. 불가능한 일도, 이상한 일도 아니라는 걸 많은 이들이 알았으면 좋겠다.

다미 너무 부러워서 지예 님 기사를 읽으면서 운 적이 있다. 그러면서 두 손을 불끈 쥐었다. '나도 언젠가는!' 하면서.

4

엄마의 마음으로

AOA 찬미의
진짜 금수저 엄마,
임천숙

"너희는 져버릴 꽃이 아냐!"

임천숙 씨는 32년 경력의 미용사다. 1999년엔 경북 구미에 미용실을 열어 원장으로 일하고 있다. 그즈음부터다. 임 씨는 자신의 미용실을 '거리의 청소년'에게 내줬다. 배고프면 와서 먹고, 잘 데 없으면 와서 잘 수 있도록. 미용실뿐이 아니다. 엄마가 없거나, 엄마가 없는 것이나 마찬가지인 아이들에게 기꺼이 엄마가 돼줬다.
딸 셋 중 둘째인 찬미 씨가 아이돌 그룹 AOA 멤버로 데뷔하면서 '찬미 엄마'로 알려졌지만, 그전부터 임 씨는 이미 구미에서 유명했다. 그런데 임 씨는 자신의 이런 사연을 미담으로 부각시키거나 선행으로 포장하는 인터뷰를 그간 사양해왔다. 자신은 선한 사람이고, 청소년들은 말썽꾸러기로 대비될 것을 걱정해서였다. 이 인터뷰는 자신이 살아온 인생을 돌아보는 것이라 응한 것이라고 했다.
그를 섭외하는 과정도 기억에 남는다. 어렵게 연락처를 구해 문자 메시지를 남겼다. 그에게 전화가 왔다. 그는 내게 궁금한 걸 물은 뒤 '인터뷰를 할지 말지는 딸들과 가족회의를 해봐야 한다'고 설명했다. 2, 3일 뒤 수락 연락이 왔다. 그는 결정에 신중하지만, 한 번 정하고 나면 진심으로 그 일에 몰입하는 사람이었다. 인터뷰를 하면서 솔직함으로 똘똘 뭉친 사람이 있다면 그가 아닐까 싶었다.
딸 셋은 성본을 엄마 임 씨의 것으로 바꾸기도 했다. '성이 나의 뿌리라면, 내가 이렇게 구성된 데는 엄마의 영향을 제일 많이 받았기 때문에 엄마의 성을 따르는 게 맞다고 생각했다'는 것이다. 찬미 씨는 AOA가 아닌 솔로 가수이자 배우로 활동을 시작하며 이름도 찬미에서 도화로 개명하기도 했다.
임천숙 씨는 최근엔 취미로 그림도 시작했다. '그림을 따로 배운 적은 없다'는데 실력이 상당하다. 눈에 띄는 해바라기 작품이 있어 좋다고 하니, 그는 '막내를 생각하며 그린 것'이라고 말했다. 그는 아직도 꿈을 꾸는 소녀이자 엄마다.

불현듯 그에게 다가온 구원.

아이고 마, 참 잘하네! 니는 평생 미용해서 먹고살 팔자 같다.

고등학교를 그만두고 일하기 시작한 미용실 원장의 칭찬이었다. 이 한 마디가 삭막하고 막막했던 열일곱 인생에 자존감과 자신감의 샘을 파 주었다. 태어나 처음으로 들어본 긍정의 말이었다. 한마디의 힘을 그래서 깨닫게 됐다.

나도 나중에 절박한 이들에게 내 기술을 대가 없이 나눠야지.

미용실 원장은 그가 그때까지 만나보지 못한 선한 어른이었다.
그도 그럴 것이, 여덟 살 때부터 한 살 터울 언니 손을 잡고 소매치기를 해야 했다. 돈을 벌기는커녕 술과 노름에 빠져 빚만 져온 아버지는 딸들을 버스터미널과 기차역으로 내몰았다. 시키는 대로 소매치기를 하지 않으면 자신이, 언니가, 엄마가, 남동생이 지긋지긋한 폭행에 시달려야 했다. 나쁜 일인 줄 알면서도 선택의 여지가 없었다. 어린 그는 생각했다.

아, 누군가 내게 손을 내밀어주면 좋겠다. 누구든 내 손을 잡고 끌어준다면 고아원이라도 따라갈 텐데.

간절한 바람과 달리 자매들에게 손을 뻗은 건 또 다른 악마였다.

힘들재? 나랑 쉬러 가자, 빵 줄게.

달콤한 아저씨 말에 따라간 곳은 한적한 사무실. 언니를 겁탈하려던 그 자를 밀쳐내고 자매는 죽도록 뛰어 도망쳐 나왔다.
열일곱 살에 만난 미용실 원장이 그의 인생을 바꿔놨다. 힘들 때 손을 내밀어주는 어른의 한마디가 지닌 힘을 일찍이 깨달은 계기다. 그가 자식 셋뿐 아니라 100명이 훌쩍 넘는 아이들의 또 다른 엄마가 되어줄 수 있었던 이유다.
경북 구미시 황상동에 있는 임천숙 원장의 미용실('천찬경머리이야기')은 오갈 데 없는 10대들의 오랜 쉼터다. 1999년 이곳에 문을 연 즈음부터 그랬으니 벌써 20여 년이다. 집이 있지만 들어가지 못하는 아이들, 부모 노릇에 손 놓은 부모를 가진 아이들이 꼬리에 꼬리를 물고 그의 미용실을 찾았다. 더러운 얼굴을 씻기고, 엉망인 머리칼을 다듬어주고, 주린 배를 채워주고, 교복을 사 입히고, 그만두겠다는 학교로 손을 잡아끌고 갔다. 아예 데리고 산 아이들도 있다. 아이들은 처음엔 '아줌마'라고 부르다가 어느새 '이모', 나중에는 "엄마라고 불러도 돼요?"라고 했다.
'벌이가 좀 됐나 보네' 생각했다면 오산이다. 그는 아버지와 꼭 닮은 남편을 만나 수천만 원 빚까지 떠안고 이혼했다. 그가 가리키는 미용실 한 편의 커튼 안이 살림집이었다. 좁은 방 두 개에 작은 부엌 하나가 딸렸다. 전체를 따져봐야 21평(69㎡) 남짓인 좁은 공간이지만 여기서 새 인생을 찾아 나간 아이들 수는 셀 수 없다. 아이돌 걸그룹 AOA 출신 찬미 씨가 자란 곳이기도 하다.

임 원장의 미담이 슬금슬금 퍼지며, '찬미의 진짜 금수저 엄마'라는 별칭이 생기기도 했다. 하지만 정작 임 원장은 손사래를 쳤다.

그런 얘기가 나올 때마다 좀 그래요. 우리 애들한테 나는 한참 모자란 엄마거든요. 찬미한테 막내 맡기고 다른 미혼모 아이 뒷바라지하러 다니기도 했으니, 생각하면 너무 미안해요.

임 원장은 채 150cm가 안 되는 작은 키에 긴 머리를 했다. 소녀 같은 외모지만, 모두의 엄마였다.

딸들에게 소매치기 시킨 아버지

» 그간 인터뷰 요청이 많았을 텐데요.

많이 거절했죠. 하지만 이번 인터뷰는 제 인생을 말하는 거니까 다르다고 느꼈어요. 그동안 나간 인터뷰 목록을 보고 '해도 나쁘지 않겠다' 생각했죠. 그런데 제가 이런 인터뷰를 할 인물이 되나요? 다만, 그런 걱정이 들었죠. 하하.

» 딸들과 상의했다고 하셨잖아요. 반응이 어땠나요?

저는 뭔가 큰 결정을 하기 전에 늘 딸들과 상의를 해요. 이번에도 단체 카카오톡(단톡방)으로 가족회의를 했죠. 큰애

경미와 막내 혜미는 "우와, 대박!"이라면서 괜찮을 것 같다고 하더라고요. 찬미가 좀 걱정이 됐죠. 찬미 회사를 통해 제의가 많이 들어왔지만 제가 여러 번 거절했거든요. 그런데 찬미도 말하더군요.
"먼 훗날 되새겨봤을 때 좋은 추억이 될 것 같다면, 하면 좋겠어."

» 미용실은 어떻게 하게 됐나요?
제가 집안 형편 때문에 고 1 때 자퇴를 했어요. 미용실은 그러니까 (우리나라 나이로) 열일곱 살 때 처음 가게 됐죠.
"야야, 엄마 힘든데 용돈이라도 벌어야지. 나 따라 와봐라."
동네 아주머니가 소개해서 갔더니 미용실이더라고요. 그해 7월부터 일했죠.

» 그 전에 미용사가 되어야겠다고 생각한 적이 있나요?
아니요. 일단 돈을 벌어야 하니 갔어요.

» 학교까지 그만둘 정도로 집이 어려웠나요?
(고개를 끄덕이며) 그래서 언니는 고 2, 저는 고 1, 남동생은 중 2 때 모두 학교를 그만뒀어요.

» 빚이 많았나요?

빚도 있었지만, 아버지 때문이죠.

» 아버지는 어떤 분이었나요?

(나지막이 한숨을 쉬며) 지금은 돌아가셨는데, 음… 흔히 말해 집에서는 독불장군, 밖에선 호인이었죠. 술 좋아하고, 노름도 좋아하고. 제 기억에 딱히 직업이 없었어요. 제가 초등학교 1, 2학년 때부터는 아버지가 언니랑 저를 데리고 다니면서 안 좋은 일을 많이 시켰죠.

» 뭔가요?

소매치기요. 언니와 제가 (소매치기를 해서) 뭔가를 안 가져가면 아버지한테 맞으니까 어쩔 수 없이 했는데, 하면서도 이런 생각이 들더라고요. 누군가 어른이 나한테 손을 내밀어주면 그 손을 잡고 가고 싶다는. 그런데 아무도 잡아주는 사람이 없더라고요.

» 여덟 살이면 정말 어린 나이인데, 그런 일을 시켰다니요.

여덟 살이면 어떤 사람 눈에는 아이지만, 어떤 사람 눈에는 뭔가를 시키면 할 수 있는 사람으로 보이는 거죠. 자기 자식이나 아이가 아니고요. 그러니 쉽게 원하는 걸 시키고 안 하면 화를 내고 때리는 거죠. 많이 맞았어요.

» 지워질 수 없는 기억이겠죠.

잊힐 수 없죠. 그 기억 때문에 '나쁜 일'의 선이 그어진 것 같아요.

» 얼마나 견뎌야 했나요?

2, 3년 정도요. 내가 안 하면 내 동생을 시키니까. 동생은 더 어리잖아요. 또 내가 안 하면 언니가 맞고, 동생이 맞으니까. 어머니도 참 좋은 분이기는 하지만, 어머니도 (아버지를) 어떻게 해볼 수가 없었죠. 어머니도 많이 맞았으니까. 어머니가 돈을 벌어오면 아버지는 갖고 나가요. 파출부, 청소, 분식집… 어머니도 안 해본 일이 없죠.

» 소매치기는 어떻게 끝냈나요?

아버지가 교도소에 들어가면서요. 우리가 (소매치기를) 하다가 (경찰에) 걸렸거든요.

» 무서웠겠어요.

그럼요. 지금도 형사들을 보면 제일 무서워요. 어른이 시켰으니 내 잘못은 아니라는 건 아는데, 사실대로 말할 수도 없고요. 그런데 제대로 말하기 전까지 집에 보내주지 않더라고요. 계속 마치 때릴 것처럼 윽박지르니 경찰서 한편의 의자에서 언니랑 이틀을 고민하다가 말을 했죠.

» 어떤 고민이었나요?

언니랑 저랑 둘이 서로 쳐다보면서 "말을 해야 하나, 말아야 하나?" 했죠. 사실대로 말하자니 아버지한테 맞아 죽을 것 같고, 말을 안 하자니 형사한테 맞을 것 같더라고요. 말을 하면서 '아버지한테 죽겠구나' 했죠. 하지만 속은 시원했어요. 잘못을 했으면 책임을 져야 하니까요.

학교 대신 미용실로

그의 아버지는 1년 정도 복역한 뒤 나왔다. 출소해서도 별반 달라진 건 없었다. 때리는 것도 똑같았다. 그래도 소매치기는 시키지 않았다. 대신 남의 집에 가서 돈을 빌려오라고 내몰았다. 아버지가 노름으로 진 빚은 점점 불어났다.

어느 날 그의 언니가 아버지에게 대들어 크게 싸운 게 탈출의 계기였다. '이러다 일 나겠다'고 생각한 어머니가 아이들을 데리고 한밤에 대구를 떴다. 충북 제천까지 가 며칠을 지내다 다시 경북 상주시의 함창읍으로 왔다.

가내수공업으로 삼베 짜는 일을 하면 내어주는 문간방에서 네 식구가 살았다. 모두 돈을 벌어야 먹고살 형편이니 학교는 다 그만둬야 했다. 그런 사정을 딱히 여긴 동네 아주머니가 그를 미용실에 소개시켜준 거다.

» 따라가 보니 어땠나요?

원장님이 제 머리부터 다듬어주더라고요. 그때까지 집에서 어머니가 잘라줬거든요. 머리도 남자아이처럼 짧았죠. 원장님이 "니 이름이 뭐꼬?" 하시기에 "천숙인데요." 했더니 '천식이'로 알아들으신 거예요. 그 뒤로 저를 '식아'라고 부르셨죠.

"식아, 이거 빨리 해봐라."

처음부터 쉽게 시켜주니 정말 고맙더라고요. 나처럼 어리고 작아도 뭔가를 배울 수 있구나 싶어서. 그 뒤로 시키는 건 정말 열심히 했죠. 롤(파마 마는 도구)을 씻고 파지(파마에 쓰는 종이)를 개어놓고 커피 타는 법도 배우고요. 3일을 일하고 나니 원장님이 그러시더라고요.

"니는 어디서 일을 해봤나?"

"처음인데요."

"니는 평생 미용해서 먹고살 팔자 같다."

원장님이 제게 잘한다고 칭찬을 하시는 거예요. 진짜 내가 잘하는 줄 알고 미용 기술을 잘 배워야겠다고 마음먹었죠.

» 그 칭찬이 특별했나요?

제가 초등학교 6년 동안 12번이나 이사를 다녔어요. 제대로 학교를 다니지 못했죠. 그러니 공부를 잘할 리가 없잖아요. 전체 학생 수가 70명이면 68등을 했어요. 그때는 공부를 못하면 학교에서든, 집에서든 '바보야, 공부도 못하는 이 바보. 니가 뭘 할 줄 아노?' 했던 시절이죠. 하도 바보 소리를 들어서 저는 진짜 제가 바보인 줄 알았어요. 그런데 원장님이 참 잘한다고 하니까 이거 제대로 배워야지 싶었죠.

» 태어나서 처음 들은 칭찬이었나요?

그렇죠.

» 월급도 받았나요?

첫 월급이 5만 원이었어요. 돈을 주면서 원장님이 첫 월급으로 어머니 내복 사 드리는 거라고 하시더라고요. 그런데 그때가 8월이라 한 상자에 세 장 든 엄마 팬티를 샀죠. 또 당시 저희 집에 시계가 없었거든요. 그래서 알람이 되는 탁상시계 2만 1000원짜리를 샀더니 8000원이 남더라고요. 그걸로 수박을 사서 가족이 다 같이 나눠 먹었죠.

» 그 원장님은 잊을 수 없겠네요.

그럼요. 지금도 연락하며 지내요. 아직도 '식아'라고 부르세요. (미소) 이월순 원장님이죠. 저한테는 정말 힘이 되는 분이에요. 지금 생각하면 사람을 다룰 줄 아는 분이기도 했어요.

» 왜 그렇게 느꼈나요?

제가 아침 7시에 사복을 입고 출근하는데, 맞은편에서 다른 또래 친구들이 교복을 입고 학교를 향해 걸어오고 있더라고요. 처음에는 돈을 벌 수 있으니 미용실 출근길이 감사하고 좋아서 신나게 다녔는데, 서너 달 지나면서 창피하다는 생각이 들더라고요. 제 쪽으로 교복을 입은 애들이 오고, 저는 사복을 입고 그 사이를 뚫고 출근하는 게 정말 창피했어요. 한동안 골목으로 숨어서 출근을 했죠.
그러다가 어느 날 원장님한테 말도 않고 안 나갔어요. 그러고는 동네 작은 다리 밑에 숨어서 하루 종일 있었죠.

» 무슨 생각을 했나요?
아무 생각 없이 '시간아 빨리 가라' 했죠. 저녁 8시가 지나야 집에 갈 수 있으니까요. 그러고는 다음 날 출근했죠. 잘못을 했으니 너무 무섭더라고요. 일찌감치 미용실로 가서 문틈으로 빼꼼 안을 쳐다보니까 말씀하시더라고요.
"식아, 빨리 들어온나."
전날 결근했는데도 잘해주시고요. 죄송해서 더 열심히 일했죠.
그런데 사람이 참 간사해요. 결근했는데 더 잘해주니까 며칠 뒤에 또 안 나갔어요. 그 다음 날도 잘해주시는 거예요. 며칠 뒤에 또 그랬죠. 그때는 엄청나게 혼났어요.
"이런 식으로 하려면 관둬라. 이게 장난인 줄 아나. 한두 번

제가 아침 7시에 사복을 입고
출근하는데, 맞은편에서 다른 또래
친구들이 교복을 입고 학교를 향해
걸어오고 있더라고요. 처음에는
돈을 벌 수 있으니 미용실 출근길이
감사하고 좋아서 신나게 다녔는데,
서너 달 지나면서 창피하다는 생각이
들더라고요. 제 쪽으로 교복을 입은
애들이 오고, 저는 사복을 입고
그 사이를 뚫고 출근하는 게 정말
창피했어요.

이야 어린 마음에 그럴 수 있다고 생각하고 받아줬지만, 계속 그러려면 나가라."

관두라는 말이 너무나 무섭더라고요. 나가면 갈 곳이 없었거든요. 그걸 제가 잊고 있었던 거예요. 싹싹 빌었죠. 그때 생각했어요.

» 뭘요?

'미용 기술을 정말 제대로 배워서 나도 이걸로 먹고살 수 있게 된다면, 이 기술을 필요로 하는 사람한테 내가 배운 만큼 돌려주겠다'고요. 그래서 지금까지 여유 있거나 다른 선택지가 있거나 하는 사람들이 아니라, 이것 아니면 안 되는 절박한 사람들에게 돈 받지 않고 가르쳐 왔어요.

» 학교 가고 싶은 마음은 그대로였을 텐데요.

그렇게 1년이 지나고 어머니한테 말했죠.

"엄마, 나 학교 보내주면 안 돼?"

엄마가 돈 없어서 못 보내준대요. 몇 달 있다가 또 물었죠.

"엄마, 학교 보내주면 안 돼?"

"그래(그렇게) 가고 싶나?"

"응, 너무 가고 싶어."

엄마가 산업체 부설 학교란 데가 있다고 하시더라고요. 회사 다니면서 야간에 학교 다니고 등록금은 회사에서 대주는 거죠. 숙식도 제공해주고요. 그래서 대구에 있는 산업체 부설 학교에 들어갔어요.
회사 다니면서도 주말에는 미용실에 가서 일을 계속 했죠. 미용사 자격증도 두 달 만에 땄어요. 산업체 부설 학교에 3년을 다니면서 받은 월급으로 적금을 부었죠. 졸업하면서 모은 돈 1000만 원을 엄마한테 드렸어요.

그 시절로 돌아간 그의 눈에서 눈물이 떨어졌다. 월급을 27만 원 남짓 받았다니, 거의 한 푼도 쓰지 않고 모은 돈이었을 테다.

하나도 아깝지 않았어요. 엄마도 고생을 너무 많이 하셨으니까. 1년 뒤에 그중 500만 원으로 저 결혼을 시키셨죠.

갈 데 없는 아이들 쉼터가 된 미용실

» 왜 그렇게 일찍 결혼을 했나요?

아버지와 어머니가 한 살 차이였어요. 그래서 나이 차이가 많이 나면, 남자가 철 들고 가정 건사도 잘할 줄 알았죠. 일찍 결혼하고 싶었던 이유가 또 있었어요. 어머니한테는 좀 미안한 말인데, 제가 열일곱 살 때 엄마가 재혼을 했는데 그때부터 집에 가도 편히 쉴 수가 없더라고요. 새 아버지가 좋은 분이고 잘해주셨지만요. 그래서 결혼을 일찍 하면 내 안식처가 생기지 않을까 했죠.
하지만 막내를 낳고 서류 정리를 했어요.

» 이유가 뭔가요?

두 달 연애하고 결혼했는데, 어떻게 보면 내 눈을 내가 찌른 격이죠. 엄마가 엄청 반대를 했거든요. 상견례 때는 아예 엄마가 밥도 안 먹고 돌아앉아 계셨어요. 그때 제 눈에는 보이지 않았죠. 살아보니 아버지하고 똑같은 거예요.

남편이 대출에, 사채까지 끌어다 쓰는 바람에 진 빚이 1억 2000만 원이나 됐다. 결혼한 이후 집에 월급을 가져다준 적도 없었다. 술값에, 노름으로 돈을 탕진하고 빚에 빚을 진 결과였다. 집으로 사채업자들까지 찾아왔다. 한동안 아이들이 양복 입은 남자들만 보면 벌벌 떨 정도였다. 결국 빚을 7000만 원 떠안겠다고 하니 남편이 이혼에 합의했다. 양육권도 넘겨받았다. 미용실을 하며 10년에 걸쳐 빚을 다 갚았다.

» 그러면 막내를 가졌을 때 마음고생을 엄청 심하게 했겠네요.

6개월 간 임신한 줄을 몰랐어요. 화병 때문에 하혈을 하는 줄 알았죠. 병원에 가보니 스트레스 때문이라고 하고요. 초음파로도 아이가 안 보였어요. 한의원에 가봐도 맥이 잡히지 않고요. 그래도 막내가 나한테 올 운명이었던 거죠. 예정일보다 25일 일찍 태어났어요.

낳기 전날까지 일을 했어요. 돈을 한 푼이라도 더 벌어야 했으니까요. 그때는 밤 12시에도, 새벽 1시에도 머리를 하고 싶다는 손님이 있으면 했어요. 애를 봐줄 사람이 없으니 시가로 새벽 2시까지 짐을 옮겨놓은 날 아이가 태어났어요. 이혼하기 전이었으니까요. 잠시 쪽잠을 자는데 양수가 터지더라고요. 그런데도 새벽 6시에 시어른들 밥해 드리고 첫째, 둘째 학교 전학 처리까지 했죠. 그랬더니 배가 아프더라고요. 아이 낳고 이틀 만에 퇴원해서 다시 일을 했어요. 아이는 미용실에 눕혀놓고요.

» 청소년들은 어떻게 이 미용실을 쉼터처럼 드나들게 됐나요?

제가 처음 미용실을 열 때가 나이 스물여섯이었거든요. 동네에선 어린 편이었죠. 젊은 미용사가 하니 머리도 세련되게 한다고 생각했는지 학생들이 많이 오기 시작하더라고요. 청소년들이 많이 오니 대화를 잘하고 싶어서 시에서 교육해주는 미술 심리 치료나 심리 상담도 배웠죠.

» 왜 그렇게까지 하고 싶었나요?

나도 힘들게 살아봤고, 나쁜 짓도 해봤잖아요. 잘 곳이 없어서 한겨울에 논바닥에 쌓아놓은 짚을 파헤치고 구멍 안에 들어가 자보기도 했어요. 아침에 일어나 논두렁 물로 세수하고요. 사람이 먹을 것, 잘 곳이 없으면 자기도 모르게 나쁜 짓을 할 수밖에 없다는 걸 알아요. 그런 힘든 상황에 처해 있는 '손님 애들'이 있다면 최소한의 도움만 줘도 나쁜 마음은 안 먹을 거예요. 먹을 게 없으면 다른 애들 돈을 빼앗아서라도 먹고 싶은 게 사람 심리거든요. 하지만 배부르고 등 따시면(따뜻하면) 그런 생각을 안 하죠.

» '손님 애들'이요?

네, 호칭이에요. 손님이지만, 손님이 아니면서 아이들이니까요. 지금은 서른 살이 된 아이도 있으니 아이라고 하면 안 되지만. 하하.

» 힘든 환경에 있다는 게 감지가 되던가요?

그럼요. 기억에 남는 손님 애들 중에 둘째랑 동갑인 아이가 있어요. 초등학교 5학년 때 처음 우리 집에 왔죠. 들어오는데 정말 얼굴이고 옷이고 때가 가득하더라고요. 머리를 하러 온 것도 아닌 듯하고요.
"니 세수 좀 하자. 잘생긴 얼굴로 이래(이렇게) 다니면 쓰겠나?"
화장실로 데려갔더니, 처음 본 저한테 이렇게 얼굴을 대주더라고요. 씻긴 뒤에 밥 먹고 가라고 라면을 끓여 줬죠. 생각하면 마음이 많이 아파요. 그런 식으로 한두 명씩 오다 보니 아이들 사이에서 입소문을 탔나 봐요. 자기들끼리 갈 곳이 없으면 '이모 집에 가자' 하면서 오는 거죠. 그러다가

사람이 먹을 것, 잘 곳이 없으면
자기도 모르게 나쁜 짓을 할 수밖에
없다는 걸 알아요. 그런 힘든 상황에
처해 있는 '손님 애들'이 있다면
최소한의 도움만 줘도 나쁜 마음은
안 먹을 거예요.
먹을 게 없으면 다른 애들 돈을
빼앗아서라도 먹고 싶은 게 사람
심리거든요. 하지만 배부르고
등 따시면(따뜻하면) 그런 생각을
안 하죠.

친구의 친구도 오고 그렇게 꼬리에 꼬리를 물게 됐어요.

아이들은 미용실에서 간식도 먹고, 잠을 자기도 하고, 밥도 먹었다. 데리고 사는 아이들도 있었다. 생일엔 아이들에게 미역국도 끓여줬다. 명 길게 살라고 생일상엔 꼭 잡채를 올렸다.

또 다른 엄마가 되어주다

» 손님 애들한테는 이곳이 미용실이 아니었겠네요. 뭐라고 여기고 왔을까요?

엄마이지 않을까요. 엄마가 있기는 한데 엄마가 없는 아이들이 많더라고요. 하지만 아이들이 "엄마라고 불러도 돼요?" 하는데, 바로 '어!' 하지를 못하겠더라고요. 그러면 정말 내가 내 자식으로 생각하고 건사해야 하는 거잖아요. 잘못을 했으면 때려서라도 가르치고요.

한번은 한 아이가 엄마라고 불러도 되냐고 하기에 며칠을 고민하다가 그러라고 했지요. 얘를 진짜 장가보내 좋은 가정 꾸릴 때까지 책임질 생각이었죠. 저도 유독스레(각별하게) 챙겼고요. 그런데 어느 날 잘못된 행동을 반복하기에 들고 있던 머리빗으로 때렸더니 욕을 하면서 나가더라고요. 그때 깨달았어요. 내가 엄마는 될 수 없다는 걸요.

» 그런데 형편도 안 좋을 때 그 많은 아이들을 어떻게 먹이고 입혔나요?

(이혼) 서류 정리한 뒤에 모자 가정 지원을 신청했어요. 그랬더니 한 달에 쌀 20kg이 (정부에서) 나오더라고요. 얼마나 좋던지. 또 기초생활수급자에게 지급되는 쌀 중에서 남은 건 반값 이하로 팔아요. 라면도 그렇고요. 그런 쌀과 라면을 사다가 충당했죠. 방법은 다 찾으면 있어요!

그의 눈이 반짝였다.

» 힘들진 않았고요?

힘들다는 생각을 하지 않았나 봐요. 나는 어른이고 돈을 벌 수 있으니 아이들에게 그렇게 해줘야 한다고 당연하게 여겼죠. 내 자식만 잘 키우면 무슨 소용이에요. 내 자식이 귀한 만큼 남의 자식도 잘되면 좋잖아요. 그러면 좋은 에너지가 퍼질 거고요.

» 딸 셋과 함께 지내야 했는데, 걱정은 안 되던가요?

하나도요. 아무리 밖에서 나쁜 짓을 한 놈이라고 해도 내 집에서 믿음을 주면 나는 내가 보이는 대로 아이를 믿었어요. 저도 어릴 때 나쁜 행동을 어쩔 수 없이 했지만, 어느 날 잘 보이고 싶은 사람이 생겼거든요. 이 사람한테만큼은 내가 어떻게 살았든 바른 사람으로 보이고 싶어서 진실되게 행동하는 거죠. 이 손님 애들한테는 내가 그런 사람일 수 있다는 생각이 들더라고요.

» 엄마를 공유해야 했던 딸들의 불평은 없었나요?

언젠가 첫째랑 둘째가 그러더라고요.

"엄마, 엄마는 언니 오빠들 엄마야? (아니면) 우리 엄마야?"

"너희 엄마지!"

이렇게 말하고 나니 밖에 있던 손님 애들한테 미안해지더라고요. 아이들이 양손에 음식을 들고 먹는 버릇이 생긴 적도 있어요. 내려놓고 먹으라고 하니까 이러더군요.

"언니 오빠들이 언제 먹을지 모르잖아."

미용실 한편에 딸린 방, 게다가 늘 북적북적하니까 집 같은 집에 살아보고 싶다는 생각도 많이 했을 거예요. 다른 친구들의 집을 많이 부러워했으니까요.

» 손님 애들 중에는 아무리 잘해줘도 마음대로 풀리지 않는 경우도 있었겠죠.

그렇죠. 들어간 아이도 있고요.

» 어디에요, 교도소요?

네, 정말 제가 공을 많이 들였던 아이죠. 중학교도 가지 않으려는 걸 손목 붙잡고 교복 사 입혀 입학시켰지만 고등학교도 안 갔죠. 그 뒤에도 경찰서에 조사받으러 왔다 갔다 하고 재판 받으러 다니고…. 아까 세수 시켜줬다는 그 아이예요. 정말 정이 많이 가서 아들로 키우고 싶을 정도였죠.

» 그 아이는 왜 그렇게 됐을까요?

환경 탓이죠. 엄마는 제대로 아들을 제어할 능력이 없고 주위 사람들은 그쪽 세계(조직폭력배) 생활을 하고요. 처음 배운 재주가 (남의) 차 문 따는 거였고요.

또 그의 눈시울이 붉어졌다.

그래도 잘 커서 미용실도 하고 가정도 꾸리고, 저처럼 살고 싶다면서 대학 들어가 봉사동아리 하는 아이들도 많아요.

» 그렇게 지금까지 연락하고 지내는 손님 애들이 얼마나 되나요?

100명 정도 될 거예요.

» 그럼 그간 쉼터 삼아 미용실을 거쳐간 손님 애들이 대략 몇 명쯤 될까요?

한 200~300명은 되지 않을까요. 정확히 세어보진 않았지만.

우울의 늪에서 찬미를 건져내기까지

아이돌 걸그룹 AOA 출신 찬미 씨 얘기를 하지 않을 수 없었다.

» 둘째가 찬미 씨죠. 데뷔를 어떻게 하게 됐나요?

초등학교 2학년 때 춤을 배웠어요. 에너지가 많은 아이들은 몸 움직이는 걸 가르치면 좋다고 해서요. 구미에 재즈댄스학원이 있어서 보냈죠. 처음엔 남들 한 달이면 춤 하나를 다 배우는데 찬미는 두 달이 걸리더라고요. 그런데 그게 재미있었나 봐요. 발목을 다쳐서 어차피 춤을 추지도 못하는데 가서 구경을 하더라고요. 보기만 해도 좋다면서.

그렇게 꾸준히 2년을 하니까 남들보다 실력이 눈에 띄게 늘었어요. 울산 현대모비스 어린이치어리더단을 했는데, 우연히 스포츠신문에 크게 나면서 〈TV는 사랑을 싣고〉 같은 프로그램에서 어린이 재연배우도 하고, 홈쇼핑 채널에도 출연했죠.

당시 JYP, SM, FNC, 큐브 이런 엔터테인먼트 회사 일곱 군데에서 연락도 왔어요. 어차피 서울에 갈 일이 있어서 JYP와 FNC 미팅 약속을 잡아뒀는데, FNC로 갔죠. 큰아이의 권유였어요. 'FNC에 걸그룹이 없으니 혹시 아느냐'는 이유였죠. 갔더니 40~50명 정도가 대기를 하고 있더라고요. 잘 봤으니 다들 돌아가라더니 저랑 찬미한테는 남으래요. 직원을 몇 명 더 만났는데, 그날 계약을 하자더라고요. 사기인 줄 알고 그 길로 다시 구미로 내려왔죠. 둘째는 그 사이에 벌써 꿈에 부풀어 있고요. FNC에서 두 달 동안 연락을 해왔어요. 이제부터 저희가 잘 키울 테니 믿고 보내달라고요.

» 열다섯 살 때인데요.

맞아요. 처음에는 몇 달 있다가 내려올 줄 알았어요. 내 딸이 연예인이 될 거라는 생각은 못했죠. 다만 둘째가 춤을 정말 좋아하고 더 배우고 싶어 하는데 제가 가르치는 데 한계가 느껴지더라고요. 더 큰 곳에서 더 좋은 선생님한테 배우게 하고 싶은데 그러질 못했죠. 비싼 과외를 받게 한다는 생각으로 올려 보낸 거예요.

» 연습생 생활이 보통 힘든 게 아닌데, 그걸 견뎠네요.

찬미가 그러더라고요. 그때가 자기한테 오는 마지막 기회라고 생각했다고요. 무조건 버텨서 끝장을 보자고 결심했대요. 데뷔하기까지 연습생끼리 계속 배틀을 붙여서 살아남는 사람을 데뷔시키거든요. 테스트할 때도 춤, 보컬, 랩은 기본이고 일주일에 두 권씩 책을 읽고 독후감을 써 내야 했어요. 또 패션 잡지를 주면서 자기 코디를 어떻게 할 건지 스크랩해서 제출하라 하기도 하고요. 마지막까지 살아남은 연습생 중에서도 동영상을 찍어서 눈에 들어오지 않는 사람은 제외하는 과정을 거치더라고요. 그런데 그 1년의 과정에서 한 번도 떨어지지 않고 계속 올라가더라고요. 그러더니 어느 날 말하더라고요.
"엄마, 나 데뷔 조래!"

1년 2개월 만인 2012년 7월에 딸은 AOA로 데뷔했다.

» 처음 TV에서 찬미 씨를 보고 어땠나요?

제 엄마랑 함께 보면서 울었어요. 보통 수년에 걸쳐서 준비하는 걸 1년 만에 압축해서 했으니 얼마나 고생을 했겠어요. 연습생 시절에 제가 거의 매일 구미에서 서울까지 기차로 출퇴근했죠. 밤에 미용실 마치면 막차로 올라가서 아이 나가는 거 보고 아침 기차로 내려왔어요. 그러니 애가 얼마나 노력했는지 알죠. 처음엔 서울에 살 집 보증금을 구하지 못해서 친정엄마가 전셋집을 빼서 서울로 올라가서 함께 지내셨어요. 대신 제가 생활비와 월세를 대고요.

» 그 힘든 과정을 거쳐 데뷔했으니 이제 꽃길일 거라고 생각했을 텐데요.

데뷔하고도 수입이 없었어요. 5년 만에 처음으로 정산(손익분기점을 넘을 때 이뤄지는 수익 분배)을 받았죠. 데뷔 4년째인 2016년 첫 정산을 받았다고 알려지기도 했는데, 그건 엄

연습생 시절에 제가 거의 매일
구미에서 서울까지 기차로
출퇴근했죠. 밤에 미용실 마치면
막차로 올라가서 아이 나가는 거 보고
아침 기차로 내려왔어요. 그러니
애가 얼마나 노력했는지 알죠.
처음엔 서울에 살 집 보증금을 구하지
못해서 친정엄마가 전셋집을 빼서
서울로 올라가서 함께 지내셨어요.

밀히 말해 제대로 된 정산이 아니었어요. 게다가 찬미는 데뷔하고 3년쯤 됐을 때 우울증을 심하게 앓기도 했죠.

» 마음이 많이 아프셨겠어요.

어느 날 오후 4시쯤 찬미 회사에서 연락이 왔어요. 찬미가 아침부터 없어졌다고요. 그때 회사에서 못쓰게 해서 찬미가 휴대폰도 없었거든요. 아이패드로 이메일만 주고받았어요. 이메일을 넣으니 답이 오더라고요. 그래서 미용실 일을 황급히 정리하고 기차로 서울에 올라가서 다시 이메일을 보냈죠. 만나서 밥 먹었냐고 물으니 안 먹었대요. 데리고 식당에 가는데, 한 숟가락도 안 먹더라고요. 같이 모텔 가서 자고 다음 날 한강에 가서 있었어요. 그때까지 아무것도 물어보지 않았죠.
사흘째 찬미가 그러더라고요. 아무리 노력해도 올라갈 수 없고, 이제는 내려가는 것밖에는 안 보인다고요. 회사를 나오고 싶다고. 그런데 위약금이 투자 금액의 3배였어요. 수십억 원이죠. 당장 이것저것 다 끌어 모아도 2000만 원뿐이더라고요. 그래도 찬미한테 죽을 만큼 싫으면 나오라고 했어요. 어떻게든 엄마가 책임지겠다고.
"돌아가기에는 너무 멀리 왔지."
이렇게 말하면서 다시 들어간다더군요.

» 그 뒤로는 어떻게 됐나요?

제가 너무 불안하고 무섭더라고요. 숙소가 아파트 9층이었는데, 뛰어내리면 어쩌나 너무 걱정이 됐어요. 그래서 매일 서울로 제가 기차로 올라갔어요. 일 마치면 밤 기차를 네 시간 동안 타고 올라가서 찬미 보고 아침 기차로 내려와서 미용실을 열었죠. 찬미가 두 달간 제 눈도 마주치지 않고 말도 하지 않더라고요. 보통 새벽 4시나 6시에 숙소를 나서는데, 물 한 모금 마시지 않고 나갔죠. 두 달을 매일 서울로 그렇게 다니니까 제가 살이 36kg까지 빠졌어요. 인플루엔자에 걸려서 어느 날 쌍코피가 터지더라고요. 그걸 보더니 둘째가 그러더라고요.
"엄마, 나 이제 괜찮아."

» 그때 어떠셨어요?

'아, 이제 찬미가 살겠구나. 다행이다!' 싶었어요. 찬미가 나중에 너무 미안하고 고맙다고 그러더라고요. 그때는 몰랐다고. 그런데 어느 날 눈을 떠보니까 자기 앞에서 엄마가 죽겠더래요. 그제야 보이더래요.

그가 누구든 '사람 대 사람'으로

» 자녀들이 어떻게 살았으면 하나요?

‘아, 이제 찬미가 살겠구나.
다행이다!’ 싶었어요.
찬미가 나중에 너무 미안하고
고맙다고 그러더라고요.
그때는 몰랐다고. 그런데
어느 날 눈을 떠보니까 자기
앞에서 엄마가 죽겠더래요.
그제야 보이더래요.

보통 꿈이 뭐냐고 물을 때는 초·중·고부터 대학까지 마치고 나서 어떤 직업으로 돈을 벌면서 살겠느냐는 뜻이 있는 것 같아요. 저도 처음에 미용실만 차리면 떼돈을 벌 줄 알았어요. 하하. 그런데 그간 남들보다 못 벌지 않았는데도 돈이 없네요. 돈을 좇아서 가도 내 돈이 안 되더라고요. 내가 정말 좋아서 재미있게 무언가를 할 때 내 등 뒤에 따라오는 돈만 내 돈이구나 싶어요.
경미(큰 딸), 찬미도 어려운 시절을 많이 겪어서 돈에 집착이 강해요. 하지만 저는 그러죠. 돈을 따라가면 절대 내 돈이 되지 않는다고요. 즐겁게 재미있게 일하다 문득 뒤돌아보니 와 있는 돈이 내 것이라고요. 그리고 몸과 마음이 건강했으면 좋겠다는 말을 자주 해요. 큰애도 서울에서 대학 다니면서 돈을 벌거든요. 두 아이가 떨어져 있으니까 혹시나 몸과 마음이 다칠까 봐 그게 걱정이 돼요. 몸이 힘들어서 좀 다쳐도 정신이 건강하면 다시 일어설 수 있으니까 항상 몸과 마음이 건강하면 좋겠다는 말을 그래서 누누이 해요.

» 그렇게 사셨기 때문이겠지요.

그래서 남들보다 돈이 좀 없어요. 하하. 아직도 여기서 월세로 사니까요. 내가 좋아하는 일만 하고 살다 보니 그렇죠. 하지만 그래서 재미있게 살고 있어요. 지금 딱 이렇게 사는 게 정말 좋아요. 빚도 다 갚았고, 5000원짜리 티셔츠라도 내 맘대로 사 입을 수 있고요. 과거로 돌아가라면 절대 가고 싶지 않아요. 다시 젊어질 기회를 준다고 해도 그때만큼 열심히 살 자신이 없으니까요. 지금이 행복해요.

» 앞으로 남은 인생의 꿈이 있나요?

교도소 봉사를 오래 했어요. 재소자와 펜팔도 하고요. 재소자들이 출소해서 사회에 적응하기가 아주 어렵다는 걸 잘 알죠. 잘못을 해서 들어갔지만, 나와서는 자리를 잡고 잘 살아야 하잖아요. 그래야 내 가족도 안전하게 살 수 있죠. 잘 적응하려면 일이 필요한데 '배운 게 도둑질'이라고 기술이 없으면 또 잘못을 저지르게 돼요. 그런데 미용 기술을 배워두면 먹고살 수 있을 것 같더라고요. 그래서 재소자들에게 미용 기술을 가르치는 봉사를 하고 싶은데 법규상 가위를 갖고 배울 수가 없대요. 무기가 될 수 있어서. 지금 교도소 안에서 하는 미용 교육은 가위를 사용하지 않는 기술인 듯해요. 그래서 나중에 나이 들어 방법만 찾는다면, 교도소에 들어가 살면서라도 사회에 나와 써먹을 수 있는 미용 기술을 가르치는 봉사를 하고 싶어요.

열일곱 살 가위를 처음 잡았을 때 벼랑 끝에 선 이들에게 이 기술을 나누며 살겠다고 다짐한 결심의 연장선인 셈이다.

» 지금까지 살면서 지키려고 해온 삶의 도가 뭔지 궁금해요.

저의 롤 모델이 있어요. 유안진의 〈지란지교를 꿈꾸며〉라는 시예요.

그가 바로 옆 책장에서 낡은 책을 꺼내 왔다. 한눈에 봐도 여러 번 읽은 흔적이 뚜렷했다. 읽을 때마다 적어놓은 날짜와 이름이 있고, 형광펜으로 밑줄도 그어져 있었다.

처음 미용실에서 일하던 열일곱 살에 저보다 한 살 많은 오빠가 이 시를 적어서 줬어요. 저를 좋아했나 봐요. (미소) 이렇게 큰 도화지에 이현세의 만화 '까치'를 본떠 그림을 그리고 한쪽에 이 시를 적어서 줬어요. 보는데 촛불 같은 느낌이 들더라고요. 이 시처럼 살아야겠다고 생각했죠.

그는 몇 구절을 읊었다.

"그가 여성이어도 좋고 남성이어도 좋다 / 나보다 나이가 많아도 좋고 동갑이거나 적어도 좋다 / 다만 그의 인품이 맑은 강물처럼 조용하고 은근하며 깊고 신선하며 / 예술과 인생을 소중히 여길 만큼 성숙한 사람이면 된다"
"냉면을 먹을 때는 농부처럼 먹을 줄 알며 / 스테이크를 자를 때는 여왕보다 품위 있게 / 군밤을 아이처럼 까먹고 / 차를 마실 때는 백작부인보다 우아해지리라”
우리 손님 애들을 대할 때도 아이가 아니라 ‘사람 대 사람’으로 대하려고 노력했죠. 여자든, 남자든, 나이가 몇 살이든, 직업이 뭐든지요. 어릴 때 제가 일한 미용실 원장님께 느낀 것도 그거였거든요.

» 돌이켜 생각해보면 이월순 원장님은 인생에서 어떤 존재였나요?

저희 엄마한테는 미안하지만, 그때 제게는 엄마 같은 느낌이었죠. 1년이라는 짧은 시간 동안 따뜻함도 강함도 배웠어요.

인터뷰 내내 풍겼던 향기의 정체를 알았다. <지란지교를 꿈꾸며>의 마지막 구절은 이렇다.
‘세월이 흐르거든 묻힌 자리에서 / 더 고운 품종의 지란(芝蘭)이 돋아 피어 / 맑고 높은 향기로 다시 만나지리라’
모든 걸 말라 죽일 듯한 척박한 삶에서, 임천숙이라는 난초의 싹을 틔우려 물을 준 이가 있었고, 꽃을 피워낸 그가 다른 지란을 북돋고 있다. 그렇게 향기를 퍼뜨리며 사는 그에게 이 시는 목표도, 미래도, 꿈도 아닌 현재 그 자체다. 들에서 피어난 난초 같은 삶의 이야기를 들으며, 다른 어디서도 맡을 수 없는 인생의 향기에 취했다.

베이비박스의
아기방 엄마들

"모두 다 내 아들이고 딸이지."

베이비박스란 곳이 있다. 서울시 관악구 난곡로의 가파른 언덕 끝 주사랑공동체교회가 운영하는 '위기영아긴급보호센터'를 이르는 말이다.

아기를 낳았지만, 도저히 키울 형편이 되지 않는 엄마들이 울며불며 찾는 곳이다. 2009년 12월 처음 생겼으니, 올해로 14년이 됐다. 그간 베이비박스가 지켜낸 아기는 2000명이 넘는다.

주사랑공동체는 베이비박스를 '생명 박스'라고 부른다. 죽음의 위기에 처한 영아들을 살리는 박스라는 의미다. 2009년 12월 이종락 주사랑공동체교회 목사가 처음 만들었다. 2014년 경기도 군포시에 베이비박스가 생기기 전까지 국내에서 유일했다. 지금도 베이비박스는 전국에 그 두 곳뿐이다.

시작은 이 목사의 아들이었다. 아들은 중증 장애를 안고 태어나 생전 대부분의 시간을 병실에 누워 지냈다. 그 아들은 2019년 서른두 살의 나이로 먼저 세상을 떠났다.

아들이 병원 치료를 받을 때 이 목사는 병실을 돌며 장애를 지닌 아이들에게 기도를 해줘 '기도 아저씨'로 유명했다고 한다. 소문이 퍼져 이 목사를 찾아와 장애아를 맡기는 사람들이 생기더니 급기야 아이를 몰래 두고 가는 일까지 벌어졌다. 새벽 3시 한 남성의 전화를 받고 뛰어나간 교회 대문 앞에는 채 비린내가 빠지지 않은 생선 상자에 아기가 담겨 있었다.

'고양이들에게 해라도 당했더라면, 저체온증에 걸리기라도 했더라면' 생각하니 아찔했다. 교회 담벼락에 인큐베이터 크기의 베이비박스를 설치한 계기다. 체코 같은 해외의 베이비박스 사례를 참고했다.

2015년 8월엔 소파와 아기 침대를 갖춘 베이비룸도 마련했다. 베이비박스가 알려지면서 미리 상담 신청을 하고 베이비룸으로 찾아오는 생모나 생부가 늘었다. 아이를 다시 찾아가 기르는 생모의 경우에도, 사람이 아닌 박스 안에 아이를 두고 갔다는 죄책감과 트라우마에 시달리는 경우가 많다는 걸 고려해 방을 만든 것이다.

현행법상 베이비박스는 엄밀히 말해 불법이다. 영아 유기에 해당해서다. 친생부모가 사정으로 출생신고가 불가능한 경우엔 〈입양특례법〉상 제한 때문에 새 가정이 아닌 보육원 같은 아동복지시설로 보내야 한다.

이 때문에 임산부가 일정한 상담을 거쳐 신원을 감추고 출산할 수 있는 비밀출산제(익명출산제)가 대안으로 거론되지만, 아직 국회 문턱을 넘지 못했다.

법외 지대에 있기에 베이비박스는 정부 지원을 한 푼도 받지 못한다. 대신 일반인들의 품앗이 후원으로 명맥을 잇는다. 후원이나 헌금은 베이비박스 운영과 복지 사각지대의 양육 부모 지원에 쓰인다. 현재 비혼 상태의 양육모를 포함해 매달 100여 가정이 베이비 케어 키트를 받고 있다.

2021년 초 이 베이비박스에서 3일을 보냈다. 자원봉사와 취재를 겸했다. 그 3일 동안 세 모성을 만났다. 이것은 그 기록이다.

뒷모습마저 긴장감이 흘렀다. 늘 얼굴에 배었던 눈웃음도 사라졌다. 거실에 앉은 그의 시선은 한군데에 꽂혀 있다. 방문 옆에 달린 초인종 스피커. 벌써 30분째다.
이 집의 벨은 각별한 의미다. 한 생명이 들어왔다는 신호라서다. 서울시 관악구 난곡로의 어느 고개 꼭대기, 주사랑공동체교회가 14년째 운영하는 위기영아긴급보호센터가 여기에 있다. 사람들은 '베이비박스'라고 부른다. 연주곡 <엘리제를 위하여>가 퍼지면 베이비박스에, '띵동' 하는 벨소리가 나면 베이비룸에 아기가 놓였다는 뜻이다. 박스와 룸의 문에 감지 센서가 있어 바로 울리는 것이다.

아기가 무사히 오게 해주셔서 감사합니다!

'띵동.'
베이비룸이다. 미리 전화로 상담 예약을 해둔 아기 엄마가 온 거였다. 보육사 이나래 씨가 황급히 문을 열고 나갔다. 앞방에서도 후다닥 뛰어나가는 소리가 들린다. 상담사다.
20여 분 뒤, 이 씨가 돌아왔다. 두툼한 포대기에 싸인 아기와 함께다. 그는 아기를 안고 무릎부터 꿇었다. 그렇게 한동안 기도를 했다.

"아기가 무사히 이곳으로 오게 해주셔서 감사합니다."

빠지지 않는 말이다. 자기를 향한 축복이란 걸 이 어린것도 아는 걸까.

낯선 손길에도 잠자코 있는 아기가 기특하다.
이 씨가 조심스럽게 아기를 누이고 포대기를 푼다. 그야말로 핏덩이 같은 작은 생명체. 미리 빨아둔 배냇저고리로 갈아입히는 동안 팔다리를 꼬물거릴 뿐 용케도 울지 않는다. 모든 순간은 사진으로 기록된다. 스마트폰 카메라를 누르는 손가락마저 조심스럽다.

"이때는 우리도 나가면 안 돼요."

자원봉사자 중 큰언니 격인 유미혜(가명) 씨가 속삭였다. 혹시라도 포대기나 아기 옷으로 아기 엄마가 누군지 노출될 수 있는 위험마저 없애려는 노력이다. 생모의 신원 보호는 이곳의 오랜 철칙이다. 체중과 체온을 잰 뒤 마침내 이 씨가 아기를 안고 아기방에 들어왔다. 소윤(가명)이는 이곳의 1835번째 아기다.
이미 방엔 세 친구가 있다. 생후 13일 된 민준(가명)이는 쌔근쌔근 잠이 들었고, 30일을 넘겨 가장 맏이인 우진(가명)이는 모빌을 보며 혼자 누워 놀고 있다. 생후 29일째로 둘째 격인 승현(가명)이는 자원봉사자 임은영 씨 품에 안겨 있다. 막내 소윤이는 발목에 아직 병원 이름표를 달고 있는 갓난아이다.
이 씨가 젖병부터 분유통, 옷과 쇼핑백까지 소윤이의 소지품을 따로 촬영하고 보관해두는 동안 유 씨가 소윤이를 안았다. 소윤이가 울음을 터뜨리자 능숙하게 기저귀를 확인하고 갈아준다.

"이렇게 갓난아기가 오면 내 전담이야. 그래도 엄마 노릇한 지 33년 됐잖아."

소윤이는 유 씨의 품에서 어느새 젖병을 물었다.

"아들들만 있다가 딸이 왔네."

소윤이를 내려다보는 유 씨의 눈길이 다정하다.

"그래도 오늘은 아이들이 넷뿐이라 여유로운 편이야. 이달 초에는 아홉 명이 있던 적도 있어서 정신이 없었지."

어떤 풍경이 펼쳐질지 잠시 상상해보니 아찔해진다. 그야말로 궁둥이 붙일 시간도 없을 거다. 아기마다 짜인 수유 시간표대로 2시간 혹은 3시간 간격으로 분유를 먹이고 기저귀를 갈고 재우다 보면 한나절이 금방 간다.
아기방은 보육사 세 명과 자원봉사자들이 꾸려간다. 아기방을 총괄하는 보육사는 하루 한 명씩 24시간 근무를 한 뒤 이틀간 쉰다. 자원봉사자들은 하루 4~8시간 간격으로 2명씩 짝지어 4교대로 보육사를 돕는다. 대개 1, 2주에 한 번씩 자원봉사를 하러 온다. 아기들이 많을 때는 10명을 넘기기도 한다. 그러니 자원봉사자들의 몫이 크다.
주사랑공동체에서 운영한다고 개신교 신자만 오는 건 아니다. 베이비박스를 만든 이종락 목사가 아기방을 다녀가며 자원봉사자에게 "집사님, 오늘도 오셨네요. 항상 감사합니다." 하기에 처음엔 신자인 줄 알았다. 이 목사가 가고 나니 '집사님'은 "아이고, 나는 성경 근처에 가본 적도 없는 사람인데…." 하며 배시시 웃었다. 그저 엄마가 되어주려는 마음 하나 붙들고 오는 거다.

'33년 엄마 경력'이 소중히 쓰이는 곳

나는 낮 시간조로 이틀째 나왔다.

"민준이는 정말 순해서 우유 먹으면서도 잠이 들어요. 승현이는 잠투정이 좀 있어서 오래 안고 얼러줘야 해요. 우진이는 얼마나 젖병을 힘차게 빠는지 몰라요."

아기들을 처음 보는 자원봉사자에게 나도 모르게 이런 말이 튀어나왔다. 속으로 웃음이 났다.
첫날 눈앞에 놓인 아기를 처음 안아 올릴 때만 해도 얼마나 긴장했나. 혹시라도 아기가 불편하진 않을까 무척 떨었다.

'젖병을 위아래로 흔들면 분유가 뭉칠 수 있군. 아기를 안을 땐 목을 잘 받치는 게 중요해. 수유 시간이 아닌데 울 땐 기저귀부터 확인해봐야 하는구나.'

동영상 교육을 수강할 때 암기하듯 되뇌며 차올랐던 자신감은 생전 처음 보는 작은 생명 앞에서 무너졌다.

'내가 과연 이 여린 아기를 만져도 되는 걸까. 뼈가 부러지면 어쩌나?'

걱정이 앞섰다. 한 손으로 목을 받치고 조심스레 아기를 안아 어르자 신기하게도 아기가 울음을 그쳤다. 순간 세상을 다 가진 기분, 한 생명을 안온하게 만들어줬다는 행복감이 스며들었다.

"처음부터 잘하는 사람이 어디 있어. 아기는 불편하면 울음으로 말해요. 울지 않는다는 건 아기도 편안하다는 거야. 지금 아주 안정적으로 안고 있는 거예요."

선배 자원봉사자의 조언에 마음이 놓였다.
신생아들이 사는 아기방은 베이비박스에서도 성역 같은 곳이다. 보육사와 자원봉사자 외에는 출입이 제한돼 있다. 자원봉사자들은 아기방에 들어가기 전 손을 씻은 뒤 미리 빨아둔 면 티셔츠로 갈아입고 앞치마를 두른다. 마스크도 아기방 앞에 마련된 새것으로 바꿔 써야 한다.
아기방에선 늘 아기가 화제다. 여느 엄마들과 다르지 않다.

"에구, 왜 울어? 쉬 했나."

"우리 ○○이 밥 먹을 때 되니까 깨서 칭얼거려요?"

"□□이가 똥을 이렇게나 시원하게 쌌구나!"

말이 종일 오간다. 아기가 젖병을 잘 빨지 않을 때 안타까워하고, 트림 소리에 기뻐한다. 배냇짓을 보는 건 언제나 힐링이다.

"다 내 아들이고 딸이지. 그렇게 예쁘지 않으면 아이들 오줌이며 똥을 내 손에 묻혀가며 돌볼 수 있겠어? 여기 있는 시간, 아기들 안고 있는 순간엔 진짜 '내 새끼'라고 생각하지. 대학원까지 나오고 10년 직장 생활했으면 뭐해. 회사 그만두고 아이 둘 다 키우고 났더니 내 나이에 할 수 있는 일이 없더라고. 그런데 생각해보니까 내가 가장 잘하고 좋아하는 게 아이 보는 일인 거야."

그래서 유 씨는 2019년 말부터 '엄마'를 가장 필요로 하는 곳, 엄마로 살아온 33년 경험이 가장 소중히 쓰일 수 있는 이곳에 자원봉사를 다니기 시작했다.

자원봉사를 시작한 지 석 달 된 임은영 씨 역시 결혼도, 출산도 하지 않았지만 이곳에선 훌륭한 엄마다. TV 프로그램에서 우연히 베이비박스를 본 뒤 찾아와 아기방 봉사를 신청했다. 반차를 쓰는 날을 할애해 아기방에 온다.

"다 내 아들이고 딸이지. 그렇게 예쁘지 않으면 아이들 오줌이며 똥을 내 손에 묻혀가며 돌볼 수 있겠어? 여기 있는 시간, 아기들 안고 있는 순간엔 진짜 '내 새끼'라고 생각하지. 대학원까지 나오고 10년 직장 생활했으면 뭐해. 회사 그만두고 아이 둘 다 키우고 났더니 내 나이에 할 수 있는 일이 없더라고. 그런데 생각해보니까 내가 가장 잘하고 좋아하는 게 아이 보는 일인 거야."

"이곳에서 내가 있는 동안만이라도 아기들이 사랑받고 있다는 느낌을 주고 싶어요. 아기들을 안고 있을 때 기도를 해요. 이 아이가 좋은 부모를 만나게 해달라고, 보육원에 가더라도 행복하고 건강하게 자라게 해달라고요."

아기 짐 싸 보낼 때 터지는 눈물

아기들은 이곳에서 짧게는 하루, 길게는 6개월까지 머문다. 생모가 출생신고를 할 수 없어 보육원 같은 사회복지시설로 가야 하는 경우엔 최대 7일 동안 지낸다. 매주 화요일이 시설로 아기들을 보내는 날이다. 입양 기관으로 갈 예정이거나 생모가 당장 키울 수 없어 임시로 맡긴 아기는 그 이상을 이곳에서 보낸다.
그러니 백일 잔칫상을 이곳에서 받는 아이도 있다.

"나중에 커서 백일 사진도 없으면 얼마나 서운하겠어요. 그러니까 이곳에 있을 때 백일을 맞으면 소박하게나마 잔칫상을 차리고 사진도 찍죠."

큰언니 유 씨가 아기방 한편에 붙은 백일 사진을 가리켰다. 그렇게 키운 아이들이 이곳을 떠날 때 평온하기는 쉽지 않다.

"여기서 배꼽이 떨어진 아이는 더 애틋하죠. 몸이 건조한 아기, 수유를 자주 해줘야 하는 아기, 잘 게우는 아기, 잘 때 칭얼대는 아기…. 늘 아기들을 관찰하고 일지를 적다 보니 더 정이 들어요. 떠나는 아기들의 짐을 싸줄 때 그래서 기분이 정말 남달라요. 내가 키우던 아기를 보내는 거니까. 아기들은 나를 기억하지 못할 테지만, 또 아기들의 인생에서 극히 아주 적은 시간을 함께한 것에 불과하지만, 부디 좋은 환경에서 잘 자라기를 바라고 기도하죠."

보육사 이나래 씨의 눈동자에 물기가 비쳤다. 반나절만 함께 보내도 아기마다 울음소리나 칭얼거리는 소리가 다 다르다는 걸 알게 된다. 길게는 수개월 살을 비빈 아기를 보내는 마음이 오죽할까.
베이비박스의 아기들이 태어나 두 번째로 안기고, 두 번째로 '아이고, 이뻐!' 소리를 듣게 해주는 사람들. 어쩌면 처음 기저귀를 갈아주고, 처음 분유를 먹이는 사람들. 엄마의 정을 기꺼이 느끼게 해주고 싶은 사람들. 그러니까, 아기방의 사람들은 이곳에 온 아기들에겐 '둘째 엄마'다.

베이비박스의
상담 엄마들

"이 아이 살려 와서 고마워요."

'띵동.'

벨이 울리고 길어야 10초. 상담사들이 베이비박스 혹은 베이비룸으로 달려가 엄마들을 붙잡는 데 걸리는 시간이다. 서울시 관악구 난곡로의 주사랑공동체가 운영하는 위기영아긴급보호센터에는 상담사들이 상주한다.

"애기 엄마!"

부르는 소리에 돌아보는 엄마들 표정은 그야말로 엉망이다.

"애기 놓고 가는 엄마 심정이 어떻겠어요. 멀쩡한 엄마는 없어요. 서성이고 망설이다 아기를 베이비박스에 놓고도 발길을 확 돌리지 못하죠. 아이 낳아본 사람은 알아요. 평생 잊지 못한다는 걸."

딸 셋 엄마이기에 가늠할 수 있는 심정. 이혜석 선임 상담사는 그래서 이 엄마들이 더 애처롭다. 그렇기에 이런 한마디를 건넬 수 있는 건지도.

"혼자서 아이 낳느라 얼마나 힘들었어요? 그런데도 이 아이 살려 와서 고마워요."

가까스로 상담실에서 마주앉은 엄마들은 이 말에 마음이 무너지고 빗

장이 풀어진다.

자신의 엄마에게도 말하지 못하는 사연

베이비박스까지 찾아온 엄마들은 그야말로 생의 낭떠러지 앞에 선 사람들이다. 제 부모에게도 숨긴 채 몰래 집 욕실에서 혼자 출산한 10대가 그렇고, 단칸방에서 하루에 컵라면으로 겨우 한 끼를 때우며 임신 기간을 버틴 빈곤한 엄마가 그러하며, 애를 가진 사실조차 모르다 배가 부르고 불러서야 알아차린 성폭력 피해자들이 그렇다.
이곳 상담사들은 이 '벼랑 끝 엄마들'의 손을 잡아주는 거의 유일한 존재다.

"보통의 산모들은 진통할 때 배도 만져주고 등도 쓸어주면서 옆에서 힘내라고 용기를 주는 남편이나 친정엄마가 있잖아요. 여기 오는 엄마들은 대개 혼자 아기를 낳아요. 임신부터 출산까지 철저히 홀로 견디다 오는 거예요. 새 생명이 주는 기쁨이 있지만, 그걸 온전히 누릴 수도, 나눌 수도 없는 처지의 사람들이죠. 그러니 그 슬픔과 고통이 목까지 차올라 있어요. 자신의 엄마에게도, 친구에게도 말하지 못하는 사연들을 갖고 있죠."

베이비박스의 상담사들은 네 명이 돌아가며 24시간 상시 근무를 한다.

아기를 두고 가는 엄마들은 짧든, 길든 상담사와 대화를 나눈다. 2020년에도 아이를 맡긴 생부·생모 137명(모 135명, 부 2명) 중 98%가 상담을 했다. 폭설로 그렇잖아도 유난히 가파른 이 동네가 빙판길이 돼 상담사가 쫓아가지 못한 경우 같은 상황을 제외하곤 거의 상담이 이뤄진다.

생모들까지 살리려 시작한 상담

처음부터 그랬던 건 아니다. 2009년 12월 이종락 주사랑공동체교회 목사가 베이비박스를 만들 때만 해도 아기를 안전하게 받는 게 우선이었다. 그런데 그게 전부가 아니었다. 아기를 두고 간 생모들이 새벽에도 전화를 걸어 통곡했던 거다.

"목사님, 우리 애기 어떻게 됐나요?"

"새끼 버린 나 같은 건 죽어야 해요. 옆에 약도 타놨어요."

죄책감과 그리움이 한데 섞인 울음이었다.
베이비박스를 만든 지 1년 즈음 됐을 땐 불과 11개월 만에 또 아이를 안고 온 열다섯 소녀까지 생겼다. 혼자 방에서 낳아 아기 탯줄도 채 떼지 않은 상태였다.
이 목사는 '소녀 엄마'를 붙잡고 자초지종을 물었다. 엄마이기 전 그는 가장이었다. 소녀의 부모는 이혼하고선 자식들도 내팽개쳤다. 방 한 칸에서 동생들까지 먹여 살리려 소녀가 찾은 방도는 이른바 '원조 교제'. 아이가 그렇게 태어났다.

"목사님, 이 아기는 어떻게 해야 하나요?"

소녀도 울고, 이 목사도 울었다.

'안 되겠다. 엄마들을 반드시 만나야겠구나.'

아기뿐 아니라 엄마들까지 살리려면 그래야 했다. 이듬해 11월부터 이 목사는 아기들을 두고 가는 엄마들을 붙잡고 밤낮없이 상담하기 시작했다.

"여기 오는 아이 엄마들은 거의 100% 극심한 우울증을 앓고 있어요. 자살 충동을 느끼는 경우도 많죠. 남자와 사회에 분노도 심하고요. 하도 자기 무릎을 때리면서 하소연을 하기에 뿅망치와 베개를 갖다주면서 이걸 치라고 했더니 얼마나 울분을 토하며 쳤던지 베갯잇이 터져서 솜뭉치가 다 빠져나온 적도 있죠."

어떤 사연을 풀어놓는 걸까.

"아기를 가진 걸 알고 한강까지 갔다가 도저히 아기까지 죽일 수 없어 온 엄마, 이미 손목을 그어서 붕대를 감고 온 엄마, 아이 아빠는 몸을 다쳐 돈을 벌 수 없는데 다섯째 자식을 가져 도저히 키울 길이 막막해서 살려달라고 울며불며 온 엄마 ….”

그중에서도 10대 엄마들이 적지 않은 수다. 지난해에도 베이비박스에 온 생모 중 10%가 10대였다.

“특히 우리 사회는 청소년들이 임신을 하면 설 자리가 없어요. 학교에선 자퇴해야 하고 패가망신이라며 가족도 등 돌리죠. 혼자 산에서 아기를 낳고는 파묻으려다 차마 죽이지 못해서 흙투성이 핏덩이를 교복에 둘둘 말아 온 소녀들도 있었어요. 이 사회가 그 아이들을 비난하고 정죄할 수 있나요? 그렇게 되기까지 과정이나 사정은 듣지도 않고 돌팔매질 먼저 할 수 있나요? 어려운 상황에서도 그들은 아기를 지켰어요.”

10명 중 2명은 아이를 데려간다

상담을 하고 보니 상담으로 끝낼 수가 없었다. 아기를 키울 의지는 있으나 생계가 문제라면 취업을 도왔고, 있을 곳이 없다면 머물다 가라고 했다. 지금도 상담에서 우선 권하는 건 직접 양육이다.

"특히 우리 사회는 청소년들이 임신을
하면 설 자리가 없어요. 학교에선
자퇴해야 하고 패가망신이라며 가족도
등 돌리죠. 혼자 산에서 아기를 낳고는
파묻으려다 차마 죽이지 못해서
흙투성이 핏덩이를 교복에 둘둘 말아
온 소녀들도 있었어요.
이 사회가 그 아이들을 비난하고
정죄할 수 있나요? 그렇게 되기까지
과정이나 사정은 듣지도 않고
돌팔매질 먼저 할 수 있나요? 어려운
상황에서도 그들은 아기를 지켰어요."

"상담하면서 우리가 도울 수 있다는 걸 말해주고 생모가 키우기를 가장 많이 설득하죠. 신변 정리나 경제적인 문제를 해결할 동안 위탁 시설에 아기를 잠시 맡길 수도 있고요."
(이혜석 선임 상담사)

살길이 보이지 않았던 엄마들이 그런 도움을 받아 마음을 돌렸다. 현재는 미혼부모지원사업으로 규모가 커져 한 달에 한 번씩 베이비 케어 키트를 보내고 생계비도 지원한다. 키트엔 기저귀와 분유, 아기 옷, 엄마 옷, 세제 같은 아기용품과 생필품이 두루 들었다. 베이비박스에 왔던 엄마 10명 중 2명 꼴로 아이를 다시 찾아가 키운다.
살 궁리를 하다 도저히 안 돼 베이비박스까지 찾은 생모들, 그들과 얼굴을 맞대는 시간만큼은 이 목사도, 상담사들도 생모들의 '엄마'가 돼주는 거다.

"부디 아기 엄마의 마음이, 그 인생이 치유되길 바라는 마음으로 들으니까요. 그건 부모의 심정이죠."(이종락 목사)

"상담하는 동안 꾹꾹 눌렀던 마음이 그들을 위한 축복 기도를 해줄 때만큼은 주체할 수가 없어져서 내 눈에서도 눈물이 마구 흘러요. 그들의 인생을 생각하며 기도하니까요."
(이혜석 선임 상담사)

베이비박스의
편지 속
생모들

"널 낳은 게 해줄 수 있는 전부라서 미안해."

아기를 두고 가며 생모(생부)들이 남기는 것이 있다. 편지다. 하다못해 태어난 시각과 예방접종 여부라도 쪽지에 적어둔다. 주사랑공동체가 운영하는 위기영아긴급보호센터인 베이비박스에는 그들의 편지 2000여 통이 고스란히 보관돼 있다.
생모들은 스스로 '씻을 수 없는 큰 죄를 지은 죄인'이라고 편지에서 일컫는다. 그래서 편지마다 빠지지 않는 말이 '미안하다'는 문구다. 임신에 이르게 된 책임, 아이를 낳고도 기르지 않고 버렸다는 죄의식이 평생 그들을 괴롭힐지 모른다. 외도와 같은 혼외 관계로 출산해 베이비박스에 아이를 두고 가는 생부나 생모는 지탄을 피하기 어렵다. 임신과 출산이 여성의 몫이기에 생부들은 생모의 뒤에 숨어 죄를 가릴 뿐.

"친생부가 아이를 데리고 오는 사례도 있지만, 1% 안팎으로 극히 드뭅니다."

양승원 주사랑공동체 사무국장은 말했다. 생부마저 외면해 결국 생모가 베이비박스까지 오는 경우가 대부분이기 때문이다.

"화장실에서 세상에 나온 불쌍한 내 아기"

주사랑공동체는 생모들이 남긴 편지들에 일련번호를 매기고 파일에 넣어 보관한다. 엄마가 아이를 다시 데려가지 못하는 경우엔 유일하게 남는 모자 인연의 흔적이다.

“아직 세상은 아무도 이 아이를 모릅니다. 병원에도 데려가지 못했어요. △△△△년 △△월 △△일 △△시쯤 태어난 제 천사입니다. 못난 엄마 때문에 조그만 화장실에서 세상을 봐야만 했던 아이입니다. 젖을 물리는 법도 몰라 초유도 먹이지 못했어요.”

‘세상 누구도 모르는 아이’라고 쓸 때 엄마의 마음은 어땠을까. 단칸방 화장실에서 혼자 생살을 찢는 출산의 고통을 감내하고도 그에겐 죄책감뿐이다.

“제가 일을 가면 혼자 굶으면서 울고만 있을 아이를 생각하면 어쩔 수가 없어 누구보다 예쁘고 소중한 제 자식을 보냅니다. 아이가 열세 시간이나 배를 곯은 적이 있어 건강이 너무나 걱정돼요. 태몽은 □□였어요. 부디 사랑 많이 받는 아이로 키워주세요. 아이가 행복하기를 기도합니다.”

자신 역시 세상에 혈혈단신 혼자였던 엄마들. 그들은 인터넷을 뒤지고, 며칠을 고민하다 베이비박스로 왔다.

“가족도, 친구도, 돈도 없어요. 처음 임신 사실을 알고 너무 걱정이 되어 울기만 했습니다. 하지만 지우는 건 아기에게 못할 짓이란 생각에 열 달을 품고 살았어요.”

청소년모의 눈물 "내 부모가 없어 입양도 못 보내요."

미성년의 엄마는 아이를 입양조차 보내지 못하는 게 애달파 또 운다.

"저는 어머니, 아버지도 없어서 부모의 입양 동의도 받지 못해요."

비혼 상태에서 청소년모가 아이를 낳으면 출생신고를 하고 자신의 부모 동의까지 받아야 자녀를 입양 보낼 수 있다. 생모가 성인이더라도 출생신고를 하지 못하면 <입양특례법>상 입양은 불가능하다. 2020년을 기준으로, 베이비박스에 맡겨진 아이 137명 중 65%가 그래서 보육원 등 아동복지시설로 가야 했다.
연습장이나 메모지, 심지어 광고지나 참고서를 찢어 여백에 비뚤비뚤 쓴 글씨들에선 갈급한 마음이 느껴진다.

"□□월 □시 (태어난) ○○입니다. 미혼모에다 쫓기는 처지라 이렇게 부탁드려요. … 염치없이 의탁합니다."

"경제적 사정이 여의치 않아 아이를 맡깁니다. 열심히 일해서 꼭 데리러 올게요. 제발 다른 곳으로 보내지 말아주세요."

"1년 안에 자립해서 꼭 찾으러 오겠습니다. 뼈가 부서져라 일을 할 거예요. 꼭 1년 후에 찾아올게요. 정말 전 인간이 아니라 악마라는 생각이 듭니다. 아이에게 용서받지 못하겠지만, 반드시 데려온다는 생각만 갖고 살게요. 부디 그동안 사랑으로 돌봐주세요."

성폭력 당해 강제로 엄마가 된 사람들

아이의 생부에게라도 의지할 수 있었다면, 베이비박스를 찾지는 않았을 테다.

"임신 6개월쯤 되니 남자 친구는 다른 여자들을 만나고 폭력도 행사했어요. 자살할까도 생각했습니다. 그런데 차마 그러지 못했어요. 세상의 빛도 보지 못한 아이에게 미안해서요. 제겐 희망이 없습니다."

"아이가 태어나기 전 아이 아빠와 헤어졌습니다. 혼자서라도 키우겠다고 마음먹었지만, 친정이란 것이 없는 제겐 도움을 청할 사람이 없어요. 극도의 우울함과 불안함 속에서 50일을 버텼어요. 아이를 붙잡고 있는 게 더 못할 짓인 것 같아요."

"아이 아빠가 무책임하게도 저를 떠나버렸어요. 도저히 혼

"1년 안에 자립해서 꼭 찾으러
오겠습니다. 뼈가 부서져라 일을 할
거예요. 꼭 1년 후에 찾아올게요.
정말 전 인간이 아니라 악마라는
생각이 듭니다. 아이에게 용서받지
못하겠지만, 반드시 데려온다는
생각만 갖고 살게요. 부디 그동안
사랑으로 돌봐주세요."

자서는 아이를 양육할 수가 없습니다."

"이별하고 나서 임신인 걸 알았어요. 남편을 찾으려고 했지만 실패했습니다. 남편이 정말로 원망스러워요. 모든 것이 내 잘못입니다."

"사실혼 관계로 1년 넘게 산 아이 아빠에게 이미 아이가 둘이나 있다는 걸 뒤늦게 알았어요. 제게 말한 모든 것이 거짓이었어요. 그런데도 사과도 하지 않고 당당합니다. 빚까지 짊어진 채 혼자서 월세방에서 아이를 키울 일이 너무나 막막합니다."

성폭력 피해로 가진 아이를 낳아온 엄마들의 정신적 고통은 더 극심하다.

"성폭행범에게 강간을 당했습니다. 임신 사실을 부모님께도 말씀을 드리지 못하고 지냈어요. 죽음의 문턱까지도 갔지만, 아이는 잘 살아가기를 바랍니다. 제발 이 아이에게 도움을 주세요. 제발 부탁드립니다."

"집단 강간으로 아이를 낳은 미성년자입니다. 부모님이 혹시라도 아실까 봐 먹지도, 자지도 못했어요. 제 영양실조 때문인지 아기도 기형으로 태어났습니다. 아무에게도 말을 할 수가 없어 이곳으로 데려왔어요."

"성폭행을 당해 임신했지만 생명인지라 지우지 못했어요. 탯줄을 안쪽에 넣습니다. 제발 저를 찾지 말아주세요."

엄마들의 글씨에선 무겁고 힘들고 괴로운 감정이 느껴진다. 군데군데 눈물자국도 보인다.

하루 한 끼로 버티며 너를 낳았어

세상은 비혼 상태에서 아이를 낳은 여성에게 냉정하다. 미성년자라면 더 냉혹하다. 그런 시선을 견디고 너의 생명을 지켰다고, 엄마들은 편지에서 고백한다.

"아가야, 너를 낳은 게 엄마로서 해줄 수 있는 전부라서 미안하다. 엄마 뱃속에서 열 달 동안 함께하고 배 아파서 낳은 우리 아기…. 사랑한다."

"이런 엄마에게도 웃어주어 고마워. 나와 달리 너는 배부르고 자신 있게 살았으면 좋겠어. 너의 살 냄새를 엄마는 잊지 못할 거야. 사랑해, 사랑해."

"아가야, 너를 낳은 게 엄마로서
해줄 수 있는 전부라서 미안하다.
엄마 뱃속에서 열 달 동안
함께하고 배 아파서 낳은 우리 아기….
사랑한다."

"너를 가져 배가 불렀을 때 엄마는 일도 그만두고 하루 한 끼로 버텼어. 우리 ○○를 세상에 나오게 하려고 엄마가 많은 고생을 한 거, ○○는 알 거라고 믿어. 엄마 몸이 좋지 않아 이곳에 데려왔어. 절대 너를 버린 게 아니란 것 기억해줘. 태어난 걸 축하해. 사랑해, 내 아기."

그러나 편지 속 모성은, 실현되지 않은 기원에 지나지 않는다. '내 아이를 버렸다'는 마음속 납덩이가 쉽게 사라질 수도 없다. 세상이 그들에게 찍는 주홍글씨는 사회와 아이의 생부들이 짊어져야 할 몫일지 모른다.

학대 피해 아동을 키우는
전문 가정위탁 엄마

"엄마라고 불러도 돼!"

여기 한 엄마가 있다. 낳은 자녀 셋에, 위탁모로 키운 아이 다섯까지 모두 여덟 명의 엄마다.

친권을 가진 부모가 아이를 기를 수 없을 때 혈연관계가 아닌 일반인이 대신 맡아 양육하는 일반 가정위탁을 하다가, 나중에는 학대 피해 아동이나 장애아 같은 전문적인 보살핌이 필요한 아동을 맡아 기르는 전문 가정위탁까지 하게 된 엄마다. 전문 가정위탁은 일반 가정위탁을 3년 이상 했거나 사회복지사 같은 특정 자격을 가진 경우 가능하다.

전국에 이런 전문 가정위탁을 하는 가정은 단 25세대뿐(2021년 4월 기준). 일반 가정위탁보다도 훨씬 힘들어서다. 그럼에도 그 어려운 길을, 이 엄마는 왜 택했을까. 그를 오랜 기간 설득해 만났다.

인터뷰에 응하면서 그는 신원을 최대한 가려달라고 부탁했다. 혹시라도 위탁 아동들에게 피해가 갈 것을 걱정해서다.

모든 엄마들이 그렇겠지만, 자식 키우는 삶에 '꽃길'만 있을까. 때로 '웬수' 같기도 하고, '어쩌면 내 속을 이렇게 모르나' 서운해 가슴 치는 일도 있을 테다. 이 '위탁 엄마'에게는 그 모든 속내를 털어놓을 수 있는 대상이 하나님이었다. '아이들을 키우며 느낀 기쁨과 행복, 슬픔과 외로움을 가장 잘 아는 분도, 마음이 고민으로 요동칠 때 하소연하고 투정 부리기도 하는 존재가 바로 하나님'이라고 말했다. 이 엄마의 이야기를 하나님에게 털어놓는 고백 같은 서사의 형식을 빌려 쓴 이유다.

하늘에서 그거 다 보셨죠? 이제 다섯 살 된 현민(가명)이가 요즘 하는 예쁜 짓. 집에서 가만히 있으면 다가와서는 '쪽' 뽀뽀를 해주곤 가잖아요. 전혀 그런 아이가 아니었던 거 누구보다 잘 아시지요? 5개월도 채 되지 않아 이렇게 달라지고 있어요! 현민이보다 두 살 많은 형 서준(가명)이는 어떻고요. 요전 날에는 좀 피곤하기에 "오늘은 목욕 하루 건너뛸까?" 했더니 "엄마, 나 샤워하고 싶어요!" 하는 거예요. 어찌나 신기하던지!

손만 잡으려 해도 움츠리던 아이

2020년 10월, 요 아이들을 처음 봤을 때만 해도 어땠는데요. 방금 샤워한 아이들이 머리를 계속 긁기에 봤더니 글쎄, 머릿니가 득실득실했잖아요. 이제 5학년 된 태형(가명)이는 "옮으면 어떡하냐?"며 "난 얘들이랑 함께 못 잔다!"고 난리를 치고요. 결국 애들 머리칼을 짧게 자르고 머릿니를 이 두 손으로 다 잡았죠.
아이들이 물을 무서워하는 걸 보니 잘 씻지를 못했나 봐요. 욕조에 몸을 담그는 것도 아니고 얼굴에 물방울이 닿기만 해도 그렇게 자지러지게 울었으니까요. 한번 씻기려면 얼마나 많이 진을 뺐는지요.
제 친엄마와 어떻게 살았는지는 그런 걸로 짐작을 할 뿐이죠. 밥 먹을 때마다 다 먹지도 못할 거면서 일단 밥을 고봉으로 쌓거나 "자, 가자!" 하면서 손을 잡으려고 하면 반사적으로 한껏 움츠러들면서 두 팔로 머리를 감싸거나 했으니까요. 그런 걸 보면 '제대로 못 먹었구나', '맞기도 많이 맞았나 보다' 하는 거죠. 친모가 아이들과 모텔에서 살았다는 것, 신고로 아이들에게서 분리 조치된 것, 형제이긴 하지만 친부는 다르다는 것 정도만 들어서 알아요.

하긴 아이들을 처음 본 날 아침밥도 못 먹고 왔다고 해서 깜짝 놀라긴 했어요. 그러니 아이들이 일곱 살, 다섯 살로는 보이지 않을 정도로 체구가 작았나 봐요.

처음에 제가 이 아이들은 받지 않으려고 한 거, 당신께선 정말 잘 아시지요. 우리 둘째가 또 워낙 강경하게 반대하기도 했잖아요.

"엄마도 그간 할 만큼 했어. 이제 우리도 집에서 편하고 조용하게 살자. 그런데도 아이들을 또 받으면 나는 집을 나가서 살 거야!"

이런데, 보탤 말이 있어야지요.

12년 위탁모 하고도 또 아이들 받은 이유

하긴, 그때까지 이미 낳은 자식 셋에다 가슴으로 품은 자식 셋까지 여섯을 키웠으니 저도 할 만큼 했다 싶었어요. 제 나이도 이제 오십을 넘어 쉰셋이라고요. 지역 가정위탁지원 센터에서 '(학대 피해 아동들이라) 일반 가정위탁도 아니고 전문 가정위탁을 해야 하는데 받아줄 가정이 없다', '남자아이 둘이라 그나마도 찾기가 쉽지 않다'고 사정에 사정을 해도 두 번이나 거절했을 땐 저도 다 이런 이유가 있었다고요.

그런데 하나님, 당신께서 자꾸만 저와 그 아이들을 이어주셨어요. 기도를 하면 말씀하셨죠.

"얘야, 그 두 형제는 당장 오갈 데가 없는 아이들 아니니. 네가 왜 도움을 못 주느냐?"

"위탁도 저 혼자 하는 게 아니라 가족이 함께 해야 하는 거잖아요. 둘째가 저렇게 반대하는데 어떡해요?"

제가 하소연하면, 또 이렇게 말씀하셨죠.

"네 딸은 그저 조용히 살 수 있는 집을 원하는 거지만, 그 아이들은 돌봐줄 가정이 필요하단다. 누가 더 다급한 처지냐?"

그 말씀에도 저는 버텼어요.

"제가 낳은 아이들도 중·고교 때부터 12년이나 양보하면서 자랐다고요."

그럼에도 제게 주시는 응답은 일관되더군요. 심지어 독서모임에 가서 책을 읽는데도 '사람을 키우지 않으면 세상은 변하지 않는다. 네가 할 수 있는 역할은 무엇이냐?'는 메시지가 또렷했어요.

그렇게 한 달 반을 당신과 실랑이한 끝에 이제는 제가 더는

“네 딸은 그저 조용히 살 수 있는
집을 원하는 거지만,
그 아이들은 돌봐줄 가정이 필요하단다.
누가 더 다급한 처지냐?”

물러설 곳도, 반박할 거리도 없다는 결론에 이르렀죠. 서준이와 현민이를 받기로 한 거예요. 결단을 하고 지역 가정위탁지원센터 직원한테 설명을 하는데, 저도 모르게 울음이 터져 나오지 뭐예요. 그간 복잡했던 마음이 그렇게 표출이 됐나 봐요.
그래도 속으로는 뭔가 다시 해볼 힘이 생긴 느낌이었어요. 그 에너지를 당신께서 주신 걸 알아요. 내심 둘째가 걱정이긴 했어요. 두렵기도 하더라고요. 하지만 어쩔 수 없는 일. 제게 주신 말씀 그대로 설명하면서 설득했어요. 반쯤은 '얘가 끝내 집을 나가 산다고 해도 어쩔 수 없다' 싶었죠. 지금 어떻게 됐는지는 위에서 다 보고 계시지요? 누구보다 현민이를 둘째가 예뻐하잖아요. 툭하면 제 방에서 현민이를 재울 정도로.

넷째 낳는 대신 선택한 가정위탁

생각해보면, 제가 참 단순해요. 정부에서 산아 제한을 그렇게 강조하던 때 아이를 셋이나 낳았잖아요. '둘만 낳아 잘 키우자' 운동까지 하던 때라, 셋째한테는 건강보험 혜택도 안 주더라니까요. 아이 셋을 데리고 중화요릿집만 들어가도 사람들이 무슨 동물원 원숭이 구경하듯 봐서 얼굴이 화끈거렸던 기억이 아직도 생생해요.

나중에 그 셋째가 대학 갈 때는 세상이 바뀌어서 '다자녀 장학금'을 받을 줄 누가 알았겠어요? 저만 속으로 '공평하시다'며 웃을 뿐이었죠.

'아이를 최소한 넷은 낳아야지' 했던 결심은 여하튼 그래서 실천할 수가 없었어요. 그런데도 포기를 못하고는 큰 아이가 고등학생이 되자 덜컥 이런 기도를 해버렸지 뭐예요.

'제가 넷째는 가슴으로 낳을게요.'

그 기도가 위탁모로 이어져서 오늘에 이를 줄은 몰랐죠. 처음에는 입양 전 아이들을 잠시 맡아 키우는 위탁만 알고서 그걸 하겠다고 했거든요. 알고 보니 친부모가 사정이 있어 양육을 못하거나, 학대를 받아서 친부모와 떨어져 살아야 하는 아이들이 많다는 거예요.

(아동복지)기관에서 그런 설명을 해주면서 일반 가정위탁을 한번 해보면 어떠냐고 권할 때도 참 저는 단순하게 결정했어요. 아니면 제게 이 일을 맡기려고 마음의 부담을 덜어주신 건가요. 남편이 '내 자식처럼 키울 자신이 없다'며 반대하는데도 저는 설득했으니까요.

"오갈 데 없는 아이에게 그저 울타리가 되자는 생각으로 받으면 안 될까?"

2008년 그렇게 네 살 나이에 우리 집 막내딸이 된 아이가 지우(가명)예요. 아이는 몰랐지만, 지우 엄마도 지우를 입양한 거래요. 지우 엄마가 키울 형편이 되지 않아 오갈 데가 없어진 거였죠. 그 엄마와 동거하고 있는 남자도 지우를 워낙 싫어했다고 하고요.

아직도 기억이 나요. 언제부터 머리칼을 못 다듬었는지 앞머리가 코 아래까지 내려와서 머리카락 사이로 빼꼼 쳐다보던 지우의 눈망울. 더 놀란 건 머리에 화상 자국 같은 게 있었던 거예요. 아이 머릿속에 100원짜리 동전만 한 크기로 상처가 있었으니까요. 마치 담뱃불로 지진 듯했죠. 다리에도 그런 상처가 있었고요. '커서 콤플렉스가 되면 어쩌나. 문신을 해줘야 하나' 키우며 별생각을 다 했어요.

생각해보면, 지우는 유난히 남자 어른을 무서워했어요. 살에 손이 닿기라도 하면 소스라치게 놀랄 정도로 싫어했죠. 그러니 남편은 근처에도 못 갔죠. 그것뿐이에요? 집에 남자 손님이 오기라도 하면 어디로 숨어선 나오질 않았어요. 몸에 난 상처가 어떤 흔적인지 굳이 묻지 않아도 알 수 있었죠.

우리나라 나이로 말이 네 살이지, 개월 수로는 세 살 남짓한 아이가 어찌나 눈치는 또 많이 보던지. 숟가락에 반찬을 놓아줘도 "제가 할 수 있어요", 팔베개를 해줘도 "혼자 잘 수 있어요." 했잖아요.

정말 감사한 건요, 우리 집에 오기까지가 힘들었지, 일단 오고 나니 자연스럽게 가족이 됐다는 거죠. 막내는 '동생 생겼다'고 좋아했고, 둘째도 어딜 갈 때마다 지우를 달고 다녔으니까요. 나중에는 지우 자신도 누나 노릇을 톡톡히 했죠.
지우가 우리 집에 온 지 6년 됐을 때 여섯 살짜리 윤호(가명)가 왔잖아요? 지우가 네 살 어린 윤호를 보자마자 그러는 거예요.
"나도 '○○○(위탁모의 이름) 엄마'한테 엄마라고 하니까, 너도 엄마라고 부르면 돼."
어른이 위탁을 하는 게 아니라 아이들도 지들끼리 위탁을 한다 싶었죠. 남들은 위탁 아이 하나를 키우는 것도 힘들텐데 어떻게 여럿을 받았느냐고 놀라기도 하는데, 아이들끼리는 외려 금세 가족이 되더라고요.

위탁 아이는 곧 나였다

지우를 처음 만나 집에 데려오던 날 제 속을, 당신께선 눈치채셨을 거예요. 한 손에는 아이 옷가지가 담긴 보따리를 들고 다른 한 손으로는 지우 손을 잡고 오는데 묘한 기분이 든 것을요. 마치 저를 데려오는 느낌이었죠. 초등학교 4학년 때의 기억이 나면서요. 온 가족이 타지로 이사 가게 됐는데 함께 살던 할머니가 갑자기 '나는 못 떠나겠다'고 드러누워버렸죠.
부모님의 선택은 저를 할머니 곁에 두는 거였어요. 언니, 오빠는 한창 공부해야 할 고학년이고, 동생들은 어리니까 가장 만만한 나이였던 저만 남기고 다 이사를 간 거예요. 3년간 할머니랑 살면서 엄마 얼굴은 자주 봐야 한 달에 한 번이었죠. 그때 제가 속으로 '혹시 나만 친자식이 아니라서 떼어둔 건가. 어릴 때부터 나만 다르게 생겨서 다리 밑에서 주워 왔다고 놀리던 게 사실인가' 얼마나 많이 고민했나요. 형제들 얼굴도 명절이나 돼야 보니까 나중엔 가족인데도 어색해져버렸죠.
지우를 데려온 날 생각이 났어요. 그때 제가 '나는 나중에 부모가 되면 절대 아이와 떨어져 살지는 않겠다'고 결심한 걸. 넷째 아이는 가슴으로 낳겠다고 결심한 것도 '그런 상처가 있는 아이를 내가 돌봐야겠다'는 데서 시작됐다는 걸. 그래서 지우를 데려오면서 그렇게 마음이 좋았나 봐요. '이 아이를 양육하면서 엄마와 함께 살지 못하는 아픔을 치유해줘야겠다'고 결심하면서요. 지우는 그러니까, 슬프면 안 되는 아이였어요. 바로 저였으니까요. 지우를 키우면서 어릴 때 받은 상처가 비로소 씻기는 느낌이었어요. 아마 남들은 '무슨 소설 같은 소리냐' 할 거예요. 그렇죠?

내가 채울 수 없는 한 가지

"엄마라고 불러도 돼요?"
이 말, 기억하시죠? 우리 집에서 6개월을 지낸 지우가 어느 날 저한테 그렇게 불쑥 말한 거요. 그때 제가 얼마나 설레었는지도 아실 거예요. 자기 엄마가 따로 있다는 걸 아는 나이여서 그랬는지, 그간엔 저를 어떤 말로도 부르지 않았잖아요. 유치원 끝나는 시간에 데리러 가서 "지우야!" 하고 외쳐도 아무 대답 없이 나와선 신발을 신었죠.

그러던 아이가 '엄마라고 해도 되냐'니 얼마나 기뻐요. 속으로 '그래도 제가 이 아이한테 기댈 만한 존재가 됐나 보다' 싶더라고요.

그런데 나중에 알았지요. 다른 아이들과 다른 호칭을 쓰는 게 싫어서 엄마라고 부르겠다고 한 것을요. 다른 친구들은 다 엄마가 있는데 저 혼자 저를 다른 호칭으로 불러서 주목받기 싫었던 것을요. 그보다 더 지나서는 또 알았지요.

'언제든 제 엄마에게 돌아갈 준비를 하고 사는구나. 내가 아홉을 줘도 끝내 채워주지 못하는 한 가지가 있구나. 그 한 가지가 아이들에게는 전부구나.'

길게는 7년을 함께 산 지우, 짧게는 2년 반을 지낸 윤호가 제 엄마나 아빠한테 돌아가는 순간, 딱 느꼈죠. 남들은 보통 드라마 같은 이별을 연상할지 모르겠어요.

현실은 그렇지 않죠. 아이들은 "○○아, 인사는 하고 가야지." 해야 겨우 뒤돌아보고 멋쩍게 고개 한 번 숙일 뿐이죠. 둘 다 그랬어요. 껴안고 "키워주셔서 고맙습니다!" 하거나, 눈물을 보이거나 하는 건 없다는 거…. 보통 사람들은 모르죠.
그 아이들 속을 다 아시겠지만, 제 방식대로 해석하자면 이거예요. 이제 아이 옆에는 '내 엄마'가 있기 때문이라고. 제 엄마가 곁에 있으니 저를 엄마라고 부르지 않은 거라고. 한참 지난 후에야 깨달았어요. 제가 절대 채워줄 수 없는 한 가지가 바로 그거죠.
그래도 저는 감사해요. 그 아이들에게 제가 그렇게라도 쓰일 수 있어서, 잠시의 피난처라도 될 수 있어서.

아이들이 사고 쳐도 감사한 이유

아이들 키우며 속이 여러 번 새카맣게 탄 건 말해 뭐해요. 아무도 몰라도 당신께서는 알고 계시죠. 상처가 있는 아이일수록 과잉행동장애ADHD 증세를 보인다거나, 음식을 너무 많이 먹는다거나, 남의 물건에 손을 댄다거나 하는 일이 많으니.
여섯 살 때 와서 지금 열두 살이 된 태형이만 해도 그래요. 문방구 사장의 전화를 받고 속으론 덜컥했죠. 이미 두 번이나 물건을 훔치다가 걸렸고, 처음엔 봐줬지만 또 손을 대서 어머니한테 전화를 했다니.
태형이가 그나마 '물건 훔치다 들킨 걸 같은 반 친구가 봐서 부끄럽다'면서 '전학 가고 싶다'고 해서 다행이었어요. 부끄러움을 느낀다는 건 잘못이란 걸 안다는 뜻이니까요. '내가 왜 사과하러 가야 하느냐'는 태형이에게 '너는 네 잘못을 사과해야 하고, 나는 너를 잘못 키운 걸 사과해야 하니 함께 가야 한다'고 설득해 가서는 얼마나 고개를 숙였는지요.

위탁 아이들을 키우면서 알게 된 게 그거지요. 마음에 쌓인 불만이나 상처가 그런 방식으로 표출될 수도 있고, 부모에게 뭐가 잘못된 행동인지 배울 시기를 놓쳐서 그럴 수 있다는 거.

이것마저도 저는 감사해요. 아이들이 그래도 어린 나이에 제게 와서 바로잡을 기회가 생긴 거니까.

게다가 그랬던 아이가 변하는 걸 보면 '이런 기쁨과 행복을 느끼게 하려고 아이들을 보내셨나' 싶어요. 태형이만 해도요. 하나님도 보셨죠? 얼마 전 집에 손님들이 오니까 "이거 잡수세요." 하면서 과자를 담아 내오고, 태권도 다녀오면 옷 벗어서 세탁 바구니에 탁 넣고 샤워부터 하는 거요. 사람들이 깜짝 놀랐잖아요.

"아니, 얘가 이렇게 바뀌었어요? 언제부터 말을 이렇게 예쁘게 하게 됐어요?"

처음엔 눈에서 독기를 쏟아내면서 저를 노려보던 아이가 이제는 "엄마, 나는 '○○○(친부 이름) 아빠'를 만나지 못하지만, 이 집에 와서 가족들 사랑받고 살게 돼서 정말 좋아요." 하니까요. 불안 증세가 심해 잘 때도 손가락에 잔뜩 힘을 주고, 자다가도 제가 옆에 있는 게 맞는지 발로 차보던 아이였죠. 그러기만 했어요? 로봇을 사주면 손발을 죄다 부러뜨려 놓곤 했잖아요. 그 아이가 이렇게 달라진 걸 보면 속상하고 힘들었던 게 다 잊혀요.

이런 저를 보면서 사람들이 가끔씩 묻데요? '그 아이들이 정말 그렇게 예쁘냐'고. 그거 아시잖아요. 아이들이 예뻐서 예쁜 게 아니라, 내 새끼라서 예쁘다는 거. 우리 집에 오는 순간 그야말로 내 새끼가 되고, 그래서 아이들을 보는 눈이 사랑으로 바뀐다는 거.

내가 태어나 둘째로 잘한 일

저는 지금 생각해도 태어나서 가장 잘한 일이 우리 아이들 낳은 거예요. 하지만 위탁 부모로 아이 다섯을 더 키운 것도 정말 잘한 일이라고 생각해요. 정부에서 무슨 표창을 준다고 한 적이 있어요.

고맙기는 했는데 솔직히 좀 우스웠어요. 세상에 어떤 부모가 자식 키웠다고 상을 받나요? 여기저기서 '인터뷰하자', '방송에 출연해달라'고 해도 절대 안 했던 이유가 그런 마음이었죠.

행여 누가 저를 알아봐도 큰일이고요. 아이 친구들은 제가 위탁 엄마인 줄 모르니까요. 사람들이 그걸 알게 돼서 혹시라도 우리 아이들을 불쌍한 눈길로 보면 어쩌냐고요.
어찌 됐든 그렇게 두 번 엄마가 된 거죠. 첫 번째엔 철없는 스물셋에 결혼해 아이 셋을 낳으면서 준비 없이 엄마가 됐다면, 위탁 엄마는 제가 준비를 하고서 엄마가 되겠다고 결심하고 선택한 길이죠. 제가 낳은 아이들한테는 '노후에 제게 좋은 벗이 되어주면 좋겠다'는 기대나 욕심이 있지만, 위탁으로 키운 아이들에게는 바람도 없어요.
형편이 넉넉해서 한 일도 아니지요. 교인이 50명도 안 되는 작은 교회 목사 부부가 무슨 돈이 있어서요. 낳은 아이 셋도 비싼 학원 한 번 못 보냈고, 가뭄에 콩 나듯 용돈 500원씩 주며 키운 변변찮은 형편인 걸요. 하지만 잘 살아야지 할 수 있는 일은 아니잖아요? 제 전부를 주고도 아무것도 돌려받지 못할 걸 알면서도 주는 것, 그건 당신께 제가 절대적인 사랑을 받았기에 할 수 있는 일이죠.
그래서 오늘도 기도합니다.
'키가 자라듯 지혜가 자라고, 믿음이 성장하게 해주세요. 사랑을 키우고 그것을 이웃에게 나눌 줄 아는 사람이 되게 해주세요. 어떤 환경에서 어떤 일을 겪어도 이겨낼 힘이 있는 건강한 사람으로, 건강한 삶을 살게 해주세요.'